野心と軽蔑

電力王・福澤桃介

江上　剛
Egami Go

PHP

野心と軽蔑

電力王・福澤桃介

目次

装　丁　泉沢光雄
装丁写真　関西電力株式会社
東海支社提供

プロローグ

梶原数馬《かじわらかずま》は、地下鉄大手町《おおてまち》駅のホームから地上に出た。目の前にそびえるホテルに向かう。数馬の前にも後ろにも多くの人が歩いている。皆、黙々とホテルに向かっている。

「このホテルの三階の宴会場だったな」

数馬は、スマホの画面を見た。

そこには「投資セミナー」のタイトルの下に、「給料が増えないなら投資で増やせ。今こそ、自己防衛の時代だ!」という文句が添えられている。

数馬は五十五歳になり、役職定年となってしまった。課長のポストから外れ、給料は三割減となってしまった。なんとかしなければと危機感を抱き、このセミナーに参加することを決めたのだ。

数馬は、ホテルに入り、エレベーターの前に立った。後ろには何人か並んでいる。彼らもセミナーに参加するのだろうか。

エレベーターに乗り込んだ。身体《からだ》が触れ合うほど、ぎっしりと密になった。

もはや、コロナウイルス・パンデミックのことは忘れ去られたかのようだ。中には、マスクをしていない人もいる。

数馬は、マスクの上から手を当てた。少しでもウイルスの危険から、我が身を遠ざけたいとの思いからだ。

こんなところでコロナに罹《かか》りたくない。仕事を休むことになってしまう。

三階でエレベーターを下りた。やはり、乗っていたのは全員がセミナー参加者だった。

大変な数だな。

会場となっている宴会場の前に受付がある。紺色の地味《じみ》なスーツを着た若い女性が座っていた。その前で数人が順番待ちをしている。

数馬の番になった。名前を告げると、彼女が出席者名簿にチェックを入れた。

「お名刺はございますか？」

「はい」

数馬は答えた。

「それではこのカードホルダーにお名刺を入れて、胸におつけください。名札になります」

彼女がプラスチック製のカードホルダーを数馬に渡した。

「ありがとう」

数馬は、カードホルダーを受け取ると、それに名刺を差し入れ、胸につけた。

「会費二万円の元は取らないとな」

数馬は独りごち、会場に足を踏み入れた。

ホテルのＨＰを見ると宴会場の広さは約五百平米《へいべい》。スクール形式だと四百名以上が入る。

会場は、すでに人で溢《あふ》れていた。

数馬は、会場を見渡し、後方の列に空いた席を見つけて座った。

右隣は、数馬よりずっと若い二十代の男性。Ｔシャツにジーンズの軽装だ。サラリーマンには見えないが、リモート勤務なのかもしれない。

左隣は、ジャケット姿の四十代に見える男性。黒縁のメガネをかけた、いかにも真面目《まじめ》な管理職タイプだ。

前の列の正面は、女性。紺のリクルートスーツのようなジャケットを着ている。顔は見えない。会場内を見渡すと、女性の姿もちらほらと見える。しかし圧倒的に男性が多い。

数馬と同世代の人も、かなりの人数がいる。

みんな数馬と同じ思いでここに来ているのだろうか。

数馬は、ネットでこの大手証券会社主催のセミナーを見つけ、妻の恵子《けいこ》に話した時のことを思い出していた。

＊

「あなた、やっぱりこの家を手放さないといけないの？」

恵子が暗い顔で言った。

食後のことである。次女の夕海《ゆみ》は、自分の部屋に入った。期末試験が近づいているから勉強しているはずだ。もしかしたら友達とスマホで電話しているかもしれない。

「うーん、いろいろ考えたけどやはり無理だな。ローン残高は九百万円なんだけど……」

数馬も憂鬱《ゆううつ》そうに答えた。

埼玉県の鳩山《はとやま》に自宅を購入したのは十年前だ。

父親からの援助を受けたが、銀行や勤務先の事務機メーカーの社内ローンなどで約二千万円を借り入れざるを得なかった。

購入してからというもの、必死で住宅ローンを返済してきた。恵子も近くのスーパーで、パートで勤めている。二人でローンの返済のために働いてきたようなものだ。

長女の朝海《あさみ》は都内の私立大学に行っている。奨学金と学資ローンでなんとか学費は工面《くめん》した。今は二年生になった。

毎月五万円の仕送りをしているが、朝海はとても暮らせないと言い、居酒屋でアルバイトをしている。バイトに明け暮れて、勉強がおろそかにならないか心配ではある。

夕海は高校一年だ。幸い成績がいいので学費の安い国立か公立の大学に進学してくれれば助かるのだが……。

「私の実家は当てにならないし」

恵子の実家は父親が早くに亡くなり、母親が一人で苦労しながら恵子を育てた。

母親は気丈に一人暮らしだが、七十歳を過ぎ、長年の苦労が祟《たた》り、病院通いが続いている。

まだ介護をしなくてはならないほどではないが、早晩、そうなる可能性は高い。

「俺の方も、これ以上、親父《おやじ》に迷惑をかけるわけにはいかないなぁ。この家を買う時も、かなり援助してもらったし……」

数馬の両親は健在だ。二人とも喜寿《きじゅ》を過ぎ、もうすぐ八十歳の傘寿《さんじゅ》になる。

父は、大手商社で部長まで勤め上げた。役員にはならなかったが、定年後は関係会社の役員として七十歳まで勤めた。

現在は悠々自適《ゆうゆうじてき》である。困ったことがあればいつでも相談に来いとは言ってくれるが、あまり金銭面で頼ると、妹がうるさい。

妹は、数馬と二歳違いだが、子どもを二人抱えて、四十代の時、離婚した。

父の紹介で中堅の商社に勤務しているが、兄さんばかりお父さんのお金を当てにしないで、と以前、言われたことがある。彼女も苦しいのだろう。

「もう一度、頼んでみてくれない？」

「ああ、そうしてみるけど、期待しないでくれ。この家を売ってローンを繰り上げ返済すれば、朝海や夕海の学費も出してやれるさ。彼女たちが卒業後に、学費のローン返済で苦しめられるのは見ていられないからな。しかし家を売ると、毎月家賃を払うことになる。年金暮らしになったときが、ちょっと心配だな」

「そうね……。もうすぐ、この家ともお別れしなければいけないのね。あなたが海好きだから子どもには海のつく名前をつけたのに、なぜかこんな山の中に住宅を買ったのよね。そういえば、子供が小さい頃は、みんなでよく海に行ったわね」

埼玉は、海なし県である。

「借りるなら海の近くがいいわ」

「そうだな。いっそ千葉の館山《たてやま》あたりにするか。家賃が安いかもしれない」

「適当に決めてはだめよ。夕海の高校のことも考えないと……」

恵子は苦い笑いを浮かべた。

「ところで、現在は〝中流の崩壊時代〟なんだってさ」

「なに、それ？」

恵子が興味深い表情になった。

「高度成長の頃、日本って一億総中流と言われていただろう？　国民のほとんどが中流意識を持っていたんだ。ということは、ほとんど格差が無い、非常に平等な社会だったんだね」

「あなたのお父さんが働き盛りだった頃ね」

「そうだよ。親父は昭和十九年生まれで、大学を卒業する頃は日本は高度成長の真っ只中だったからね。親父に聞いたことがある。猛烈に忙しかったけど、猛烈に楽しかったってね。だって給料がどんどん上がったから」

「中流っていうのは、正社員で、持ち家があって、車を持っていることだって聞いたことがあるわ」

「そうだね。親父は、それらをみんな手に入れたんだ。そして現在、余裕のある老後を送っている。しかし今は、働いても、働いても給料が上がらない。虚《むな》しさと疲労ばかり。ついには俺たちのように、手に入れた持ち家を、手放さざるを得ない」

「持ち家を手放すなんて思ってみなかったわ」

「今や、自分が中流であると思っている人は日本人の三八パーセントしかいない。五六パーセントの人が中流以下の認識さ。親の世代より豊かになれないと諦めている人が三八パーセントもいるんだよ」

「たしかにあなたの給料ってずっと上がらなかったわね。その上、役職を外されて大幅ダウンしてしまったわ」

「そんなに嘆《なげ》くなよ。日本人の年収の中央値って、まあ、一番多い金額が、一九九八年には四百五万円だったけど、今では三百九十六万円になっているんだ。これではデフレから抜け出られないね」

「どうしてこんなことになったの？」

「原因はいろいろあるだろうけど、企業が海外に出ていってしまったこと、非正規雇用が増えてきたこと、企業の業績は決して悪くはないけど、給料の引き上げより雇用を優先したこと、労働組合が弱体化してしまったこと、高齢化社会となったこと……。いずれにしてもリーマンショックなどの不況が日本経済を襲って、それに対処しているうちに労働者の生活が引き下げられちゃったわけさ」

「私たちはいつの間にか下流国民になってしまったわけね」

恵子が眉根《まゆね》を寄せた。

「そうならないためには、収入を増やさないと……」

数馬は厳しい表情で言った。

「でも給料は上がらないんでしょう？　どうするの？　副業でもするつもり？」

恵子が不安そうに数馬を見つめた。

「ここに行って話を聞いて来ようと思う」

数馬は、スマホの画面を見せた。

「えっ、投資セミナー？」恵子が、不信感でいっぱいといった表情になった。「大丈夫なの？」

「話を聞くだけだよ。今、大勢の人が株式投資で稼《かせ》いで、中流を維持《いじ》して下流に堕《お》ちないように踏ん張っているらしいんだ」

「何もしないよりいいかもね」

恵子は不安そうな表情ながら、数馬のセミナー行きに賛成の態度を示した。

＊

講師が壇上に登場した。数馬と同世代のように見える。ちゃらちゃらした若者が現れるのかと思っていたが、そうではなかった。やはり主催が大手証券会社なので、見かけだけでも信頼されるような雰囲気を醸《かも》し出す人物を講師として呼んでいるのだろう。

講師は、一般的な日本経済の説明をしている。

数馬は、失望した。こんな内容なら新聞か雑誌、あるいはネット記事を読めばわかる。これで二万円は高いんじゃないかと思ったのだ。この株を買えば、確実に値上がりするとか言ってくれるのを期待していた。そんなことを言って、外れた場合は信用にかかわるから言わないのだろうか。

「あまり役に立ちそうにないな」

数馬は溜息混じりに呟《つぶや》いた。

「彼、有名なんですよ」

右隣の若者が数馬の呟きに反応してささやいた。

「そうなんです。彼の話を聞きたくて私は来たんですよ」

左隣の四十代の男性も小声で言った。

「そうなのですか」

数馬は、信じられないという思いで二人の顔を見た。

「さて」と講師が話をするのを止め、ゆっくりと会場を見渡す。数馬とも視線が合った気がした。「あなた方は、株で儲《もう》けたいと思っていますね。どうですか?」

講師が問いかけると、最前列あたりから誰かが「そうです」という声を発した。

「給料が下がった。副業しろと言われてもたいして稼げない。マスコミで宣伝しているほど、自分のプラスにはならない。そうですね」

「そうです」

再び、会場の隅からの声。

「日本のサラリーマン、ウーマンの給料は下がりっぱなしです。ずっとずっと下がりっぱなしです。給料が上がらないためデフレから脱却出来ないんです。一方で、経営者など、いわゆる上級国民たちは豊かな生活を享受《きょうじゅ》しています。格差は拡大する一方です。真面目に働いたって、あなた方は豊かになれない。そうですね」

「その通りです」

最前列からちらちらほら声が上がり、会場内には熱気がこもり始めた。

「格差はいつの時代にもあります。今だけではないのです。明治時代は、今以上に格差の時代でした。徳川幕府が倒れ、新しく明治という時代が始まりました。この混乱の時代の波に乗って大成功した人もいれば、波に呑まれ、貧困に喘《あえ》ぐ人も多くいたのです」

講師の言葉はますます熱っぽくなっていく。

「格差はどうしようもなく拡大し、富貴顕官《ふうきけんかん》、すなわちお金持ちや社会的地位の高い人の子どもとして生まれなければ、豊かな生活を送れなくなってしまいました。豊かな者は、たいして努力をしなくてもより豊かになり、貧しい者は、どんなに努力しても社会の下層で生活苦に喘ぎ、より貧しくなる。皆さん、現在とそっくりだと思いませんか」

「思います」会場の中からひときわ大きな声があがった。

「理不尽です」

数馬も、つい声が出てしまった。

講師が数馬の方に向き直った。そして指を差し、「今、理不尽だと言った方、どなたですか？もしよければお立ちください」と言った。

数馬は、覚悟を決め、ゆっくりと立ち上がった。そして講師を見つめた。

「おっしゃる通り、本当に理不尽です。あなたもそのような目に遭《あ》っているんですね」

講師が優しく声をかける。

数馬は、急に胸が苦しくなった。苦労して手に入れた家を手放さざるを得なくなった自分の境遇が、悲しみとなって襲ってきた。

「ええ、今年、私は役職定年になり、給料が大幅に減り、苦労して手に入れた自宅を手放さざるを得ないんです。真面目に働いてもローンが払えない。子どもたちの学費さえ捻出《ねんしゅつ》するのに苦労しています」

数馬は、講師に言った。

「本当に理不尽な世の中です。あなたの気持ちは痛いほどわかります」講師は数馬に同情し、「お座りください」と言った。

数馬は席に座った。

自宅を手放さざるを得ないなどと余計なことを口にしてしまったと、後悔《こうかい》する気持ちが湧いた。

「本当に給料が上がりませんね」

四十代の男性が言った。

「私は、結婚が出来ません。金が無くて……」

若者が言った。

数馬は、深く頷《うなず》いた。この会場に集まった人たちは、それぞれが収入が少ないことに苦しんでいるのだ。

「皆さんは、福澤桃介《ふくざわももすけ》という男をご存じですか？　聞いたことがあるという人は手を上げてください」

講師が聞いた。

数馬は、その名前を聞いたことが無い。会場を見渡すと、ぱらぱらと数人の手が上がっているだけだ。

「皆さん、あまりご存じないようですね。福澤桃介は、福澤諭吉《ゆきち》の娘婿《むこ》です。福澤諭吉はご存じですね。皆さんの財布の中にたっぷり入っている一万円札に肖像が描かれていますから」

「最近、拝んだこともない」

会場から声が上がった。その途端に会場が、どっと笑いに包まれた。

「それは失礼しました」講師が苦笑した。

「では彼のことを説明しましょう。実は、私は、彼のお蔭で人生をやり直すことが出来たのです。私は、今、皆さんの前でこうやってお話をしていますが、ついこの間まで、先ほどの方と同じく住宅ローンの返済や子どもの教育費に苦しみ、一家離散せざるを得ないと考えるほど生活苦に喘いでいました。いっそのこと死ねば楽になるとまで思いつめました」

講師は、苦しかった当時を思い出したのか、感情が高ぶった表情になった。

「こんな報《むく》われない理不尽な世の中を恨《うら》んでばかりいました。そんな絶望の中で私は、彼、福澤桃介に会ったのです」講師は、手を高く上げた。その手には本が握《にぎ》られていた。

「これは福澤桃介の自伝のようなものです。古本屋で見つけました。私は何気なく見つけたこの本を読み、勇気づけられたのです。そして投資家になり、家族を守ることが出来たのです」

会場は静まり返っている。だれもが講師の話に聞き入り、視線は講師が掲げる本に向かっている。

「福澤桃介は、貧乏な家に生まれました。そこから後に〝電力王〟とまで称せられる大実業家になったのです。彼は、度重なる病気や事業の失敗、家族や世間の誤解、非難に直面します。しかしその都度《つど》、彼は立ち上がります。彼を立ち上がらせたのが株式投資なのです。そうです。今まさに、皆さんが試みようとされている株式投資なのです」

講師の声が一段と大きくなった。

「明治時代、株式投資は博打《ばくち》同然に思われていました。株式市場は鉄火場《てっかば》と言われ、投資家は相場師《そうばし》と呼ばれ、決して尊敬されていませんでした。福澤桃介は、貧乏から脱出し、世に出るため、格差社会の壁を打ち破るために株式投資に乗り出し、見事に勝ち抜いたのです。それだけでは終わりませんでした。株式投資で稼いだお金を、世のため、人のために、電力という世の中の人にとって絶対に必要なエネルギー事業に使ったのです。今日、私たちが豊富に電力を使うことが出来るのは、福澤桃介のお蔭なのです。彼は、関西電力や中部電力の創業者となりました。株式投資で得た資金を自分の幸せのためだけに利用したのではなく、世の中の人々の幸せのために利用したのです。私は、福澤桃介のことを知ることで、この理不尽な世の中を勇気を持って歩くことが出来るようになりました。私も福澤桃介になれるのではないかと思ったからです」

講師はここで反応を見極めるかのように、ゆっくりと会場を見渡した。

「皆さんは、格差社会を、理不尽な社会を、真面目に努力しても報われないと思われる社会を、嘆いておられると思います。しかし福澤桃介の人生を知ることで、そんな絶望的な社会でも、自分の力で力強く生き抜いてみようという気力がみなぎってくるでしょう。私が」講師は自分を指さした。「私がそうなのですから。今から、福澤桃介の株式投資の考え方やその手法、そして人生について詳しくお話ししましょう」

講師は、持っていた本に感謝を込めるかのように軽く口づけをすると、「福澤桃介は……」と話し始めた。

「福澤桃介、いったい何者なのだ」

講師の熱を帯びた演説に、少し身構えていたが、急に歴史上の人物の話になって驚いた。

福澤桃介が、自分と家族の人生の救世主になるとでも言うのだろうか。数馬は、一言も聞き漏《も》らさない決意で、講師に目と耳を集中させた……。

第一章　美少女

1

私は、軽薄《けいはく》である。しかし才能はあると思う。そして何者かになりたいとの野心も持っている。

「おい、桃介《ももすけ》。何をぶつぶつ言っているんだ」

同室の上野勘之助《うえのかんのすけ》が言った。

上野は、将来、法学者になると言っているが、軍人の方が向いているのではと思うくらい喧嘩《けんか》が強い。

狭い寮の部屋の真ん中にどてらを着て、どっかりと胡坐《あぐら》をかいている。

股《また》の間には、しゃれこうべを挟んで、それを灰皿にして煙草《タバコ》をくゆらせている。

「自分の生き方について考えているんだ」

「生き方かぁ」

上野が口から紫煙を吐き出した。

「まあ、大したことはない。俺は、いったい何者なのかということだ。それで呪文《じゅもん》を唱《とな》えている」

「呪文？　いささか非合理的だな」

「非合理も合理もない。この世は理屈の合わないことの方が多い。お前の股の間のしゃれこうべもそうだろう。泥棒か政治犯か知らんが、この世に恨《うら》みや未練《みれん》をたっぷり残したまま首を刎《は》ねられたんだ。俺たちは、度胸試しで掘り返したが、さすがに灰皿にするのはどうかと思うぞ。ほら、股の間から霊気が出ているぞ」

私は、笑いながら上野の股を指さした。そこからゆらゆらと白い煙が立ち昇っている。

うかつにも、煙草の火を股引《ももひき》の上に落としたのだ。

「あああっ！」

上野が飛び上がって両手で股引を叩《たた》く。

「おいおい、煙草を持ったまま股引を叩くと、さらに火が燃え移るぞ」

「あっ」

上野は目を剝《む》いて、手に持った煙草を見つめ、慌《あわ》ててしゃれこうべの中でもみ消した。

「オイ、桃介、早く気づいていたなら注意してくれよ」

「罰《ばち》が当たったと思えよ」

私の言い方が気に障《さわ》ったのか、上野は腹立たしげに顔を背《そむ》けた。

しゃれこうべは、鈴ヶ森《すずがもり》の刑場跡から掘り出してきたものだ。

鈴ヶ森は犯罪人の処刑場として、明治四年（一八七一）まで二百年以上もの間、使われてきた。

江戸を騒がせた天一坊《てんいちぼう》など多くの罪人が、この場所で首を刎ねられた。

私は、夜に鈴ヶ森へ行き、しゃれこうべを掘り返す肝試《きもだめ》しを塾生に提案した。

実は、私は臆病《おくびょう》である。決して勇猛果敢《ゆうもうかかん》な人間ではない。

そんな私が、なぜ鈴ヶ森刑場での夜中のしゃれこうべ探しという馬鹿げた肝試しを、塾生に提案したのか。

それは目立つためである。存在感を示すためである。

私は、慶應義塾《けいおうぎじゅく》に運よく入ることが出来た。しかし、ここには名士の子息が集まっている。そのほとんど全てが、塾長の福澤諭吉《ふくざわゆきち》に憧れている。それが入塾の動機であると言っていい。

私は？　全く違う。

埼玉県川越《かわごえ》あたりの貧しい農家で育った私は、このままくすぶってしまうのはなんとしても嫌だった。

父は、それなりの資産家に生まれたのだが、養子に入った母の家が分家の末であったために、土地も財産も無かった。

それに加えて農作業よりも文章を書くなど、机仕事が向いている人だった。そこで文字入れの能力が必要な提灯《ちょうちん》屋となったが、たいした商売にならなかった。

畢竟《ひっきょう》、暮らし向きは厳しくなる一方で、兄は、幼くして奉公に出た。父は明治十一年（一八七八年）に第八十五国立銀行の行員に採用され、ようやく暮らし向きが落ち着いたのだが、貧乏を克服出来る状況ではなかった。

私は、貧乏が嫌で、必死で勉強した。貧しい暮らしから抜け出すには、勉強して、将来性があると多くの人に認めさせる必要があるからだ。

篤志家《とくしか》と言われる人は、自ら費用を出資し、郷党《きょうとう》の優秀な男子の後援をする。彼らを出世させ、のちのち恩恵《おんけい》に与《あずか》ろうと考える人もなかにはいるというのだ。

私も篤志家に認めてもらえれば、世に出られるかもしれない。そう信じて勉強をした。

お蔭で私は、郷党の異才と言われるような能力を発揮し、優秀な少年という評判が近在にとどろいた。

そして明治十六年（一八八三）に、十六歳で慶應義塾に入ることが出来たのだ。

慶應義塾は、『時事新報』の主筆であり、啓蒙家《けいもうか》である福澤諭吉が創立した塾である。ここでは失礼にあたるので先生と呼ばせていただく。

創立以来、築地《つきじ》など移転を繰り返したが、三田《みた》の旧肥前《ひぜん》・島原《しまばら》藩邸の土地に移り、慶應義塾となって以来、先生の教育が評判を呼び、多くの若者が集まってきた。

先生は、明治という新時代で飛躍した人物を応援した。特に海運で成長した三菱《みつびし》の岩崎彌太郎《いわさきやたろう》を評価し、深い厚誼《こうぎ》を結んだ。先生は岩崎の求めに応じて教え子たちを三菱に送り込んだ。その後、三菱が日本一の金持ち会社となったことも、多くの若者が慶應義塾に集まる理由だろう。

私に慶應義塾に入るよう勧めてくれた人も同じだ。私が、実業界でひとかどの人物になるには、この塾が良いだろうと言った。

塾に入ってみると、これは大変だとすぐに悟った。私の危機管理意識が敏感に作用したのである。

勉学の天才もいれば、運動能力ではだれにも負けないとか、演説が大得意であるとか、とにかく多士済々《たしせいせい》なのだ。

負ける、と思った。このままでは埋没《まいぼつ》してしまう。川越では異才、秀才と言われたが、ここではただの人になる可能性が大いにある。なにしろ全国から、先生の教えを受けることで、世に出ようと考えている野心家ばかりが集まっているのだから。

さらに私は、自分でいうのもおこがましいが、美男子である。女装すれば、女として通用するだろう。

寮は、男ばかり。それも若い盛りだ。女に飢えている男が、私を襲い、組み従えないとも限らない。深夜、寮でうかうかと寝てはいられないのだ。

さて、どうしたものか。私は考えた挙句《あげく》、目立つことにしたのだ。

そこで私は、行動の第一の目標をとにかく目立つことに置いた。

みんなが教室で熱心に教師の話を聴いている時、ガラクタを紐《ひも》でくくり、廊下《ろうか》をうるさく、耳《みみ》障《ざわ》りな音を立てて歩く。

教師が、だれだ！　と怒鳴ったら、もうその時は姿を消す。桃介の奴だな、と思わせればいいのだ。

しかし、その教師の授業では満点を取るものだから、教師もむやみに叱ることが出来ない。そんな馬鹿なことを繰り返しているうちに、私にまつわる伝説めいた噂が塾内に流れるようになった。

桃介は、天才である、勉強をしないでも全てわかっている、なぜあんなに成績がいいんだ、などなど。

実を言うと、皆が寝静まった深夜にむっくりと起き出して、勉強をしているのだ。もし、将来、私が健康を害することがあれば、このような無理な生活を続けていたことが原因だろう。

さて、しゃれこうべ掘り出しの肝試しは話題を呼んだ。もちろん、教師たちには秘密だ。

俺も、俺も、と参加を名乗り出た者はいたのだが、結局、当日参加したのは、上野ともう一人だけだ。

皆、なんだかんだと理由をつけて、いち抜けた！　と消えていった。

思うつぼだ。これでますます私の評判が上がり、目立つことになる。こうなればしめたものだ。塾での私の地位は盤石《ばんじやく》になるだろう。

しかし鈴ヶ森は、暗く、やや湿り気のある重い空気で、決して気持ちの弾《はず》むものではなかった。

当然のことだ。何万という人間が、この世に未練や恨みを残して処刑された場所だ。

おい、早くしろ！

　私は、上野たちを励ました。

　私だけ、シャベルを持たない。というのは、あり得ないとは思うのだが、生身《なまみ》の首が掘り出されたら、すぐに逃げ出そうと思っていた。

　実はビビっていたのだ。しかし、そんな様子を微塵《みじん》も見せることはなかった。

　初めての掘り出しで、一個のしゃれこうべを持ち帰った。その後も何度も挑戦し、計十個のしゃれこうべを持ち帰った。

　灰皿に使っているのは上野だけだ。私は、さすがにそんな使い方はしない。一応、敬意を払って書棚に飾っているが、いつもだれかに見つめられているようで気が晴れない。まとめて鈴ヶ森に戻すか、ちゃんと供養《くよう》しようかと考えている。

「おい、上野、お前は、法学者になると言っていたな」

　私は、しゃれこうべを手に持ち、撫《な》でながら聞いた。

　しゃれこうべの空虚《くうきょ》な暗い目が私を見つめている。

「うーん」上野は再び吸いだした煙草をしゃれこうべに押しつけた。

「どうしようかと迷っている」

「方針変更か?」

「変更ということではない。今でも法学者がいいという気持ちはある。しかし先生が、実業界がいいと言われるので、それもいいかなという思いだ」

　福澤諭吉は、官吏と銀行員にはなるなと言うのが持論だ。可能な限り独立自尊で行け、独立してどんなものにも束縛《そくばく》されぬ自由な人間であれという。

「桃介はどうなんだ」

「わからん」

「わからんはないだろう。政治家か実業家か」

「わからん」

「俺が見る限り、お前はとてつもなく大成功を収めるか、逆にとてつもなく大失敗に陥《おちい》るか、どちらかであると思う」

「八卦見《はっけみ》のようなことを言うな」

「お前は一種の天才だ。しかし天才が必ずしも成功者となるとは限らん。天の時、地の利、人の縁に恵まれないとな」

「全ては運ということか」

「まあ、そういうことになる」

「俺は、貧しい農家の小せがれだ。貧しさの中で育った。父も母も、決して卑《いや》しい生まれではないが、分家の分家で、とにかく貧しかった。だから俺は金持ちになって、本家の連中に復讐《ふくしゅう》を果たす思いでいる」

「復讐とはまた物騒《ぶっそう》な言い回しだな。札束で顔をひっぱたくつもりなのか」

上野は笑った。

「そんな下品なことではない。金の虚《むな》しさを教えてやりたいというか……。まだ復讐の方法はよくわからん」

私は、わからんと繰り返した。実際のところ、よくわからないからだ。

川越にいるときは、とにかくこの旧弊《きゅうへい》な地から抜け出したい一心だった。だから神童、鬼才と言われるまで優秀さを周囲に見せつけた。

ところが塾に入ると、私などはその他大勢の中に埋没するほど、才能溢《あふ》れる者たちがいた。

私は井の中の蛙《かわず》だったことに気づき、愕然《がくぜん》とした。

そこで私は、奇抜《きばつ》な行動と勉強をしていない振りという、ある種の偽悪《ぎあく》で目立つことを選択した。

その成果は結実し、私は今や、塾の中で十分に存在感を示している。

だが、それがどういう意味を持つのかは全くわからない。

目立つ、奇矯《ききょう》な行動で先生の目に留まり、認められ、先生の紹介で実業界に出て、それなりの地歩《ちほ》を築こうとしているのか。本当に、それでいいのか。私には私の人生が良くわからない。川越にいるときは、単純に東京へ出て偉くなり、故郷に錦《にしき》を飾るという思いだった。しかし、塾において多様な人間と接触し、彼らの野心に触れることで目標を見失ったのかもしれない。

上野は、私のことを大成功か大失敗かの二者択一の人生だと、八卦見のようなことを言った。

実際は、大失敗の方であろう。なぜなら決して先生の覚えがめでたくはないからだ。奇矯な行動を好ましく思われていないのはよく理解している。先生は、真面目《まじめ》で実直な人間が好みだ。先生自身がそういう方だからだ。

私のような偽悪的な人間の複雑な思いはわからないだろう。

「悩みも愉快のうちなり。愉快に耽溺《たんでき》する間に人生は過ぎ去っていく……」

上野が呟《つぶや》くように言った。

「だれの言葉だ」

私は聞いた。

「俺の述懐《じゅっかい》だ」

上野が微笑《ほほえ》んだ。

「くだらん。俺は愉快を極めたい」

私は、思い付きのように言った。

私は、明治元年（一八六八）の生まれである。すなわち、明治という新時代と自分の成長が並走しているのだ。

また先生の私塾が慶應義塾として出発した年でもあることを思うと、今その塾生となっていることは奇《く》しき運命でもある。

薩摩《さつま》や長州《ちょうしゅう》の武士たちが徳川幕府を倒し、新政府を立ち上げると、怒濤《どとう》の改革を行った。

かつては街をちょんまげ、帯刀の武士が闊歩《かっぽ》していたのだが、瞬《また》く間に西洋風に変わってしまった。

新政府を立ち上げた西郷隆盛《さいごうたかもり》や大久保利通《おおくぼとしみち》が相次いで非業《ひごう》の死を遂《と》げると、伊藤博文《いとうひろぶみ》、大隈重信《おおくましげのぶ》らの新しい人材が、新政府の枠組みを作っていった。

それを追いかけるように、岩崎彌太郎などの成功者が多く出現するようになった。

これらを思想的に支えたのが先生だ。先生は、慶應義塾を作り、新時代に相応《ふさわ》しい人材を育てようとされている。その思想は、独立自尊。とにかく日本は、ちゃんと両足を踏ん張って立たねば、欧米列強の食い物になってしまうという危機感から、その思想は生まれている。

明治二十三年（一八九〇）には大日本帝国憲法が施行《しこう》され、国会が開設されるという。日本は、ものすごい速さで変化しつつある。その勢いに私たちは煽《あお》られている。どこか浮足だっている。世に出る機会が到るところに転がっているような気がするのだ。

しかし世の庶民たちは窮乏している。新政府が引き起こした西南《せいなん》戦争や過度な改革により、金《きん》の価値が下落し、物価の上昇が進行したのだ。

大隈が下野し、対立していた松方正義《まつかたまさよし》が大蔵卿《おおくらきょう》になると、今度は極端な物価低落政策を採用した。

巷《ちまた》に流通する金を吸い上げ、日本銀行を作り、通貨をコントロールしようと試みた。

この構想は悪くはなかったが、政策は、庶民には人気が無い。せっかく作った米や作物が安く買い叩《たた》かれるなど経済が低迷し、収入が少なくなった庶民は、借金せざるを得なくなった。その結果、更なる窮乏生活へと追い込まれていった。

明治の新時代の流れに乗って成功した者と、没落してゆく者、この二つの流れの乖離《かいり》は大きくなるばかりだ。

金持ちや政治権力を握った者は、ますます威張り、一方、貧しさから抜けられない庶民は、ますます貧しさの底に落ちる。両者の関係は剣呑《けんのん》になっていく。

私は貧しく育った。貧乏の悲惨さを嫌というほど経験している。貧しさに追い詰められた者たちは、金持ちに対して戦わざるを得なくなる。社会主義的な思想の蔓延《まんえん》が危惧《きぐ》される世の中になってきた。

そんな時代を愉快に過ごすことなど可能なのだろうか。

塾生の多くは、実業界や政界で成功して、豊かで愉快な人生を送りたいと願っているように思える。金持ちになることが愉快な人生だと考えている。しかし私は、少し違う。もしかしたら貧しい者の側に立つ社会主義者になるかもしれない……いやいや、そんな柄ではないか。

「おい、いるのか」

突然ドアが開き、寮生の原田敬吾《はらだけいご》が飛び込んできた。

「いきなりどうした？　戦争でも起きたか？」

私は笑いながら言った。

「戦争は、近々起きるぞ。なにせ政府は、清《しん》国と事を起こそうと虎視眈々《こしたんたん》と狙っているからな」

原田は言った。「いや、そんなことではない。君たち、俺の話を聴いてくれ」

「わかった。聴こう。清国との戦争以上に重要な話だな」

私は言った。

「そうだ。特に桃介には聴いてもらいたい」

原田の何やら不敵な笑いが不気味《ぶきみ》だ。

「いったい何事だ」

　上野が言った。

「女だ。それも飛び切りの美人だ。それが両国橋《りょうごくばし》に現れるのだ」

　原田が上野ににじり寄るように迫った。

「美人？　それはいい。詳しい話を聞こうじゃないか」

　上野が、尊大な態度で腕組みをし、どっしりと胡坐《あぐら》をかきなおした。

「桃介は興味は無いのか」

　原田が聞いた。

「無い。女は所詮《しょせん》、女に過ぎない。そんなものにうつつを抜かし、時間を無駄《むだ》にしたくはない」

「面白《おもしろ》くないことを言うな。飛び切りの美人、見たことも出会ったこともない美人だぞ。それでも興味は無いというのか。やせ我慢をするな。今回の企《くわだ》てにはお前の力がぜひ必要なのだ」

「俺の力？」

　私は俄然《がぜん》、興味を覚えた。愉快なことが待っている予感がしたのだ。

「話すぞ。いいか？」

　原田が身を乗りだした。

「両国橋界隈《かいわい》に、白馬に跨《また》がって疾駆《しっく》する美少女が現れる。彼女は、なんでも成田山《なりたさん》のお不動様を深く信仰しているらしく、そこまで馬で駆《か》けてお参りをする。その道すがら、両国橋を渡り、大《おお》川《かわ》の土手《どて》を走るんだ」

原田の目がうっとりとし、焦点がぼやけ始めた。白馬の美少女を想像しているのだろう。

「それで、その女と俺と、どのような関係がある？　俺が必要な理由《わけ》を言えよ」

私は言った。

原田は、夢見心地《ゆめみごこち》から覚め、真面目な顔に戻り、私を見つめた。

「俺は、その美少女と知り合いになりたいのだ」

「はははは」

私は原田の真面目な顔を見て、笑ってしまった。あまりにも真剣だったからだ。

「笑うとは何事だ。失礼だろう」

「すまない、すまない。ところでその女はどこのだれなんだ」

「噂によると、葭町《よしちょう》の半玉《はんぎょく》で小奴《こやっこ》というらしい」

「これまた……葭町か」

東京には花街《かがい》といわれる柳橋《やなぎばし》、浅草《あさくさ》、向島《むこうじま》、赤坂《あかさか》、新橋《しんばし》、神楽坂《かぐらざか》、そして葭町などがある。

これらは花柳界《かりゅうかい》ともいわれ、料亭や待合茶屋、芸者置屋《おきや》があり、多くの男たちを喜ばす遊興《ゆうきょう》の街である。

「芸者置屋浜田屋《はまだや》の半玉だな」

上野が言った。

「知っているのか」

私は、驚いた。

「ああ、噂には聞いたことがある。まだ十四歳くらいだが、たいそう色っぽく魅惑的《みわくてき》だそうだ」

上野までその女を知っていると聞き、私は、驚くと共に少し腹立たしく思った。世情に疎《うと》いようでは、この変化の激しい時代に生き残ることは出来ないと思ったからだ。

「それで俺に何を期待している」

「正直に言おう。悔《くや》しいが桃介は二枚目だ。いや、それ以上である。美しいと言っていい。男ばかりの塾でお前に惚《ほ》れてしまいそうになったこともある。昔なら十分に若衆宿で人気を博すだろう」

原田が真面目に言った。

「おいおい、からかうな。若衆宿なんていつの話をしているんだ。尻の穴がむず痒《がゆ》くなる」

私は苦笑した。

若衆宿とは陰間《かげま》茶屋とも言い、美少年が春を鬻《ひさ》ぐ廓《くるわ》である。女犯《にょぼん》を禁じられた僧侶などが客であったという。

原田に言われるまでもなく、私は自分で言うのは憚《はばか》られるが、整った顔立ちである。街を歩いていても女性が振り向くことがしばしばある。そのことと葭町の半玉と、どのような関係があるのか。

「俺はむくつけき男だ。とてもその美少女を惹《ひ》きつけることは出来ない。自明の理だ。そこでその役目を桃介に引き受けてもらいたい」

「なんと！」

私は原田の計略に驚きの声を上げた。

「それはいい。俺は乗った」

上野が弾んだ声で言った。

「小奴が成田山にお参りし、両国橋あたりを通りかかる日時は押さえてある。その辺の情報収集は任せてくれ」

原田は胸を叩き、自慢顔になった。馬鹿なことにうつつを抜かしているものだ。このような情報を得るために浜田屋に近い者にどれだけの金を使ったのだろうか。

「小奴が通りかかったらチンピラを差し向ける」

「相手は馬だぞ。蹴り倒される」

「大丈夫だ。ぬかりない。大きな音を立てれば馬は驚くだろう」

原田は自信たっぷりだ。

「そこへ、桃介と俺がさっそうと登場するんだ」

「俺も加えてくれ」

上野が口を挟んだ。原田がきりりと睨《にら》んだ。

「仕方がない。上野も加われ。では桃介と俺と上野がさっそうと現れる。そしてチンピラを蹴散《けち》らす。小奴は、感謝して俺たちに礼を言うだろう。もちろん、桃介に目が留まるのは仕方がない。しかし派手に立ち回ったのは俺だ」

「俺も」

上野が自分を指さす。

「少し黙っていてくれ」原田がうるさそうな表情を上野に向ける。「その場で知り合いになれば、あとはなんとかする。俺が浜田屋の客になってもいい。桃介はそこで退場だ。わかったな」

原田がぐっと睨むように私を見つめた。

私は呆《あき》れた。よくぞこんな三文芝居《さんもんしばい》を考えたものだ。馬鹿々々しい。

「チンピラは、どうする？　適当な者がいるのか」

「そんなのは、これでなんとかする」

原田が指で丸を作った。金で雇うつもりのようだ。

「上手《うま》くいくと思うのか」

「絶対に上手くいく。桃介次第だ」

「俺は、とにかくその小奴とやらの目を惹けばいいだけなんだな」

私は熱意なく聞いた。

「その通りだ。やってくれるか？」

原田が身を乗り出してきた。

「退屈していたところだ。無聊《ぶりよう》を慰《なぐさ》める座興《ざきよう》としてやろうじゃないか」

私は言った。

正直なところ、気の乗らない風を装《よそお》ってはいたものの、小奴という美少女に興味を抱いた。会ってみるのも愉快ではないか。

人生、愉快に渡るに限る。

2

私たちは、両国橋の袂《たもと》で美少女を待った。

成田山新勝寺《しんしょうじ》に行く参拝道は、水戸街道を葛飾《かつしか》の新宿から分かれた成田街道を進むのが一般的だ。

「いずれにしても葭町に戻るには、両国橋を通る」

原田が自信を持って言った。

「旦那、馬に蹴られやしないでしょうね」

自信なさげに原田に話しかけるのは、原田が雇ったチンピラだ。地元の地回りらしいが、どうも威勢は良くない。若いには違いないが、腰つき、立ち居振る舞いは、頼りない。

原田は、腕が立つ男だと言ったが、まやかしだろう。塾生の原田が地回りに知り合いがいるとも思えない。どこかの待合茶屋で知り合った幇間《ほうかん》の類《たぐい》ではないだろうか。とりあえず幇間男ということにしておこう。

「大丈夫だ。馬は人間を恐れる動物だ。正面に立って、こうやって」原田が両手を広げて見せた。「どうどうどう、待ちやがれ。天下の大道《だいどう》を若い女が馬を走らすとは、どういう了見《りょうけん》だ、と大声を出せばいい。あとは俺たちに任せろ」

原田は、さも自信ありげに肩をそびやかす。

「こいつを本気で叩きのめしていいのか」

上野が原田に聞いた。上野の方が幇間男より身体が大きくがっしりしている。

「旦那、勘弁《かんべん》してくださいよ」

幇間男が、怯《おび》えたような目つきで上野を見つめた。

私は、小奴を脅《おど》かすことに関心があるわけではない。そんなことはどうでもいい。ましてや原田が書いた三文芝居の脚本が上手くいくとも思わない。疾駆する白馬と美少女に見惚《みと》れて、口をあんぐりと開けている間に、何事もなく終わるであろう。

もし、小奴が本当に魅力的な女性なら、その瞬間に自分がどんな行動をとるのか、それが興味深い。

自分の行動を興味深いなどと言うのは、おかしいかもしれない。しかし私は、自分を別の自分が見つめ、評価し、判断を下している気分になることが多い。

例えば、ある行動を実行しようと考える。それに対する周囲の反応を想像して、その渦中にいる自分の精神状態を想像する。そしてそれが理に適《かな》うのであれば、実行するのだ。

慎重《しんちょう》と言えば、慎重。臆病と言えば、臆病。計算高いと言えば、計算高い。

自分でも決して愉快な性質《たち》ではないと思っている。しかし時には、突飛な計算外の行動をしてみたい。それが愉快に繋がる。もしかして小奴はその契機になるかもしれない。

「しっし、あっちへ行け」

幇間男が近寄ってくる犬を追い払った。最近、野良犬が増えてきたのだろうか。ウウウ、と犬が幇間男に向かって唸《うな》り声を上げ、黄ばんだ牙《きば》を剝きだしている。

「嫌だね。犬、嫌いなんですよ」

幇間男が情けない顔をする。近くに落ちていた木の枝を取り上げ、犬を「しっし、あっちへ行け」と強引に追い払った。

「たった一匹じゃないか。情けない奴だな」

原田が顔をしかめる。

「オイ、静かにしろ。聞こえないか」

上野が真剣な顔で耳をそばだてた。

「聞こえる、聞こえる」原田の表情が一変し、明るくなった。「来るぞ、来るぞ」

「ええ？　来るんですか」

幇間男が泣きそうな顔になりながらも、準備運動のつもりなのか膝《ひざ》の屈伸を始めた。

「馬のひづめの音だな。最近ではとんと聞かなくなった」

私は呟いた。微《かす》かに地面を叩くリズミカルな音が聞こえてくる。

最近は、人力車が大いに流行《はや》っている。従来の駕籠《かご》が廃《すた》れてきた。遠出するのにも人力車が多い。それにしても馬、それも目立つ白馬に跨って少女が駆け抜けるなどというのは聞いたことも見たこともない。

「来た、来た、来たぞ」

原田が興奮している。馬が見えた。疾走しているわけではない。ここまでの街道は速く走ってきたかもしれないが、さすがに街中《まちなか》が近くなって走りを緩《ゆる》めたのだろう。

馬は、ゆっくりと脚を繰り出している。その馬上には髪を後ろで一つにきりりと結び、姿勢を正した白い袴《はかま》に赤い振袖姿の目にも鮮《あざ》やかな少女が跨り、身体を揺らしている。

「いよいよだぞ。オイ、準備はいいか」

原田が幇間男に声をかけた。

「へい、用意万端でやす」

幇間男は、腰は引けているものの、今にも飛び出さんと身構えた。

馬と小奴の姿が近づいてきた。両国橋から続く川土手をこちらに向かってくる。

私たちは、川土手の街路樹の陰に隠れているので小奴からは見えないはずだ。

凛々《りり》しい。そのひと言に尽きる。まだ遠目だが、小奴の姿は、まるで錦絵に描かれた若侍のようだ。もし、ここに弁慶《べんけい》がいたならば、牛若丸《うしわかまる》参上と言ってもいいだろう。

馬がすぐ近くまできた。

「今だ、さあ、行け」

原田が幇間男の尻を叩いた。

幇間男が、腰を低くして、馬の前にまるで大砲の玉のように飛び出そうとした。

その時だ。ワンワンワン。急に犬が幇間男の尻に嚙《か》みついた。一匹ではない。三匹もいる。先ほど、幇間男が木の枝で追い払った犬が、よほど腹が立ったのか、仲間を連れて戻ってきたのだ。

「ぎゃっ！」

幇間男は、馬の前に飛び出す前に、道路に転んでしまった。

ワンワンワン！　ワンワンワン！

犬が、幇間男の服を噛んで引きずる。

「止《や》めろ！　止めろ！」

幇間男が、両手両足をバタつかせる。

ヒヒヒーン。馬が嘶《いなな》いた。飛び出してきた男と犬に驚いたのか、前脚を高く上げる。

「きゃぁ！」

小奴が叫んだ。手綱《たづな》を握《にぎ》りしめているが、あまりにも馬が高く立ち上がったために鞍《くら》から振り落とされそうだ。

「た、助けてくれ！」

幇間男は、犬を振り払うと、一目散に逃げだしていく。

「あ、あいつ！」

原田と上野が、予想外の成り行きに何も出来ず、呆然《ぼうぜん》と立ちすくんでいる。

幇間男が消えてしまい、攻撃対象を失った犬たちは、馬を襲いだした。

ヒヒヒヒーン。

馬は、前脚、後ろ脚を交互に蹴り上げ、犬から逃れようとする。

「あーっ」

長い悲鳴と共に小奴が馬から振り落とされた。

私は、その瞬間を見逃さなかった。素早く動き、馬のそばに近づき、小奴が馬から振り落とされると同時に、両手でその身体を抱き止めた。

まだ十四、五歳だと聞いている。軽いには軽いが、両腕にはしっかりと小奴の肉の柔らかさ、膨《ふく》らみが感じられる。よろけながらも絶対に倒れまいと両足を踏ん張った。

「大丈夫か？」

原田と上野も駆けつけてきた。私が倒れないように二人で支えてくれた。

「ありがとう。大丈夫だ」

私は、二人に言った。

その時の二人の顔、特に原田の顔は忘れられない。くしゃくしゃに歪《ゆが》んで、今にも泣きそうなほど、情けない顔なのだ。悔しさ、腹立たしさ、後悔《こうかい》、自分に対する責め苦など、ありとあらゆる負の感情が渦巻いていた。

原田は、自分が小奴を受け止め、抱きかかえる役割を担《にな》うつもりだったのだ。それが野良犬の闖入《ちんにゅう》によっておじゃんになってしまった。

私は、原田の顔を見て、笑いを堪《こら》えるのに必死だった。あまりの愉快さに表情が崩れてしまいそうになった。

しかし笑うわけにはいかない。私の腕の中には、恐怖で怯えている小奴がいる。

「上野、馬、馬を捕まえろ」

私は言った。

野良犬は消え去っていた。馬は、ようやく落ち着きを取り戻し、少し離れた場所でじっと佇《たたず》んでいる。

「承知した」

上野は、小走りに駆け寄り、馬の手綱を摑《つか》んで、こちらに連れてきた。

「大丈夫でしたか？」

私は、腕の中で目を閉じる小奴に声をかけた。

静かに目を開けた。

「どちら様か存じませんが、ありがとうございます」

肌は透き通るように白く、眉《まゆ》はきりりとし、目は鈴のようにつぶらである。その輝きは、思いのほか、知的な印象だ。聡明《そうめい》な少女なのだろう。

私は、その瞳に魅入《みい》られた。身体がしびれる。唇は乾き、喉の奥がいがらっぽくなる。全身に熱があるような感覚だ。

「ファム・ファタール……」

私は呟いた。

運命の女、魔性の女の意味だ。

「何か？」

小奴が私の呟きを耳にし、聞き返した。

「いえ、何も」私は動揺していたが、それを上手く隠し、落ち着いて答えた。「では足を地につけましょうか」

「はい。お願いします」

小奴は私の腕の中から離れ、地面に足をつけた。

袴の裾を白く可愛《かわい》い手で軽く払った。

「ご無事で何よりでした。私たちは慶應義塾の塾生です」

原田が一歩前に進み出て、勢い込んで自己紹介を始めた。「私は、原田と申します」

小奴は原田を一瞥《いちべつ》しただけで、私に向き直った。

「お兄様、改めてお礼申し上げます。ありがとうございました」小奴が軽く頭を下げた。「お兄様のお名前は？」

「私ですか？」

まるで年上の女から聞かれているような気分に陥った。大きくつぶらで潤《うる》んだ黒い瞳が、私をしっかり捉《とら》え、離さない。

「岩崎桃介と言います」

私は緊張していた。

「桃介？　果物の桃ですか？」

小奴が小首を傾《かし》げる。

「ええ、その桃です」

「桃太郎さんなんですね」

小奴は小さな口を手で押さえ、ころころと弾むように笑った。

「おいおい、俺を忘れないでくれよ」

馬の手綱を持ったままの上野が不満顔で言った。

「申し訳ありません。私が手綱を持ちます」

小奴は、上野から手綱を受け取ると、馬の頬を優しく撫でた。

「彼は、上野と言います」

私が紹介すると、上野が軽く頭を下げた。

「この馬は、人を選びます。大人《おとな》しくしていましたから、あなたのことを気に入ったのでしょう」

小奴は、上野に笑顔を向けた。

「恐縮です」

上野は褒《ほ》められ、頭を掻いた。

収まらないのはこれを企画した原田だ。自分が主役になるはずが、脇役にもならない。やや剣呑な態度で「君の名前は？」と聞いた。

「申し遅れました。私《わたくし》は葭町の浜田屋におります小奴と申します。まだ半玉でございます。よろしくお願いします」

小奴は丁寧《ていねい》に頭を下げた。

「葭町の浜田屋と言えば、一流の置屋だ。さぞや名士の客が多いのだろう？」

原田が肩をそびやかして言った。少しでも大物に見せようというのか。

「はい。多くのお客様がお見えになります。皆さん方もお偉くなられたら、ぜひ遊びにいらしてください」

小奴は、笑みを浮かべて、原田に頭を下げた。

「乗馬をするとは、驚きです。どこで習われましたか？」

私は聞いた。

「お義母《かあ》さんの方針で、出来ることは何でも勉強しなさいと、乗馬だけではなく水泳も習っております。師匠《ししょう》は、浜田屋のお客様です。そのほかにも踊り、三味線《しゃみせん》、謡《うたい》、英語などいろいろ習い事は多いのです。ではこれで失礼いたします」

一人前の芸者になるためには、いろいろなことを習得しなければならないのだ。

小奴が馬に跨り、手綱をくいっと引いた。馬が動き出す。

「また変なのが現れるかもしれん。送ってしんぜようか」

原田が、尊大な様子で言った。

「お気持ちだけで結構でございます。でも……送っていただけるのなら……」小奴は、思わせぶりに私を見つめた。「桃太郎さんに送ってもらいたいと思います」

「桃太郎ではありません。桃介です」

私はきつく言った。

「ごめんなさい。桃がつく名前って桃太郎しか知らなかったものですから」

小奴の笑いにつられて、私も笑ってしまった。

このようにあけすけに自分の欲求を口にする少女を知らない。徳川の時代から十数年を経ただけで、これほど主張のある女性が登場するのだ。私は、驚きを持って小奴を見つめていた。

「しょうがない。小奴さんは桃太郎に任せたよ」

原田が諦めたように言った。

「俺たちは邪魔なようだから、さっさと消えるとするか」

上野が言った。

「それではご希望通り、お送りしますが、私は馬には乗れません」

「大丈夫です。歩いてまいりましょう。馬も成田山までの往復で疲れておりますから、ちょうどよろしいですわ。では参りましょうか」

小奴は、馬の手綱を引き、歩き始めた。頭の高さが彼女の背丈の倍以上もありそうな馬を引き、堂々と歩く姿は、若い女性が馬を引く奇妙さと相まって、沿道の人の注目を集めた。

私は、彼女の後ろをついて歩くだけだ。これでは送っているのか、送られているのかわからない。主客転倒とはこのようなことをいうのだろう。

しかし、私は愉快でたまらなかった。まるで道化《どうけ》を演じているようだからだ。

景気が悪化し、世の中の人はうつむき気味《ぎみ》で、世間はくすんでいる。その中を錦絵から飛び出してきたような目にも鮮やかな白馬と美少女が歩いているのだ。沿道の人から、よっ、ご両人とか何とか声がかけられるかもしれない。そうなればもっと愉快だろう。

「私は、日本橋《にほんばし》で生まれたのです」

小奴は、自分の身の上を話し始めた。

私は、黙って耳を傾けていた。

「両替商の越後屋《えちごや》っていうのをご存じかしら？」

「いいえ。存じません」

「とても立派でしたの。私、その家で十二番目に生まれたのですが、もう、その頃から商《あきな》いが上手くいかなくなっていたんですね。それで七歳で浜田屋の女将《おかみ》の養女になりました。三歳から踊りなども習っておりましたから、芸の世界に憧れもありまして、私としては渡りに船というところかしら。あなたは？　桃介さん」

小奴が上目遣《づか》いに私を見る。その瞳の力に当てられると、一瞬、たじろいでしまうほどだ。

「私などは、語るほどの生まれではありません。貧しい農家のせがれです。支援していただける人があり、慶應義塾で学ぶことが出来ております」

「自分のことをそのように紹介されるのは、よほど、自信がおありなのですね」

「そんな……事実です」

私の出生論を、自信の表れという鋭《するど》さに私は感服した。実際、そうかもしれない。底の底から這《は》い上がり、昇り詰めようという思いがなければ、自らを貶《おとし》めることはない。

「将来は何になるおつもりですか？」

再び、小奴が私を見つめた。

「まだわかりません」

私は答えた。

「そうですか。いつか偉くなって、私をお座敷に呼んでくださいな。本名は貞《さだ》と申します。葭町に奴《やっこ》という名妓《めいぎ》がおられたようで、お義母さんが、その方にあやかって小奴と名付けてくださいました。今は十四歳ですが、いずれ近いうちに奴と名乗ってお座敷に出る予定です」

小奴は、わずかに目を伏せた。自分の運命が決まっていることへのやるせなさが垣間《かいま》見えた気がした。

「貞さんというのですか。私の母と同じ名ですね」

私は、そこでもファム・ファタールという言葉が浮かんだ。

母は美しく、田舎にあっては教養のある女性である。私の塾への進学を心から喜んでくれた。

私が貧しい農家の息子というのは卑下でもなんでもない。事実である。実際は、川越よりもっと田舎の村の生まれである。父は、百姓に向くような性格でもなく体力もなかったので川越に出て、商売を始めたが、さほど上手くいかなかった。運が少し開けたのは、明治十一年（一八七八）に川越に第八十五国立銀行が出来てからである。父が文を書けるということで行員に採用されたのだ。それでなんとか暮らしは息をつくことが出来たのである。ただし貧乏から抜け出せたわけではない。

貧しさが全面に出た生活を、私は惨《みじ》めだとか、恥ずかしいと思ったことはない。ただし、貧しさが邪魔をして思うような人生を歩けなくなることだけが悔しかった。だからなんとしてもそこから抜け出たいと熱望していた。

「桃介さんのお母様と同じ名前ですか。ご縁を感じます」小奴が私を見つめて微笑んだ。「ねえ、桃介さん、私を待ち伏せしていたんでしょう」

「えっ、そんなことは……」

「ないとは言わせませんよ。私、馬上から見ていたんです。なんだか怪しい人たちがいるなって」

小奴が悪戯《いたずら》っぽく笑った。

「バレていたのですか」

「時々、そういうことをなさる殿方《とのがた》がおられるのです。いつもなら馬を早駆けさせて通り抜けるんですが、今日はなぜかゆっくりと進んでしまいました。それにしても、あの犬には驚きました」

「私も驚きました」

私の答えに小奴が意外な顔をした。

「あの犬は仕掛けではないんですか？」

「はい。たまたまです」

私は正直に答えた。

小奴がくすっと笑った。

「何がおかしいのですか」

「あの犬がいなければ、馬は驚かなかったでしょうね。あの変な男の人が前に立ったくらいでは馬はなんとも思いませんから」

「はあ、なんとも……こんな仕掛けをして申し訳ありません。言い訳しても仕方がありませんが、私の発案ではありません」

私は言った。

「謝ってもらう必要はありません。これもお不動様のお導きかと思いますが……」小奴は私を見つめた。馬が歩みを止めた。小奴は成田山の不動明王を深く信心しているのだろう。「私、今、ドキドキしています。桃介さんが好きになったみたいです」

私は、小奴の突然の告白にうろたえた。なんと答えていいのだろうか。心に秘めておくべきことを素直に口に出す女性は初めてだ。

白馬は、軽いひづめの音を立てながら歩き始めた。

「私も同じ気持ちです」

私は答えた。

答えてしまった、というのが正直なところだ。嘘を言っても始まらない。私は、小奴に魅了《みりよう》されていた。こんな気持ちになるのは経験がない。胸が急に苦しくなる。かきむしられたようで、息が苦しい。小奴の顔をずっとずっと見つめていたい。

「嬉《うれ》しいです」

小奴が言った。

「浜田屋が見えてきました。ここまでで結構です」

小奴は立ち止まって私に言った。胸が痛い。これが恋というものなのだろうか。私には初めての経験だ。今まで女性とこれほど離れがたく思ったことはない。ましてや小奴とは、つい先ほど出会ったばかりだ。いくら軽薄を自認している私でも軽薄過ぎないだろうか。こんなに簡単に女性を好きになってしまうのだろうか。離れがたく思うのだろうか。

「また会えますか？」

小奴が聞いた。

「会いたいと思いますが、私が出入り出来るところではありません」

私は正直に言った。塾生の分際《ぶんざい》で、料亭に通うわけにはいかない。この制約があることが、余計にこのような名状《めいじょう》しがたい感情を引き起こすのだろう。

「私がなんとかします」小奴は小指を差し出した。「指切り。また会えますように」

「また会えますように。私のファム・ファタール」

小奴の小指に、私の小指を絡《から》ませた。一瞬、小指の先から、足のつま先まで電流が走り、びりびりとしびれる感覚に襲われた。私は、思いきり小奴を抱きしめたい衝動にかられた。奥歯をぐっと強く噛みしめて、その衝動を必死で抑え込んでいた。

第二章　名門

1

私は頻繁《ひんぱん》に小奴《こやっこ》と会うようになった。

東京に出てきて初めて恋した女性が小奴である。

これまで女性とは縁がなかった。私より年上の塾生や、見かけが老成している塾生は、吉原《よしわら》などで女を買っていた。私も誘われたことがあるが、それだけは出来なかった。女を商品のように扱うことは許されないと思っていた。単に童貞を卒業したいとか、性の処理をしたいとかいうのではなく、純粋に恋がしたいと願っていたのだろう。

こんなことを原田《はらだ》や上野《うえの》たちにいうと、何を気取ってやがるんだと馬鹿にされるのが落ちだと思うのだが……。

小奴は最初に出会った時からファム・ファタール、運命の女だと感じた。心の奥底で何かが私に囁《ささや》いたのだ。この女と一生、つき合うことになるぞ、と。

私は、これが恋だと思った。

小奴に会うために私は浜田屋《はまだや》に行った。金は無いので、客としてではない。友人として行った。小奴の養母である亀吉《かめきち》は歓迎してくれたが、私の訪問が度重なると、あまりいい顔をしなくなった。

亀吉は、小奴をいずれ一流の芸者に仕立て上げようと考えていた。小奴の美貌《びぼう》と機転の利く賢さからすれば、十分に可能性のあることだった。

置屋の商売としては、小奴はあくまで売り物である。商品である。可能な限り高く売らねばならない。それをどこの馬の骨ともわからぬ学生に取られるわけにはいかないのだ。

しかし小奴は自由である。賢い女性なので自分の立場は十分にわかっていると思うのだが、亀吉の思惑には左右されず私と会うことを選択した。

浅草《あさくさ》に行きましょう、と小奴が言った。君は、成田山《なりたさん》の不動明王を信仰しているんじゃないのかい、と私は聞いた。

「浅草は女の神様でしょう。だから私たちはよくお参りするの」

浅草観音が女性かどうかは知らないが、小奴が女の神様と思っているならそれはそれでいい。

「行こう。実は行ったことがないんだ」

私は背広姿で、浜田屋の近くで小奴を待った。

塾生の多くが着ている袴《はかま》に高下駄《たかげた》という、いわゆるバンカラ姿を私は醜《みにく》いと思っている。薄汚れていて汗臭くて不潔だ。

そのため、詰襟《つめえり》の洋装をあつらえたが、これもなんだか警官に間違えられそうで愉快ではない。そこで思い切って西洋人のような背広を新調してみたのだ。日本橋《にほんばし》に出来た洋服屋で作ったのだが、自分でも似合うと思っている。色は、シックなダークグレーだ。

小奴はどう思うだろうか。街には、背広を着ている日本人はまだ珍しい。西洋人を相手に仕事をしている者くらいだ。先生は、どういう訳かいつも着物姿である。西洋を日本に紹介した張本人であるのに、西洋人と同じ恰好《かっこう》をするのを好まれないようだ。着物を着るのが、日本人としての矜持《きょうじ》の表れだと思っておられるのだろうか。

この私の姿を見たら、どのように思われるだろう。塾生らしくないと叱責《しっせき》されるかもしれない。心配ではあるが、先生には、いろいろと注意を受けっぱなしであるのだから、今更《いまさら》背広の問題が一つ加わったとしても大したことはない。

小奴がやってきた。

彼女の周囲が輝いている。カラスの濡《ぬ》れ羽《ば》色のように美しい黒髪を髷《まげ》に結《ゆ》い、雪よりも白い肌に真っ赤に彩《いろど》られた小さな唇から白い歯が覗《のぞ》いている。

振袖から白い腕を露《あら》わにして、私に向かって手を振っている。着ている着物は目にもあでやかだ。菜の花色の紗綾形地紋《さやがたじもん》の地に紅《くれない》、艶紅《つやべに》などの糸で刺繍《ししゅう》された牡丹《ぼたん》の花が咲き乱れ、その中を金糸刺繍の蝶が飛んでいる。帯は桜色に染められ、金糸銀糸《きんしぎんし》が織り込んであり、まるで春霞《はるがすみ》のようだ。

「桃介《ももすけ》さん、素敵だわ」

小奴は満面《まんめん》の笑みだ。

「背広を作ってみたんだ。素敵と言ってくれて嬉《うれ》しいよ」

「桃介さんは、日本人離れした顔立ちと体形だから背広が似合うんだわ」

小奴が言う通り私は、いわゆるバタ臭い顔立ちだ。彫りが深く、目鼻立ちがはっきりしている。また背も大方の人よりも頭一つ抜けている。それに特段の運動もしていないが、胸板は厚い方だ。日本人は、肉を食べず、まともな食事が出来ない歴史が続いた。そのため全体に背が低く、胸板も薄い。私は、肉を食べたわけではないが、幸い西洋人に近い顔立ちと体形に生まれた。

「君こそ、素晴らしいよ。まるで太陽が地上に降りたみたいに輝いている」

私は眩《まぶ》しさに目を細めた。私の絶賛に喜んだのか、小奴は振袖をくるりと両腕に巻き込み、身体《からだ》を一回転させた。今いる場所が花畑になったかのような錯覚を覚えた。

「行きましょう」

小奴が言った。葭町《よしちょう》から浅草まで歩くのは何でもないと思ったが、小奴は、なんと流行《はや》りの人力車を頼んでいた。

私たちの前に黒い漆塗《うるしぬ》りの人力車がやってきた。

「これで行くのかい」

「そう」小奴は私に右手を差し出すと、「乗せてくださいな」と言った。多少、どぎまぎしたが、小奴の手を恭《うやうや》しく取ると、車に乗せた。そして私も小奴の隣に乗った。

車夫が、「ようござんすか」と梶棒《かじぼう》をぐいっと持ち上げた。身体が背後にゆらっと揺れるのを感じた。これは寮で話題になるかもしれないな……。私の心もゆらっと揺れた。

2

観音様で有名な浅草寺《せんそうじ》は、千三百年近くの歴史を持つ。

漁師《りようし》が隅田川《すみだがわ》で漁をしていると観音様の像が網にかかったという。その観音様を祀《まつ》る浅草寺はご利益《りやく》があるということで、日本中から参拝者を集めている。

純粋に祈りを捧げる人ばかりではなく、多くは寺周辺の娯楽施設が目当てである。

「凄《すご》い人だね」

人力車を降りた私は、仲見世《なかみせ》通りにうごめく人々にたじろいだ。

「何を驚いているんですか。毎日、こんな感じです」

小奴は、私の手を握《にぎ》ると引っ張って歩き出す。私たちは、人混みの中に入り込んだ。

参拝客は、華やかな小奴の姿に見とれ、遠巻きに取り囲む。まるで身体に触れるのがおそれおおいかのように、人々が遠ざかるのだ。そのため私たちの周りには、不思議なことに静謐《せいひつ》な空間が生じた。

私たちは、人の流れに逆らわず仲見世通りを歩く。軒を連ねる商店には、玩具《がんぐ》、かんざし、喫煙道具、仏壇仏具、絵葉書、菓子、団子《だんご》、甘酒……。ありとあらゆるものが販売されている。この場に販売されていないものはないかのようだ。

「何度か来たことがあるんだね」

「ええ、お客様のお供をしてね」

小奴は、花火の店に立ち寄った。線香花火を手に取っている。

「それが欲しいの？」

私は、自分の所持金で十分購入可能だったので、財布を取り出そうとした。

「私、線香花火は好きじゃない。なんだか悲しくなるから。花火は、夜空に大きく、こうやって」小奴は、両手を大きく広げた。振袖が揺れた。牡丹柄が舞っている。それはまるで夜空に大輪《たいりん》の花火が広がったように美しい。「パッと花咲く方がいい。本堂に行って、早くお参りを済ませましょう」

小奴は私の手を摑むと、力を込めて引いた。

小奴は早足で、人の流れを縫うように進む。私は手を引かれ、そのあとに続く。

浮足立つ……とはこういう気分を言うのだろう。あでやかな振袖の少女に引かれている背広姿の若者を、周囲の人たちはいったいどのように見ているのだろうか。注目を浴びているのを実感する。それは恥ずかしさよりも心地よさだ。心がしびれる。

私は、新しく始まった明治という時代と共に生まれた。それまでの封建体制が崩壊したと同時に生を享《う》けたのだ。そのことに何かしら運命のようなものを感じている。

身分制度の中で、息をひそめていた人々は新しい時代を迎えて、思いきり背伸びをしようとしている。もちろん、中には新時代への不適合を起こし、没落していった者もいる。

この浅草寺の境内《けいだい》にも、まだ月代《さかやき》頭の男を何人も見かける。武士の世が終わったことを受け入れられないのだろう。

私は、彼らとは違う。新時代の波に乗る決意だ。そのためには東京に勝たねばならない。この生き馬の目を抜く東京の中に埋没せず、どうやれば存在感を示すことが出来るかを考え続け、行動している。手段は問わない。だれよりも目立ち、認められなければ、私の前に道は開けない。

先日、私が仲間と共に企画運営した塾の運動会が開催された。

西洋では、若者が走ったり、跳《と》んだりなどして身体を鍛えるそうだ。若者たちが一カ所に集まって、競い合う大会も頻繁に行われている。これを運動会と称するらしい。

そこで塾でも運動会をやろうということになり、私もその企画運営に携わった。

西洋の運動会の情報を集めて、見よう見まねで実施にこぎつけた。だれも専用の運動着を持っていない。走るにあたっても服装は自由である。袴に下駄で走る者もいれば、メリヤスのシャツで走る者もいた。

さて私はというと、友人に絵の上手《うま》い者がいて、彼に白のメリヤスシャツの背中いっぱいに咆哮《ほうこう》するライオンの顔の絵を描いてもらったのだ。それを着ると、ライオンが真っ赤な口を開けて、今まさに人の頭に食いつかんとしているように、皆錯覚するほどだった。

私は友人の画才に大いに感心したのだが、彼は、本当にこれを着て走るのかと心配そうな顔をした。

私は、皆と同じ姿で走るのを良しとしない。目立ちたいということもあるが、これも処世術の一つである。

川越《かわごえ》の田舎者であり、なんの後ろ盾もない私にとって、多くの観客が集《つど》う機会は、自分を売り込むチャンスである。

もちろん、これが吉と出るか凶と出るかはわからない。しかし東京という、新時代の最前線で人々が成り上がりたいとうごめいている場所で生き残るには、尋常《じんじょう》の手段では通用しないだろう。

大々的に宣伝したから、先生のご家族を含めて、多くの観客が集まった。

私はこのライオンシャツを着て、徒競走に出場した。塾生が一斉に、一〇〇メートルを駆け抜けるのである。

スタートラインに立った時から、人々の目が私に注《そそ》がれているのが痛いほどわかる。

ライオンだよ。

あのライオンはいったい何？

囁きは、次第に大きくなり、徒競走の号砲がなる時には、「ライオン、頑張れ！」という声援に変わっていた。

私は、期待に背《そむ》かず一着でゴールした。この時、観客席から、「ライオン、ライオン」という大きな声援が木霊《こだま》したのを快く聞いていた。

今、私は、小奴と共に浅草寺の本堂で手を合わせている。

周囲の人は、私より小奴に注目している。嫉妬心《しっとしん》が顔を出しそうになるが、私自身も小奴が白く小さな手を合わせている姿を、いつまでも見ていたい気持ちである。

私は無理をして目立とう、注目を浴びようとしているのだが、小奴は自ずと、人々の視線を集める天性がある。

「何を祈っているの？」

「内緒です」

小奴は唇に人差し指を当て、微笑《ほほえ》んだ。

参拝が終わり、小奴と共に緋色《ひいろ》の毛氈《もうせん》が敷かれた屋台《やたい》の縁台《えんだい》に座った。すぐに若い女性が盆に茶を二つ載せてやってきた。私は、団子を二人前頼んだ。

茶は薄く、香りもないが、喉を潤《うるお》すには十分だった。

「こんなことを聞いて失礼だけど、今の暮らしはどうなの？」

私は、茶を啜《すす》りながら聞いた。幼くして両親の下を離れ、芸者置屋の養女となる人生に同情を禁じ得なかったのだ。

「どういう意味？」

小奴の視線が鋭《するど》い。

「いや、あまりに僕と違う人生だから関心があったんだ」

少し動揺する。

「なにも？」小奴は目を伏せた。「変わったことなんかないわ。お義母さんは優しくて、私にいろいろなことを教えてくれる。もし浜田屋に来ていなかったら、私は貧しさの中で泣きながら暮らしていたんじゃないかと思う。ここでは頑張れば、浮かび上がる機会がある」

「機会？」

小奴は今は半玉《はんぎょく》であり、そのあとは芸者への道があるだけだ。機会というのは、資産家や政治家の庇護《ひご》を受けることなのか？

「新時代の波に乗って出世された方が多いでしょう？　それまではお百姓だったのが、今では大資産家になっておられる方もいる。女はその点、昔と同じ。良い男性と縁があれば、豊かな人生を歩んでいくことが出来る。中には学問されて立派になられている方もいるけど、男性次第の人生、それが女性の人生でしょう。私は、そんなの嫌」

「嫌なのか。男に追随《ついずい》する人生は嫌なのか？」

「はい。自分の力で生きてみたい。もし可能なら、私の力で、男の人を世に出してみたい」

小奴は決意のこもった顔つきになった。

「不思議だな。君って」

「そうかしら？」

「不思議というのが拙《まず》ければ、新しいね」

私は微笑んだ。

「新しい女性ってこと？」

小奴が首を傾《かし》げる。

「そうだよ。自立して生きていきたいと考えている女性は、あまりいないんじゃないかな」

「私は別に無理して自立したいって考えているわけじゃないの。でも父が商《あきな》いに失敗すると、母まで一緒にダメになる。そして娘を手放さざるを得なくなるって悲しいでしょう？　こんな人生は送りたくないだけなの。桃介兄さんは？」

突然、質問を振られてしまった。小奴は、私より年下だが、はるかに過酷《かこく》な人生を歩んでいる。しかしそんな暗さは微塵《みじん》も見せない。私は、小奴を尊敬していた。

「何者になりたいか、まだわからない」

「政治家？　事業家？」

小奴が聞く。

「わからない。でも……」

私は小奴をじっと見つめた。「あえて言えば、桃介になりたい」

私は強い口調で言った。

小奴が口に手を当て、堪《こら》えきれずに笑いを漏《も》らした。

「おかしいかい？」

「桃介になりたいって！　桃介兄さんこそ不思議な人だわ」

小奴は、声に出して笑った。周囲の人が、その明るい笑い声に誘われるように振り向いた。

「僕は君を尊敬する。僕と一緒に暮らすかい？」

私は真剣に言った。

「結婚しようってこと？　そうね……。桃介兄さんの奥さんになって、桃介兄さんを何者かにするのもいいかもしれない」

小奴は真剣な表情になった。

私たちは、お互い見つめ合った。私の耳からは周囲の喧騒《けんそう》が消えていった。

私は、黙って小奴の手を取り、小指を絡《から》めた。

「約束？」

小奴が聞いた。見つめる黒い瞳の中に私の姿がはっきりと映っている。

「……」

私は、何も答えず、絡めた小指を離した。急に不安を覚えたのだ。私は、臆病《おくびょう》なのである。

3

「お前、小奴とつき合っているらしいな」

原田が私の部屋に入るなり、恨《うら》めしそうな顔で睨《にら》んだ。

「ああ、あれ以来な」

私は、ごまかさずに正直に答えた。

「言っておくけど、塾生の分際《ぶんざい》で芸者とつき合うのはどうかと思うぞ。お前と小奴が浅草でいちゃついているのを見ていた奴がいるんだ。そのうち噂になって先生に叱責されても知らんぞ」

「叱責されても、小奴とつき合うのは止《や》めんよ。俺の勝手だ。恋愛は自由だ」

原田は声を上げて笑った。

「何がおかしい」

私は憤慨《ふんがい》した。

「お前、あんな小娘とつき合っていて、いったい自分の将来をどう考えているんだ。足を引っ張られるだけだぞ」

「そんなことをお前に心配してもらう必要はない。それに心配するなら、笑うな」

私は、拳《こぶし》を握りしめ、原田の頬に近づけた。

「俺を殴《なぐ》るのか。殴るなら殴れ」

原田は顔をぐいっと突き出した。

「殴らん。お前を殴ったらこの拳が穢《けが》れる」

私は、拳を解《ほど》いた。

「何が穢れると言うんだ。いずれにしても我々は学生だ。まずは学問ありきだ。その姿勢を忘れるな」

原田は、軽蔑《けいべつ》したような目で私を見た。

私は、小奴とつき合っている。小奴の立場や幼さを考えて、当然ながら肉体関係はない。結ぼうとも思っていない。そんな俗物的な関係を超えて、私は小奴を尊敬している。一個の人間として見ているのだ。私は彼女を、彼女は私を「何者か」にするために、お互いに尽くすのだ。

「小奴は、俺のファム・ファタールなんだ」

私は言った。

原田が、さも訝《いぶか》しげな表情で「ファム・ファタール？　小奴を運命の女だと言うのか？　魔性の女の意味もあるな。お前をとり殺すかもしれんぞ」と言った。

「ははは」今度は私が笑う番だ。「大丈夫だ。俺と小奴は似た者同士なのだよ」

「似た者同士？」

原田が首を傾げた。

「ああ、そうだ」

私は肯定したものの、どうして「似た者同士」という言葉がふいに口をついて出たのかわからない。しかしこの表現は当たっている気がする。互いに惹《ひ》かれあっているのは事実だ。それは似た者同士で、同じような匂い、そして運命の行く末を感じているからだろう。

「何が似ているんだ」

原田は、すこぶる機嫌が悪い。仕方がない。小奴に最初に目をつけたのは、原田である。私は、それを横取りしてしまったのだ。

「上手く言えない。しかし、似ている。金持ちとか、権力者とか、そんなものではなく、何者かになりたいと願っているところだと言っておこう」

私の答えに、原田は鼻で笑った。

「あとで泣きを見るのが落ちだ。あの世界の女たちは、男を籠絡《ろうらく》するのが仕事だ。好きにしたらいい」

原田は言い、私の部屋から出て行こうとした。

「ずいぶん、盛り上がっているようだな」

戸を開け、酒井良明《さかいよしあき》教師が入ってきた。原田といい、酒井教師といい、千客万来である。

「酒井先生！」

原田が、突然の酒井教師の登場に驚き、慌《あわ》てて私を振り向いた。その表情には憐憫《れんびん》が見えた。

というのは、酒井教師が私を注意するために来たのだと理解したのだ。

小奴とつき合っていることが塾生から酒井教師の耳に入り、そして先生の耳にも入ったに違いない。先生は怒っておられることだろう。私に退塾を命じられるかもしれない。

なぜなら先生は、奥様であるきん様一筋の人であるからだ。

現在の成功者は、例外なく愛人を持っている。それが成功者の甲斐性《かいしょう》でもあるかのように皆愛人を自宅に連れ帰り、夫人に世話をさせている。

当代きっての成功者である渋沢栄一《しぶさわえいいち》しかり、安田善次郎《やすだぜんじろう》しかりである。さらに言えば政治家で愛人のいない者を探すのが難しいほどだ。正式の夜会に、愛人同伴で出席するのも常態化している。中には欧米ではこれが普通だと嘯《うそぶ》く者もいる。

安田善次郎は、もし本妻との間に子どもが出来なければ、妾《めかけ》との間に子どもをなしても構わないという家訓を制定していると聞いたことがある。家の存続を前提としている社会では、子をなさない妻は離縁されても文句が言えない。家の存続のため成功者は、多くの愛人を抱える。そんな理屈を述べるが、その裏でどれだけ多くの女性が泣いているかわからない。

私は、独身であり、どんな恋愛をしようと自由なはずである。しかし、先生からみれば半玉とはいえ、葭町の芸者とつき合っていることは許せないだろう。

酒井教師は、どのように注意するのだろうか、私はいささか緊張した。

「原田、お前は席を外してくれるか」

酒井教師は、原田に言った。

「はい、了解であります」

原田は大げさな仕草《しぐさ》で敬礼をした。そして私を見て、口だけを動かし、何かを伝えようとした。「ア・ト・デ・オ・シ・エ・ロ」と言っているように見えた。

私は、「バ・カ」と同じように口だけ動かし、返事をした。

原田は憤慨《ふんがい》して、部屋を出て行った。

「まあ、そこに座れ」

酒井教師は、畳の上に胡坐《あぐら》をかいた。

私は正座だ。座り込んだ以上、じっくりと説教されるに違いないと確信し、覚悟を決めた。

「話がある。重要な話だ」

酒井教師は、私をじっくりと見つめた。

覚悟を決めたと言ったが、そういう時の私は、判断が素早い。酒井教師が、どう切り出そうかと悩まれるのを見るのも切ない。私はこちらから自分の考えを主張すべきだと考えた。

毅然《きぜん》とした態度で、酒井教師を見つめた。

「私は、自分の意思で、自分の責任で、葭町の小奴とつき合っております。よからぬ噂を耳にされたのでしょうが、私と小奴との間には不適切な関係はございません。お互いの人格を高め合おうという関係にすぎません。お互いが自立した人間としてつき合っております。たしかに葭町で働く女性たちは社会的に不幸な境涯《きょうがい》にある者も多いのは事実です。しかし、小奴は……」

私は言葉を尽くしたが、酒井教師の表情に困惑が浮かび始めた。

「ちょっと待て」

酒井教師が両手を前に突き出し、私の話を止めた。

「いったいなんの話だ？　小奴とは何者だ？」

酒井教師は、驚いたように瞬《まばた》きもせず私を見つめた。

顔が赤らむのを感じた。拙《まず》い。私は、軽薄《けいはく》であると自任している。それは演じている面もあるのだが、実は、粗忽者《そこつもの》、いわゆるおっちょこちょい、間抜けであった。酒井教師は、小奴との噂を耳にしていないのだ。

「いえ、まぁ、なんというか……」

私は口ごもった。

「まあ、いい。その話は、あとでじっくり聞くとしよう。私が、ここに来たのは他でもない。桃介、養子に行く気はあるか」

「はあ？」

今度は、私が驚く番だった。私は口をあんぐりと開け、酒井教師のいう「養子」の言葉が理解出来なかった。

「驚くのも無理はない。君に養子の話があるんだ」

酒井教師の表情は真剣だ。むしろ深刻といっても過言ではない。

私は、ごくりと唾を飲み込んだ。今度は粗忽ではいけない。落ち着いて答えねばならない。

「私は次男ですので、養子に行くのは差し支えないでしょう。しかし昔から粉糠《こぬか》三合持ったら養子に行くなと言われております。養子に行くより、自分の力で世に出たいと考えております」

私はしっかりとした口調で答えた。

酒井教師の顔色が曇った。私の返事が芳《かんば》しくないので残念に思っているのだろう。

「養子がダメなら、嫁を貰《もら》う気はないか」

酒井教師が言った。

「何を言うのですか。私は、まだ十八歳です。それに学生です。実家は貧乏です。生活出来るはずがありません」

「養子もダメ、嫁を貰うのもダメなのか」

酒井教師の視線が強くなった。なにやら思惑がありげの様子だ。

いったいだれが私を養子に迎えようと考えたのか。また娘を私の嫁にしようと考えたのか。

むらむらと好奇心が頭をもたげてくる。

「残念だな……」酒井教師は私をじっと見つめる。「しかし、今の世の中でひとかどの者になるには支援者が必要だ。明治の新しい世になり、十数年が過ぎた。この間、没落した者もいれば、大成功を収めた者もいる。一言でいえば、格差とでも言うかな。これがますます拡大している。成功者と失敗者を分けるものは何か。私にもよくわからないが、単に本人の努力だけではないことは確かである」

酒井教師は、元福井藩《ふくい》の士族であり、真面目で先生の覚えもめでたい。難点は話が理屈っぽいことだ。

「酒井先生の話はわかりますが、いったい私のようなどこの馬の骨ともわからぬ者を養子にしようとか、娘を嫁にやろうとかいう物好きはだれですか？　教えてください」

私の質問に、酒井教師は口角《こうかく》を引き上げ、にやりとした。

「だれだと思う？」

「そんなのわかりませんよ。意地悪ですね」

「話してやってもいいけど、養子に行く気がないんだろう？」

さらに口角を上げる。皮肉な笑いだ。嫌味な態度である。

「まあ、その通りですが、興味がありますし、事と次第によっては考えないでもありません」

私は、少し前向きな態度を見せた。ここまで酒井教師にもったいぶられると興味を持たざるを得ないではないか。

「そうか、考えてくれるか。ならば明かそう」

酒井教師が私の方にぐっと顔を突き出してきた。

胸の鼓動が自ずと高まった。いったいだれが私を認めたというのか。

「福澤先生だ」

酒井教師の口から、信じられない名前が飛び出した。

「まさか、福澤諭吉《ゆきち》先生ですか？」

私は念を押した。

「そうだ。福澤諭吉先生、その人だ」

酒井教師が深く頷《うなず》いた。

「冗談はよしてください。あり得ないでしょう。からかっているのですか」

気分を害した。教師としてあり得ない冗談だ。糾弾《きゅうだん》に値する。

「冗談ではない。こんなことを冗談で言えるか。本当だ」

「私は、先生から睨まれている最たる塾生ですよ」

自分を指さしながら言った。

睨まれているというのは本当だ。何度も注意され、退塾の命令を受けそうになったことさえある。

鈴ケ森《すずがもり》の刑場跡からしゃれこうべを掘り出したことが発覚し、塾生にあるまじき狼藉《ろうぜき》であると、先生に激しく叱責されたのに加えて、寮の食事の改善を要求し、調理場の破壊行為に及び、調理人をつるし上げたのだ。

これは、しゃれこうべ事件以上に先生の怒りを買った。食事に不満があれば、正規の手続きを踏んで改善要求すればいいのに、集団で調理場に乱入したのだから当然である。

破壊行為集団のリーダーは私だ。他の連中は、私に扇動《せんどう》されただけである。

若さとは破壊である。エネルギーの爆発、暴発である。これが若さの所以《ゆえん》である。訳知り顔に落ち着き払って道徳を説くなどというのは、ある意味、若さへの冒瀆《ぼうとく》である――私は、このような屁《へ》理屈を言い、集団を組織し、調理場の破壊行為に及んだ。その結果、日頃のもやもやはすっきりと晴れ、再び明日から頑張ろうではないかとエネルギーが心身に充満していくのを感じることが出来た。集団を構成した他の塾生も同じ感想を抱いた。

しかし私の屁理屈は、先生には全く通じなかった。

私たちは先生から行為の非正当性、悪辣《あくらつ》さについて諄々《じゅんじゅん》と諭《さと》された。先生は、怒りに打ち震えておられたのだが、怒鳴ったり、体罰を加えたりされることはない。あくまで理と情に訴えるのだ。

これには参った。仲間は全員、心から謝罪した。

しかし私は、謝罪を拒否した。自分がした行為について謝罪すれば、全てが水に流され、覆水《ふくすい》が盆に返るわけではない。その事実を認めたうえで、次の手を打つのが正しい反省であると思うからだ。

簡単に言えば、謝れば許してもらえると思うのは、甘えであるということだ。

しかし、私のこの考えも先生には通じない。そこで謝罪を拒否するなら、退塾を命じるが良いかとまで言われたのである。

私を見守る仲間たちにも緊張が走った。私は、覚悟した。

「謝りません」

私は、言い切った。

「そうか……」と先生は、悲しそうな表情を浮かべ、「部屋へ戻ってよろしい」と言われた。追って沙汰《さた》するということなのだろう。

謝罪を拒否した私に対して仲間たちは尊敬、あるいはすぐに謝罪に転じた自分たち自身への羞《しゅう》恥《ち》、慚愧《ざんき》ともつかぬ表情で私を見つめた。彼らは、私が塾を出て行くのは間違いないと思っていた。ところが結局、退塾命令はなかった。

それが一転して、先生の娘婿《むこ》になる、すなわち養子となる話である。にわかに信じろというのが無理な相談だ。

「私も、なぜ桃介を養子にしようと思われたのか、その真意がわからなかったために先生にお伺いした。すると、奥方のきん様が桃介がいいと言うのだ。それに、長女のさと様も賛成されたらしい。次女のふさ様の婿には桃介が相応《ふさわ》しいと、お二人がぞっこんなのだそうだ。もちろん、ふさ様も乗り気である。お前が運動会でライオンのシャツを着て走ったのに、さと様が感激されたらしい。それで大人《おとな》しいふさ様の婿には、お前のような元気な者がいいと、きん様に話された。きん様も同意され、先生を説得したという次第だ」

「私の相手は次女のふさ様ですか？」

私はどんな女性だったか、思い出そうとした。

運動会、そして時折、塾生を招いて催《もよお》される福澤家での会食の記憶……。

「そうだ。ふさ様だ。長女のさと様は、中村貞吉《なかむらさだきち》様に嫁がれているからな。ふさ様も十七歳となられ、婿を探しておられたのだ」

中村貞吉氏は、福澤先生好みの真面目《まじめ》、実直な方だ。私とは正反対である。

私は、混乱していた。退塾を命じられる可能性のあった男をなぜ、婿養子に迎えようとするのか。

ようやく、ふさを思い浮かべることが出来た。ふさは、活発で利発なさとの陰に隠れるようにしていた物静かな女性だった。ふっくらした顔立ちで、性格は控えめで、あまり強い印象はない。

人が振り返るほどの美少女である小奴と比較しようもないのは、事実である。

「こんないい話はない。お前は、海外留学を希望しているようだな。だが、実家は、さほど裕福ではないと聞いている」

「はい」

私は、貧しさを素直に認めた。

「自力《じりき》では留学は無理だ。留学すれば、道は大きく広がるが、そうでなければ道は狭い。先生は養子に来てくれるなら、留学させようとの心づもりでおられる。どうだね、これでもこの話を受ける気にならんか」

私は、考えていた。もちろん、小奴のことだ。ふさと結婚すれば、小奴とは別れねばならない。

私の考えを見透かしたかのように酒井教師が、「先ほど聞いた葭町の女のことを考えているのではあるまいな」と聞いた。

「いいえ」

私は嘘をついた。

「それならばいい。深い関係でなければさっさと別れ、忘れることだ。相手も紅灯《こうとう》の巷《ちまた》に生きる女だ。すぐにお前のことなど忘れる。それが習いだからな。それに塾生の分際で葭町の女との浮名が先生の耳に入れば、この話が流れることは間違いない。なにせ先生はきん様一筋であられるからな」

酒井教師は、厳しい目で私を睨んだ。この話を断ることは許さないという目つきである。

「先生は独立自尊を主張なさっております。それならば私が福澤の名前になることを潔《いさぎよ》しとされないのではないでしょうか。もし養子になるならば、新しい一家を作りたいと思います。福澤と岩崎《いわさき》を合わせて岩澤という家はどうでしょうか。これなら実家の父母も認めてくれると思います」

私は、粉糠三合持ったら養子になるなという格言まで持ち出した手前、最後の抵抗を試みた。

酒井教師が、不愉快そうに表情を歪《ゆが》めた。ごじゃごじゃと屁理屈を並べる男だ、と呆《あき》れているのだ。

「お前の言い分はわかった。先生に伝える。それで養子の口は了解するんだな」

強い口調だ。

もはや進退窮《きわ》まった。剣でいえば、切っ先を喉元に突き付けられた状態である。もしこの話を断れば、酒井教師は、私と小奴のことを先生の耳に入れるだろう。そうなれば今度こそ退塾させられるのは間違いない。先生の子煩悩《こぼんのう》振りは、塾生のだれもが知るところである。その愛嬢との縁談を断り、葭町の芸者とのつき合いを選択したとなれば、顔に泥を塗られ恥をかかされたも同然だ。

「覚悟を決めろ」

酒井教師が、さらに強い口調で言った。

「両親に相談……」

私の声が弱くなった。

「ご両親が反対されるはずがないではないか。息子の出世が見えているんだぞ。この話を断れば、お前の将来はない」

酒井教師の表情に、苛立《いらだ》ちが浮かんでいる。私の逡巡《しゅんじゅん》が理解出来ないのだ。

私は、臆病である。その臆病さを隠すためにかえって軽薄で派手な行動をとることがあるのだ。

選択肢は二つだ。ふさか小奴。どちらの道を選ぶか。それで大きく人生が変わる。

ふさを選べば、私は、当代の偉人ともいえる福澤諭吉の娘婿として生きることになる。留学し、西洋の知識を身につけ、明治という新時代を闊歩《かっぽ》出来る可能性が格段に高くなる。

一方の小奴を選択した場合はどうか。小奴と夫婦になれる可能性は少ない。彼女をめとるには、置屋に相応の金を積まねばならない。その金は無い。また小奴が、そのことを望んでいるかどうかもわからない。彼女は、あの世界で一流になろうとする自立心の強い女性だ。私がいなくても生きていけるだろう……。

私は考え、考え抜いた。

しかし結局は、留学と福澤諭吉を後援者に得ることに、どれだけ自分自身を納得させることが出来るか、その理由を考えていただけだった。

「わかりました。お受けします。留学の件はよろしくお願いします」

私は酒井教師に頭を下げた。

この瞬間に小奴との関係を切ることを渋々ながら決断した。そして小奴の前から、このまま静かに消えていくことにしたのである。卑怯者《ひきょうもの》、臆病者の人生の選択である。

こんな選択は、人生には往々にしてあるものだ。私はざわめく自分の心を納得させた。

第三章　アメリカ生活

1

私は明治二十年（一八八七）二月二日にアメリカに旅立った。横浜からシティ・オブ・リオデジャネイロ号に乗船した。

このまま安定した航海が続けば、二月末頃にはサンフランシスコに着くだろう。

船のデッキで、少しぬるくなったビールを飲みながら海を眺めた。ずっとずっと先まで青い海が広がっている。波は高くない。

それにしても、運命とは自分で図ろうとしても図れないものだ。だれがアメリカに向かう船のデッキでビールを飲んでいる私を想像しただろうか。

川越《かわごえ》の田舎者が、何者かになろうと足掻《あが》いていたら、こんなことになってしまった。

これでよかったのだろうか。後悔《こうかい》しても今更《いまさら》遅いのだが、とうとう福澤《ふくざわ》諭吉《ゆきち》という人の養子になってしまった……。

先生の次女・ふさとの結婚話が持ち上がった時、最初は、別家を立てて独立する考えだった。福澤と岩崎《いわさき》を合わせて岩澤とかなんとか名字を作ればいいなどと思っていた。

ところがいつの間にか、先生や奥様のきん様に説得され、福澤家の養子となってしまった。忸《じく》怩《じ》たる思いはあるものの、留学させてやるとの誘惑に勝てなかった。

塾生たちが私のことを、福澤家の囲い者になったなどと嫉妬《しっと》交じりの悪口を言っているのを耳にした。

そんなことは気にしない。私への悪口で溜飲《りゅういん》を下げるなら、良しとしなければならない。

一番気がかりなのは、母のサダのことだ。

婿《むこ》養子話が持ち上がった際、父の紀一は体調が優れなかったこともあり、万事を母が取り仕切った。

父や親類縁者たちは、今を時めく福澤諭吉の養子となる話に諸手《もろて》を挙げて賛成した。

しかし、母だけは浮かない顔をしていた。

兄の育太郎《いくたろう》は、「長男としての俺の負担が減る。養子だろうが何だろうが構わない」と賛成した。私への仕送りを負担している育太郎は、母の気持ちもおもんぱかって養子であろうと気にするなと言ったのだろう。

それでも母の表情は冴《さ》えない。私は、「留学するために養子に行くんです。今の時代は留学し、欧米の新知識を習得しなければ偉くなれません。お父様、お母様を幸福にし、岩崎家を再興するためです」と母に言った。

そんなことを口にしながら、これは本当の気持ちなのかと、もう一人の私が疑っているという不思議な感覚を覚えた。

母を悲しませてまで、どうして留学しなくてはならないのだろうか。

もしかしたら先生が幕末にアメリカに渡ったからだろうか。それをきっかけに先生は世に出た。あわよくば私も同じ道を辿《たど》りたいと願ったのだろうか。

おそらく、私は裕福な家庭に生まれ育った塾生に嫉妬していたのだろう。彼らは易々《やすやす》と留学して行く。本人がそれをどれだけ強く望んでいるかわからないが、親の事業を受け継ぐには、留学し、箔《はく》をつけておくことが必要だからだ。

先生は、『学問のすすめ』でこんなことを言っている。

「天は人の上に人を造らず人の下に人を造らずと言えり。（略）されども今、広くこの人間世界を見渡すに、賢き人あり、愚かなる人あり、貧しきもあり、富めるもあり、貴人もあり、下人もありて、その有様雲と泥との相違あるに似たるは何ぞや」

この言葉を見ると、先生はどうして人に格差が生まれるのかと考えておられていたのだろう。

豊前中津《ぶぜんなかつ》藩の下級武士の家に生まれた先生は、名門や上級武士の家に生まれたというだけで出世していく者たちを見て、嫉妬心を抱いたり、忌々《いまいま》しく思ったりしたに違いない。

この格差の壁を打ち破るのは、学問しかない。先生が辿り着いた結論だ。そしてその通り、学問で身を立ててこられた。その恩恵を私たちにも与えてやろうと塾を開設されたのだ。

しかし学問を修めただけで世に出ることが出来るのか。それは甚《はなは》だ疑問である。やはり門閥閨閥《もんばつけいばつ》、富裕層出身者は、その対極にある者より、有利であることは確かだ。

貧困で、下層階級の者は、いくら優秀で、学問を修めようとも世に出る機会が圧倒的に少ない。多くの者が埋もれたままで死んでいく。

明治維新《いしん》直後は違っていたかもしれない。経済界を見渡しても安田善次郎《やすだぜんじろう》、渋沢栄一《しぶさわえいいち》、大倉喜八郎《おおくらきはちろう》など、門閥閨閥などに依拠《いきょ》しない人物が大きな成功を収めている。岩崎彌太郎《いわさきやたろう》も同じようなものだ。

あの当時は、世の中全体が混乱し、価値観が大きく転換した時だ。なにせ三百年近くも続いた徳川の世が終わる大転換時代だ。そうした混乱期には、それに乗じるように新しい価値観を掲げた人物が登場してくる。

だが混乱が収まり、世の中が落ち着くと、転換した価値観が既存の秩序となり、次代の新しい価値観を排除し始める。成功者は、既存勢力と化して新しく世に出ようとする者を阻《はば》む壁となるのである。

現在はそうした時代であると言えるだろう。世に出たいと熱望する若者は、既存勢力の庇護《ひご》を得ようと躍起《やっき》になり、それが得られなければ早々に挫折《ざせつ》を経験することになる。

先生は、既存勢力が力を持つ時代に塾生が風穴を開けることを望まれている。独立自尊を強く主張されるのはそのためだ。

現在の政財界においては、薩長閥《さっちょうばつ》という二つの雄藩《ゆうはん》出身者が有利な位置にある。幕臣出身の先生にしてみれば薩長が牛耳《ぎゅうじ》る社会は甚だ面白《おもしろ》くない。自分は、門閥閨閥も無く、派閥の支援も無いという不利な状況から今日の名声を獲得《かくとく》したのだから、塾生にも出来るはずだと思われているのだ。

先生が官僚にはなるなと口をすっぱくしておっしゃるのは、官僚の世界が薩長によって牛耳られているからだ。そんな世界で報《むく》われない苦労をするくらいなら、経済界に進み、だれも手をつけていない新しい分野を切り開けとの思いがあるのだ。鶏口《けいこう》となるも牛後《ぎゅうご》となるなかれ、である。

しかし、先生の独立自尊の考えに反するようだが、やはり世に出るためには踏み台が必要だ。他より高い踏み台があれば、より高く跳ぶことが可能なのは道理である。

先生は、私に娘婿、養子縁組という高い踏み台を用意してくださったのだ。それは先生の本意ではなく、奥様のきん様の意向を汲《く》んでのことかもしれない。それでも構わない。私は、その踏み台を使わせてもらうことにした。

福澤家の養子になることで、私は世に出る通行手形を得、親類縁者たちは岩崎家の再興だと喜び、騒いでいた。

その中で母だけが違っている。

母は目に涙を溜《た》めながら、「養子に行っても卑屈《ひくつ》になるんじゃない」と私に言った。

「大丈夫ですよ」

私は、微笑《ほほえ》んだ。幼い子どもではない。虐《いじ》められたり、卑屈になって泣くようなことはない。何をそれほど心配しているのか。私の微笑は、過剰に心配する母を安心させるためのものだった。

「悔《くや》しい。何が福澤だ。西の果ての草深い田舎のサンピン侍の子ではないか。世が世なら、そんな者の世話にならずとも留学くらいさせてやったのに……」

ドキリとして、表情が固まった。サンピン侍とは、扶持《ふち》が少ない下級武士のことだ。母がこんな下品な言葉を使うとは……。よほど悔しいのだろうと、母の心を思いやった。養子に行くとの決断は、間違いだったのか。母の心に屈辱《くつじょく》を与えてしまったのか。

母は岩崎家が武田信玄《たけだしんげん》に繋がる家柄であることに誇りを持っている。維新で成り上がった下級武士など、なにするものぞと秘《ひそ》かに思っていたのだ。

「お父様、お母様をかならず幸せにいたしますから」

私は、母の手を取って誓った。先生の養子になるということは、塾生たちや世間の人たちが何を言おうと、世に出るチャンスであることは間違いない。

もう一人、私が福澤家の養子になることを快く思っていないだろう人物がいる。彼女の名前も母と同じとは、奇妙な偶然である。

貞《さだ》、すなわち小奴《こやっこ》だ。

私は、自分のことを卑怯者《ひきょうもの》であると認めざるを得ない。福澤家に養子に行くことを、貞に秘密にしていたのだ。

貞のことをファム・ファタール、運命の女であると思う気持ちは今も変わらない。しかし貞に会い続けることは、新妻になるふさを傷つけることになるだろう。それに、もし貞のことが表沙汰《おもてざた》になり、あること無いことが喧伝《けんでん》されれば、先生はもとより奥様のきん様も不愉快になられ、養子の話、ひいては留学の話が無くなる可能性が十分に考えられる。

恋か出世か。私らしくもない、極めて現実的で俗っぽい悩みだった。人は、この二者択一でどちらを選ぶのだろうか。私は、出世を選んだわけである。

貞に、このことをきちんと伝えるべきだと思った。しかしそれをする勇気はない。私は、彼女の前から静かに消え去っていくことを選んだ。この方が美しいだろう、貞とのことは良き思い出にすればいいと勝手に思うようにした。

貞は花柳界《かりゅうかい》の女である。私が留学している間に、私のことなど通り過ぎるそよ風がさっと頬を撫《な》でた程度にしか想い出さなくなるだろう。

だが、私の予想は完全に裏切られた。

私は横浜港の埠頭で、先生、きん様、婚約者のふさ、そして塾生たちに囲まれて乗船時間を待っていた。

ふさは、すでに妻になったかのように愛《いと》おしげな目つきで私を見つめ、「お身体《からだ》にお気をつけくださいませ」と言った。私は、「うん」と優しく応《こた》えた。その姿を先生夫妻も笑顔で見守っていた。

その時だ。私を囲んでいた人々の間から、大きなうねりのような驚きの声が上がった。何かと思い、私もふさも声のした方向に顔を向けた。私を囲んだ人々の輪が途切れ、空間が出来た。そこに、白馬に跨《またが》った貞が現れたのである。

私は、言葉を失った。先生もきん様も、もちろんふさも驚きで目を瞠《みは》り、口をぽかんと開けている。ふさは恐怖を感じているのか、私の背広の裾《すそ》を強く握《にぎ》りしめている。

馬上の貞が、私を見つめて笑みを浮かべた。私は、強張《こわば》りつつも笑みを返したが、頭の中でこの場をどのように切り抜けたらいいのかと考えを巡《めぐ》らせていた。

貞が、ひらりと馬から降り、手綱《たづな》を持ったまま私の方に近づいてきた。ふさは、私と貞を交互に見つめていたが、貞が近づくにつれ、恐れをなしたように私の後ろに隠れた。

周囲の人たちはしわぶき一つ発しないで、私と貞を見つめている。

白馬の手綱を引く貞は、まるで歌舞伎《かぶき》か何かの舞台から抜け出してきたように美しい。輝くような色白の肌で、西洋人形のように目鼻立ちが整っている。全身真っ白の乗馬服に黒のブーツを履《は》き、通常の乗馬帽ではなく鍔《つば》の広い帽子をかぶっている。

貞の登場に驚いていた人々も、息を呑むような美しさに見惚《みと》れていた。

私も同様に見惚れてしまっていた。愚《おろ》かなことに、この場の危機的状況をすっかり忘れてしまったのである。

「やあ、来たの？」

私は貞に声をかけた。ふさが私を見上げる目を瞬《しばたた》かせた。

「お知り合いなの？」

ふさが小声で聞いた。

「ああ、ちょっとしたね」

私は穏《おだ》やかに答えた。

こういったところが私の軽薄《けいはく》なところだ。軽薄であるがゆえに、こんな場面でもじたばたしない。いわゆる開き直りと言うやつだ。貞のことで先生やきん様に愛想《あいそ》をつかされ、なかんずく、ふさに嫌悪される可能性がある。その挙句《あげく》、アメリカに旅立たんとする今この場で、取りやめになるかもしれない。土壇場《どたんば》でそんなことになれば大いに恥をかくことになるのだが、私は、それはそれで運命であると覚悟を決めたのだ。

すると非常に穏やかな気持ちになり、周囲の状況が鮮明に見えてきた。

先生からは、私がどのような立ち居振る舞いをするのか見ている気配を感じた。

「その方がご婚約のお相手？」

貞は、私の背後に身を隠し、覗《のぞ》き込むようにしているふさに視線を向けた。

「そうだよ。紹介しよう。福澤先生のご息女で、ふささんだ。留学が明けたら、結婚する」

私は、落ち着いた口調で言った。

「それはおめでとうございます」

貞は笑みを浮かべて、ふさに頭を下げた。

ふさは、少しおどおどした様子だが、私の背後から前に出て、「福澤ふさです」と言った。
「葭町《よしちょう》の半玉《はんぎょく》の小奴です。桃介《ももすけ》さんにはいろいろお助けいただいた者です。この度《たび》のご婚約とご留学の件は、新聞で知りましたの。どうしても旅立たれる前に桃介さんにお礼を申し上げたくて、参りました」貞はふさに向かって言い、それから私を見て「お気をつけてアメリカに行ってきてくださいませ」と言った。

その目は落ち着いた光を宿しており、別れの哀しみは微塵《みじん》も感じられなかった。さすがは半玉とはいえ、花柳界で生きる女である。多くの人の前で愁嘆場《しゅうたんば》を演じることはない。

福澤諭吉の娘の婚約者の洋行となると、新聞記事になるのだ。

それに花柳界は、上流階級に関する情報、ありとあらゆるゴシップがいち早く流れる場所である。おそらく貞は、私の婚約と留学の情報を、新聞などよりも早く入手していただろう。そして私から何か言って来るのを待っていたに違いない。

「桃介兄さんから一言もご連絡がありませんでしたわね」

「悪かったね。アメリカに着いたら手紙を出そうと思っていたんだ」

私は、悪びれずに言った。

「こちらはどなたかな?」

先生が、きん様と一緒に近づいてきた。表情は硬《かた》く、やや険悪《けんあく》でさえある。

「先生、紹介が遅れました。いつぞやお話ししたかもしれませんが、野犬に襲われ、危ないところを救った縁で知り合いました、葭町の浜田屋《はまだや》の貞さんです」

私は、びくつくこともなく貞を紹介した。

「葭町？　浜田屋？」

先生の目が丸く見開いた。花柳界には一切、縁のない先生が驚くのも無理はない。

「浜田屋の貞でございます。小奴の名前でお仕事をさせていただいております。お店では伊藤《いとう》先生や大隈《おおくま》先生にご贔屓《ひいき》にしていただいております」

貞が言った。

ますます先生の目が大きく開く。私はその様子を見て、心が軽やかになった。このあたりも軽薄さのなせるところだ。

「伊藤博文《ひろぶみ》首相に大隈重信伯爵《しげのぶはくしゃく》？」

先生は、まるで助けを求めるように私に顔を向けた。

「はい、貞さんは人気者なのです」

「福澤先生もどうぞご贔屓に」

貞は言った。

先生の隣に立つきん様が厳しい顔になった。

「いや……私は……。まあ、何はともあれ、桃介君の見送りありがとう」

先生は苦笑《にがわら》いを浮かべた。

乗船時間を告げる汽笛が、港中に響いた。

「桃介君、出港の時間だ。船に乗りたまえ」

先生が言った。先生は、ふさのためにも早く貞の前から私を引き離したいのだ。先生の勘《かん》は鋭《するど》い。私と貞の間には、何かがあると感じ取ったに違いない。

「はい。しっかりと勉強してまいります」

私は、先生の手を固く握った。

周囲から、万歳の声が上がった。音頭《おんど》を取ったのは、原田《はらだ》だった。

「桃介兄さん、お身体に気をつけてください」

貞はそれだけ言うと、再び白馬に飛び乗り、人の間を駆け抜けて行った。私を振り返りもしなかった。貞の目に寂しさを見いだせなかったのは残念だったが、そこに貞の気丈《きじょう》さを見た気がした。

私は、貞の後ろ姿をわずかの時間、見つめていた。その時、ふさの嫉妬《しっと》を帯びた暗い視線を感じたのである。慌《あわ》ててふさに振り向き、その小さな手を取って「待っていてください」と強い口調で言った。ふさは、目に溢《あふ》れんばかりの涙を溜め、小さく頷《うなず》くばかりだった。

＊

海はどこまでも広がっている。私はボーイに声をかけ、二杯目のビールを頼んだ。少し眠くなり、目を閉じた。運命とは逆らわず、上手《じょうず》に身を委《ゆだ》ねるものなのだ……。

2

船の上で、私はこれまでに日本がどのような変遷をしてきたか思いを巡らす。

今は明治二十年（一八八七）だ。その十年前の明治十年（一八七七）九月二十四日、西南《せいなん》戦争の首謀者となった元参議《さんぎ》、西郷隆盛《さいごうたかもり》が戦争に敗れ、鹿児島の城山で自刃《じじん》した。これで国内で頻発《ひんぱつ》していた明治政府に不満を抱く士族たちの反乱が終わった。

維新革命の軍事的リーダーであった西郷は、時代に乗り切れない士族たちの不平、不満を一身に引き受けてこの世を去ったのだ。

その翌年、明治十一年（一八七八）五月十四日、明治政府最大の権力者であった内務《ないむ》卿《きよう》大久《おおく》保利通《ぼとしみち》が紀尾井《きおい》坂で不平武士に暗殺される。

西郷と大久保という明治維新の立役者《たてやくしや》が相次いで亡くなったことで、実権は伊藤博文や大隈重信に引き継がれた。

国内では、国会開設や憲法制定の論議が盛んになってきた。

国力が充実するに従って、社会制度も早期に欧米に追い付くため、伊藤らは国会開設や憲法制定に動き出した。しかし、伊藤と大隈の意見が対立し、大隈は明治十四年（一八八一）十月十一日に参議を罷免《ひめん》されるという事態が起きる。政変である。大隈は下野《げや》し、政府は伊藤中心で回ることになった。

その後、明治十八年（一八八五）十二月二十二日にそれまでの太政官《だじょうかん》制が廃止され、内閣制度が確立された。そして内閣総理大臣に伊藤博文が就任した。名実ともに伊藤が明治政府のトップとなったのである。伊藤は早期に憲法を制定すべく、精力的に動いた。

欧州ではビスマルクが宰相《さいしょう》を務めるドイツが勢いを増していた。一方、東アジアでは日本の台頭を快く思わない清《しん》国と朝鮮がますます日本への敵対の色を濃くしていた。庶民たちの間でもいずれ日本と本格的にぶつかるだろうと噂されていた。

私が向かっているアメリカはどうか？

一八六五年、奴隷解放を巡って四年にわたって争った南北戦争が終わった。

その間、北軍、南軍合わせて六十万人以上の戦死者が出たという。戊辰《ぼしん》戦争の死者数が約八千二百人である。一人一人の命の重さを考えると、軽々なことは言うべきではないが、南北戦争がいかに大きな犠牲《ぎせい》を払った戦いであったかということがわかる。その上、戦争を勝利に導いたリンカーン大統領が暗殺されるという悲劇も招いている。

あの戦争から約二十年が過ぎているが、まだ南北が和解し、分断が解消しているとは言えないのではないだろうか。

そして、自由を得たとは言うものの、黒人に対する差別が根強く残っている。日本人に対する差別はどうなのだろうか。

一八八二年には移民法が成立した。これは中国人排斥《はいせき》法と言われている。大挙してアメリカに移住してきた中国人は、カリフォルニア州人口の約九パーセントを占める。

アメリカ人から仕事を奪う中国人排斥を狙いとするこの法律が施行《しこう》された結果、中国人移民は劇的に減少したのである。

アメリカ人から見れば、日本人も中国人も同じに見えるだろう。中国人同様に差別されるのではないだろうか。

先生の長男一太郎《いちたろう》がニューヨーク州ポーキプシーに、次男捨次郎《すてじろう》がマサチューセッツ州ボストンに留学している。先生は、アメリカでの生活については彼らの世話になるようにと言ってくれてはいるのだが……。

3

同年二月二十一日に、船はサンフランシスコに着いた。

これがアメリカか……。私は、下船する際に足が震えるほど感動した。港には、数えきれないほどの船が停泊し、その向こうには天を衝《つ》くような高いビルが建ち並んでいる。港を行き交う人は皆、見上げるほど大きく、立派な体格である。

私は、教えられた通り大陸横断鉄道に乗り、ロッキー山脈を越え、シカゴ経由でニューヨークに着いた。そこで財閥・森村組《もりむらぐみ》のニューヨーク支店に立ち寄り、先生が送金してくださっていた百ドルを受け取った。そこから再び汽車に二時間ほど乗り、ハドソン川を越える。一太郎が待つポーキプシー駅に着いたのは三月三日の夕方だった。

約五〇〇〇キロにも及ぶ長い汽車旅だった。アメリカ大陸の大きさを肌で実感した。荒涼《こうりょう》とした景色が延々と続く。時折、遠くを土煙を上げてバッファローの群れが走り抜ける。雪を頂いたロッキー山脈は絶景だった。

汽車の食堂では、日本で食べたことがない分厚いステーキが供された。食事が合わなくて何も食べられなくなるのではと懸念《けねん》していたが、全くの杞憂《きゆう》だった。

この超長距離鉄道のお蔭で、アメリカの産業が大きく発展したのだろう。

これだけの線路を敷設《ふせつ》するのに、どれだけの労働力を必要としたのだろうか。幾万、幾十万の労働者、それも主に中国人を使ったと聞いたが、中には不幸にも事故で命を落とした者もいることだろう。

多くの中国人労働者を使役《しえき》しながら、不要になると排斥する法律を作ってしまう白人社会の傲慢《ごうまん》さ、閉鎖性《へいさせい》に、私は暗い気持ちになったが、延々と続く汽車の旅に圧倒されたのは事実である。

ニューヨークに着いた時は、もう驚きを超えて、声も出なかった。船でサンフランシスコに着いた時の何倍も衝撃《しょうげき》を受けた。

ただただ、アメリカは凄《すご》い。そのひと言でしか私の気持ちを言い表せなかった。

高いビルディングを見上げた。摩天楼と言うのだとアメリカの乗船客から聞いた。

圧倒的な高さに、圧し潰されそうな錯覚に陥った。同時にアメリカで事業をしたい。ここで成功者になり、これらを支配したいと思った。きっと多くの若者が、私と同じような願望を抱くだろう。それだけの魅力が、アメリカにはある。

駅の改札を抜けると、一太郎が待っていた。彼の顔を見ると、旅の疲れと興奮はあったが、全身の力が抜けるほど安堵《あんど》した。英語がままならぬ中での鉄道の旅の間、日本人にはただの一人も会わなかったからだ。

「桃介さん、アメリカへようこそ」

一太郎は笑顔で言った。

彼は、地元大学で農学を専攻している。やや人見知りのところがあると聞いていたが、温厚《おんこう》そうな印象を受けた。

「お出迎え、恐縮《きようしゆく》です」

「あなたがふさの婚約者ですね」

一太郎は、私の荷物を持とうとした。

「義兄《にい》さん、大丈夫です。自分で持てます」

「お疲れではありませんか」

「疲れてはいますが、それ以上に興奮しております。アメリカは、広い。そして凄い。見るもの全てが感動です。こんな国で勉強出来るなんて私は幸せです」

私は、はつらつとした口調で言った。

「アメリカは、これからもっともっと偉大になりますよ。トーマス・エジソンが発電事業を手がけてから電力事業に巨額の投資が行われています。電気は全ての産業の発展の源《みなもと》となりますから。日本も大いに学ばねばなりません」

「電気ですか」

十五年ほど前に銀座にアーク灯《とう》が点灯したが、電気が全ての産業を大きく変える力を持っているという一太郎の説明に驚いた。アメリカの電力事業にも、大いに興味を覚えたのである。

「なにはともあれ、お元気な様子で安心しました。桃介さんは明るい方とお見受けします。ふさは、大人《おとな》しいところがありますから、ふさの夫に相応《ふさわ》しい方だと思います」

私は、義兄一太郎に気に入られたようである。

「私の住まいも決めていただいているとか……」

「はい、今からご案内します」

一太郎は、待たせてあった車に私を案内した。

ポーキプシーの街にはニューヨークのような摩天楼はない。静かで落ち着いた雰囲気《ふんいき》だ。緑の木々が多く、それらに囲まれるように赤や白の美しい煉瓦《れんが》造りの家が続いている。

「いい街でしょう?」

「はい。とても静かですね」

「私は、ニューヨークのような喧騒《けんそう》はあまり好きではありません」

一太郎は言った。やや浮かない表情である。新しい刺激に興奮しっぱなしである私よりも、一太郎の方が疲れているようだ。

「着きましたよ」

車が停まった。車から降りると、門から玄関まで淡い緑の芝生《しばふ》の庭が広がっていて、その先に赤みを帯びた煉瓦造りの二階建ての家がある。二階の上には小さな塔があり、窓は鮮《あざ》やかな色のステンドグラスで飾られている。日本の家屋の質素さに比べれば豪華《ごうか》だが、威圧感はない。私は、たちまちこの家が好きになった。

車の停車する音を聞きつけたのか、玄関のドアが開き、恰幅《かっぷく》の良い男性が現れた。

「ようこそ」

男性は流暢《りゅうちょう》な日本語で私に呼びかけてきた。

「君の大家さんになるユンハンスさんだ」

一太郎が言った。

「福澤桃介です。よろしくお願いします」

「長旅で疲れたでしょう。中に入ってください」

ユンハンスは、太い腕で私の荷物を軽々と持ち上げた。

「私が……」

持ちますと言う間もなく、ユンハンスは歩き始めたので、慌ててそのあとに続いた。

ユンハンスはドイツ人である。この家に、日本人の夫人と十五歳の息子と住んでいた。

リビングに入る際、一太郎が耳打ちをしてきた。

「多少、うるさい人ですが、いい人ですから」

私がリビングのソファに座ると、夫人がテーブルに日本茶を用意してくれた。それを飲むと、ようやく身体の芯《しん》から疲れが押し寄せてきた。

4

アメリカ生活が始まった。

ユンハンスは、日本の名古屋《なごや》で病院の院長をしていたことがある。彼は、日本や日本人が大好きで、派手《はで》好みで金の亡者《もうじゃ》のようなアメリカ人があまり好きではなかった。

彼を見ていて、武士道が日本人の専売特許ではないことに気づいた。

彼の生活は、質素かつ厳格《げんかく》である。自分の子どもに対しては非常に厳しく躾《しつけ》をしていた。愛情は深いのだが、決して甘やかすことはない。子どもが泣いても、寒風吹きすさぶ中で冷水浴《れいすいよく》を強《し》いるのだ。

私に対してはさほど厳しくなかったが、それでも厳格だった。夕食の時間に遅れて、ものすごく叱られたこともある。

一太郎は、ユンハンスの厳格さに辟易《へきえき》していた。先生に苦情の手紙を出しては、叱られていたようだ。別の下宿先を見つけたいと、私に泣き言をいうこともたびたびだった。

一太郎とは初対面だったが、アメリカの空気に馴染《なじ》んでいるようには見えなかった。どこか鬱《うっ》屈《くつ》があるようだ。

私が心配する話ではないが、その点に関してはユンハンスも同意見で、あまり食が進まないので心配していると話していた。悩みがあるのだろうか。

私にも悩みがないと言えば嘘になる。ふさとの結婚のこともそうだが、横浜港の埠頭《ふとう》で別れた貞のこともある。

しかし、それ以上に、今、私の頭を支配しているのは、広大なアメリカという大陸のことだ。まさに、心が躍るとはこのことを言うのだろう。アメリカという凄い国で仕事をしてみたい。その意欲が全身にみなぎっている。こんな気持ちになったのは、私の人生で初めてのことだ。

私はずっと、自分が何者になりたいのかよくわからなかった。川越の貧しい農家の生まれにもかかわらず、東京の慶應義塾《けいおうぎじゅく》で学ぶという機会を得ることが出来た。これだけでも僥倖《ぎょうこう》といえるだろう。

日本中に貧しくとも学びたい、世に出たいと願う若者は多くいるはずだ。しかし、そのほとんどは、どんな機会を得ることもなく埋もれてしまうだろう。

私は恵まれていた。ついに、アメリカ留学の機会を得ることが出来た。だが、これがゴールではない。恵まれた出自《しゅつじ》の塾生たちと、ようやく同じスタートラインに立ったのだ。全てはここから始まる……。

しかし、英語が通じない。当然である。日本で少しかじった程度の英語が通用するはずがない。一太郎に相談すると、すぐに個人レッスンを手配してくれた。

塾や人前では遊び人を装《よそお》い、陰で必死に勉強したが、ここではそんな気づかいは必要ない。私は、なりふり構わず英語を勉強した。

大学に入るという考えはなかった。とにかく早く実践《じっせん》で実学を身につけたかった。学者になりたいわけではない。桃介にしかなれないものになる。目指すのは、独立自尊という先生の考えを体現する、実業の道だろうと考えた。アメリカという国にやってきたことで、何かが見えた気がしたのだ。

ユンハンスは私の勉強振りに感心し、君の努力を見ていると、アメリカの有名大学に入学出来るのは間違いない、と太鼓判《たいこばん》を押してくれるほどだった。

一カ月後には、英語に自信が持てるようになった。私は、イーストマン・ビジネス・カレッジに入学した。

この学校は先生も推奨《すいしょう》していて、幾人かの塾生が学んでいた。他の学校と比べて優れているのは、実践的な教育を提供している点だった。学校の方針は、短期間でアメリカで通用するビジネスマンを育成するというもので、商業に関わる法律を学ぶだけでなく、校内でのみ通用する模擬《もぎ》紙幣《しへい》を使って実際の商売をするなど、ユニークな内容だった。

私は昼夜を問わず勉強し、通常六カ月程度かかるところを、四カ月で修了した。

「桃介さんは、聞いていた評判とは違いますね」

一太郎が言った。

「どんな評判ですか?」

私は聞いた。

「少し偽悪家《ぎあくか》のところがあるのかな。必死で勉強している姿を見たことがないと聞いていますが、全くそんなことはありませんね。もの凄い勢いの勉強振りで、私は驚いています」

「とにかく早く実業につきたいのです。アメリカの強大さに驚いたからです。先生が、私をアメリカに留学させた意味がわかった気がしました。ここでは何も飾らず、何も気取らず勉強が出来て、とても自由になった気がします」

「桃介さんは、アメリカの気風に合っているんでしょうね。ところで、早く実業につきたいのはなぜですか?」

「私は、なんの後ろ盾もない人間です。両親は貧しく、私が世に出るには何も助けになりません。私は、そのことを悔しいと思っているわけではないのです。両親の代わりに先生が、私のような者に留学の機会を与えてくださいました。その恩に報いるためにも早く実学を身につけ、独立自尊の考えを実践したいんです。先生は、人はまず職を得る方法を講ぜよとおっしゃっています。しかる後に社会の各方面で働けと。今は先生のお力を借りていますが、ゆくゆくは、その助けがなくても生きていけるようになりたいのです。それが先生のお考えの実践だと思っています」

私は、一気に言った。

「大学には行かないのですか?」

一太郎が力のない声で聞いた。

「大学に行っている時間が惜《お》しい。アメリカに来たことで、自分がやりたいこと、なりたい姿が見え始めた気がします。この機を逃《のが》したくはありません」

「それなら、ボストンにいる弟の捨次郎に相談したらどうですか。桃介さんは前向きな人だから、捨次郎と気が合うと思います」

「一太郎さんは、これからどうなさいますか？　最近、お元気がないようなので心配しています」

「ご心配をかけてすみません。私ですか……。私は今、悩んでいるんです。実は、父や母から結婚を反対されていまして」

　一太郎は、肩を落とした。

「結婚！」

　驚いた。一太郎の悩みが結婚だとは気が付かなかった。

「相手がアメリカ人なのです。それで反対をされています。父も母も、私の行動に制約をかける人ではありません。しかし、アメリカ女性が今の日本で暮らせるかと心配しているんです。本音《ほんね》では、私に日本人の妻をめとらせたいのでしょう。女性にうつつを抜かして学業に身が入らないなら帰国しろと言われました」

「相手の女性はどう思っておられるのですか」

　私の問いかけに、一太郎は弱く笑みを浮かべた。

「それが……」一太郎は言い淀《よど》んだ。「実は、よくわからないんです。私の一方的な恋かもしれません。私がこの国に残る決心でもすれば違うのでしょうが……」

「それはいけません。一太郎さんは日本に帰って、一家を成すことを先生は期待されています。

アメリカに残るなんて許されないでしょう」

一太郎は、精神的にも非常に繊細《せんさい》なところがある。優しいと言えば優しいのだが、このアメリカで道を切り開くのは、私の目から見ても難しいだろうと思う。

「父からもそのように言われています。いずれにしても少し疲れてきました。どうするかはよく考えてみます」一太郎は、私を見つめて言った。「捨次郎の住むボストンに行ってください。新しい道が開けるでしょう」

私は、すぐに行動した。捨次郎に連絡を取り、私の考えを伝えた。捨次郎は大賛成してくれ、すぐにボストンに来いと言ってくれた。

一太郎とユンハンスに別れを告げ、私はボストンに向かった。

5

私は、アメリカ生活を謳歌《おうか》していた。ボストンに行き、捨次郎に紹介されたダンマー・アカデミーでさらに英語に磨きをかけた。

ここでも英語と実学を学んだ。学長は、私が初の日本人学生であることや、日本の有力者である福澤諭吉の義理の息子であることから、非常に歓待してくれた。

日曜日には、必ずと言っていいほど自宅に呼んでくれた。学長夫人や令嬢《れいじょう》と共にテーブルを囲み、歓談《かんだん》する機会は私に多くのことを学ばせてくれた。

捨次郎は、私があまりにもアメリカ人たちとの関係を深めるので、心配している様子も見せた。特に、若く美しい学長の令嬢と連れ立って街を散策しているとの噂を聞きつけた時は、激高《げっこう》し「桃介君、君は、ふさの婚約者であることを忘れるんじゃないよ」と言った。

私は笑いながら、「義兄さん、ご心配なく」と答えた。

私が、あまりにも厚遇《こうぐう》され、アメリカ人との関係が良好であるため嫉妬したのだろう。

ふさとの婚約に支障《ししょう》をきたすようなことをするわけがない。その婚約があったお蔭で、先生の支援を得られ、アメリカで学ぶことが出来ているのだから。それでというわけではないが、貞とは連絡を取っていない。彼女との関係は、これからどうなるか、私には想像がつかない。成功して、妾《めかけ》の一人でも持つようになれば、それが貞になるのだろうか。しかし夫婦関係を第一に考えられる先生がそんなことを許してくださるわけがない。また、貞も望まないだろう。

「それならいいが、勉強に来ているのだからね。それを忘れないように」

捨次郎は、強く釘《くぎ》を刺した。

私は笑って、もう一度「ご心配には及びません」と言った。

学長は、私に多くの有力者を紹介してくれた。その中で、ある投資家が株について教えてくれた。

非常に興味深い話だった。

アメリカとフランスの違いは、株にあるというのだ。フランスは、過去に発展して、現在では進歩が止まっている。これに反してアメリカは、進歩の途上だ。多くの人が競って新しい事業を起こしている。それを可能にしているのが、株である。皆、株を使って多くの金を集め、事業を起こしているのだ。株の時価が高騰《こうとう》すれば、その人の資産は増える。株を売却するなり、株の含み益を担保《たんぽ》に融資《ゆうし》を受けるなりして資金を調達《ちょうたつ》し、事業を発展させるのだ。従って株の騰貴《とうき》と事業の発展は連動しているのだ。日本も新しい国であるなら株に注目し、株の売買を大きくすれば、事業が大いに発展するだろう。

「電力事業も株で大きな資金を集めていると聞きましたが……」

「その通りだ。今は特に電力事業に人気がある。ますます発展が期待されるね」

投資家は答えた。

株については良く知らないが、私のように資産も後ろ盾もない者が事業を起こすには、株に注目する必要があると思われる。

捨次郎は、ふさの婚約者でありながら、学長令嬢と遊んでいるという噂に警戒心半ばで私を見ていたが、私はこれも勉強なのだと考えていた。

世に出るためには、人と良き関係を結ぶ必要がある。その人を利用しようというのではない。その人に可愛《かわい》がられることで、多くのチャンスを得ることが出来るのだ。

一太郎や捨次郎のように、先生の息子という一段も二段も高いところに立っている者は、それを踏み台に世に出ることが出来る。それに比べて私は、ふさの婚約者になったといっても先生の本当の息子でない以上、自分でのし上がっていかねばならない。その時に一番重要になるのは人間関係なのだ。アメリカという未知の国で、その国の人とどれだけ深い人間関係を築くことが出来るか。私は修練《しゅうれん》しているのである。

アメリカ人と交流するのに、不思議なほど壁を感じない。日本人はなぜか日本人同士で集まることが多い。アメリカ人の前では卑屈になる傾向にあるようだ。しかし私は、いつも胸を張って「ハロー」と言う。

そのうちに、先生から指示が来た。モリスという親日家が重役をしている全米一のペンシルバニア鉄道に入社しろという。

アメリカに比べるべくもないが、日本でも鉄道事業が澎湃《ほうはい》として立ち上がっている。塾の先輩であり、先生の腹心でもある中上川彦次郎《なかみがわひこじろう》が山陽《さんよう》鉄道の社長に就任した。先生は、私をその部下にするために鉄道事業を学べというのだ。願ってもないチャンスだ。早く実業を学びたいという願いが叶《かな》えられたのだ。

私は、山陽鉄道の出向社員としてペンシルバニア鉄道に入社した。全米に約七〇〇〇キロもの路線網を持つ、最大の鉄道会社である。ここでも私は人間関係を重視し、社交性を発揮した。お蔭で社長以下、幹部たちは私を非常に厚遇してくれたのである。

鉄道実務を実地で教えてくれるのはもちろんのこと、フリーパスを支給され、全米のどこに行くのも無料にしてくれた。その旅は視察ということになっており、幹部社員の案内付きで列車も特別仕様車を利用していいのだ。また経営に関する資料も自由に閲覧《えつらん》することが出来た。この厚遇を大いに活用し、鉄道事業をかなり深く学ぶことが出来たのである。

またこの間、アメリカにいる塾関係者などと交流を深めた。

岩崎彌太郎の長男で、帰国すれば三菱《みつびし》財閥を引き継ぐ久彌《ひさや》はその筆頭だった。岩崎彌太郎を先生が高く評価したことから三菱と慶應義塾との関係が深まった。そのため久彌も一時期、塾で学んでいたのである。

彼は非常に真面目《まじめ》な人物で、日本一の資産家の一族なのに生活は質素そのものだった。この点は学ぶべきであると思った。資産家になっても、それで浮かれて散財すれば、たちまち没落するのである。

中でも最も印象に残る人物は、馬場辰猪《ばばたつい》だ。

彼は、土佐《とさ》藩士の息子で塾で学び、イギリスに留学し、将来を大いに嘱望《しよくぼう》されていた。非常に優秀かつ眉目秀麗《びもくしゆうれい》で演説も上手《うま》く、大衆を惹《ひ》き付ける力があった。同じ土佐藩出身ということで岩崎彌太郎の長女との結婚話もあったほど、多くの人から評価されていたのである。

彼は実業界ではなく政治の方面に突き進んだ。板垣退助《いたがきたいすけ》らと自由党結党に参画し、藩閥《はんばつ》政治打破を唱《とな》え自由民権運動に奔走《ほんそう》した。

しかし板垣と路線の違いから喧嘩《けんか》別れし、板垣は自由党を解党してしまった。

これが運命の分かれ道だったと言えなくもない。辰猪は、その後も一部の同志と藩閥政治打破を唱え続け、民権派として行動した。その行動は徐々に過激となっていき、彼は政府の監視下に置かれるようになってしまった。

明治十八年（一八八五）十一月二十一日、事件は起きた。

アメリカへの亡命を考え、準備していた辰猪は同志大石正巳《おおいしまさみ》と共に横浜に行き、モリソン商会に立ち寄った。

モリソン商会は、ダイナマイトなど爆発物専門商社だった。彼らは、そこで鉱山開発に使用するとの名目でダイナマイトの使用法や代金を質問したという。しかも偽名を使い、辰猪は松井、大石は高田と名乗った。

彼らが実際にダイナマイトの購入手続きをしたのかどうかは知らない。

しかし当時、辰猪は亡命の準備をするほど日本の状況に絶望していたと思われる。自由民権運動に行き詰まり、藩閥政治打破も実現しそうになかったからだ。

彼らはモリソン商会に立ち寄ったのは「冷やかし」であると公判で主張した。実際、その通りだろう。もしかしたらダイナマイトを見ながら、硬直《こうちょく》した藩閥政治が粉々に砕けることを夢見ていたのかもしれない。

しかし辰猪らを監視していた政府は、彼らがダイナマイトで政府要人に危害を加えようと計画したのだと考え、「爆発物取締罰則」に反した罪で、辰猪と大石を逮捕したのだ。

辰猪は、六カ月の長きにわたって拘留《こうりゅう》された。結果は、証拠不十分で無罪となった。

辰猪は先生たちの支援を得て、明治十九年（一八八六）六月十二日には横浜を発ち、アメリカに向かうのである。

彼は、アメリカで雄弁家として名を上げ、日本への捲土重来《けんどちょうらい》を期していたと思う。

しかし結核を患《わずら》っていた。病《やまい》は重く、本来は療養すべきだったのだが、それよりも雄弁家の道を選んだのである。

日本から甲冑《かっちゅう》や刀、武士の装束《しょうぞく》など一式持ってきており、それを身につけ、演説を行った。

私は、塾の誼《よしみ》で、彼の前座を務めた。日本の政治犯である彼と組んでアメリカで演説会などやれば、私も政府に睨《にら》まれるかもしれない。しかし構いやしない。病をおして日本の政治状況の矛《む》盾《じゅん》を訴えようとする辰猪の壮挙《そうきょ》を少しでも支援したいと思ったのだ。

フィラデルフィアのフランクリン・インスティテュートには数百人の聴衆が集まった。

彼は非常に感動して「アメリカに来て以来、人が集まらなくてがっかりしていたが、最高だよ。こんなに来てくれるなんて」と言った。今まで悪かった顔色まで良くなったようだ。

「ここにはインテリが多いんですよ」

私も嬉《うれ》しくなった。

私は、聴衆に向かって彼を日本の大政治家であると紹介し、ただいまより日本武士道について講釈を行うと前口上《まえこうじょう》を述べた。

「それでは、どうぞ！」

大きな動作で彼を舞台に呼び込んだ。

辰猪は、甲冑を身につけ、腰に刀、背に弓矢を背負い、堂々と舞台中央に歩いてきた。

彼は英語で、最初は静かに、そして徐々に朗々とした口調で日本武士道について語った。それが終わると、日本の藩閥政治批判を始めたのである。

聴衆は、大きな拍手で彼の演説を讃えた。

しかし病には勝てず、明治二十一年（一八八八）十一月一日、三十九歳でこの世を去った。

残念ながら私は出張中で、彼の死に立ち会うことが出来なかった。

葬儀万端《ばんたん》は、岩崎久彌が執《と》り行った。彼の墓は、ペンシルベニア大学近くのウッドランド共同墓地にある。

辰猪の人生は、金銭や世俗的な出世という面では不遇だった。しかし自分の主義主張を貫《つらぬ》き通して、だれにも媚《こ》びることなく生き抜いたという点では、先生の独立自尊を体現した人生だったと言えるのではないか。ただ時宜《じぎ》を得なかったのは残念である。

＊

明治二十二年（一八八九）十一月、私は急遽《きゅうきょ》帰国することになった。北海道炭礦《たんこう》鉄道が創設されることになり、先生からその会社で働くようにとの指示があったからだ。アメリカで暮らしたいと思ったが、先生の言われることに逆らうわけにはいかない。まだ私は自分の足だけで立つことが出来ないのだから。

第四章　新入社員

1

日本に戻ってきて驚いたことがある。それは身内から散々悪口を言われていたことだ。学ぶことが多く、もっとアメリカに滞在していたかった。しかし、北海道炭礦《たんこう》鉄道に入社するようにとの先生のご指示に逆らうことは出来ないため、帰国した。

だが先生のご指示には、別の意味も含まれていたのだ。

義兄《あに》の捨次郎《すてじろう》が先生に、私の悪口を手紙で書き連ねていたのである。そして彼は、一足先に帰国して、婚約者のふさにも私の悪評を吹き込んでいたのだ。

私がボストンのダンマー・アカデミーに入学した時のことだ。

ボストンは、アメリカの中のアメリカとでも言うべき地だ。一六二〇年にイングランドの宗教弾圧から逃《のが》れるために清教徒《せいきょうと》たちが、プリマスに辿《たど》り着いた。その時からアメリカの歴史が始まると言ってもいい。

従って非常に伝統に厳しく、また典型的な白人社会である。その地に住む白人たちは、ボストンに強く誇りを持っていた。

私は、日本人にしては西洋人っぽく彫りが深い顔である。それでも彼らに比べると平べったいし、肌の色も白くはない。

白人、黒人、アジア人などの黄色人種など、肌の色はそれぞれ異なっている。なぜこんなに違うのかは知らないが、人間性には全く関係のないことだ。

アメリカは奴隷《どれい》解放を巡《めぐ》って、南北に分かれて戦争をした。勝利したのは奴隷解放をうたう北軍である。戦争が終わったのは二十五年ほど前、慶應《けいおう》元年（一八六五）のことだ。

これでアフリカなどからアメリカに連れて来られた黒人が奴隷の身分から解放され、白人と同じような立場になることが出来たかと言えば、そうではない。

相変わらず白人と黒人とは、レストランから学校、乗り物まで全てが区分されている。歴然とした差別が続いている。黒人がアメリカ社会で確かな地歩《ちほ》を築いていくには、長い時間が必要ではないだろうかと思わざるを得ない。

人間を肌の色で区分し、上下を決め、差別するなど愚の骨頂《こっちょう》だと思えるのだが、日本でも徳川幕府が倒れ、明治政府が出来るまでは身分制度があり、生まれで差別があった。

武士階級に生まれれば、どんなに無能であっても藩などで役職にありつくことが出来る。一方、農民階級に生まれれば、どれだけ有能であっても農民のままだ。

しかし武士階級に生まれても上級武士の家に生まれるか、下級武士の家に生まれるかで、担《にな》う役職が違ってくる。

上級武士の家に生まれたというだけで、藩の重責を担うことが出来る。下級武士に生まれた者は、無能な上役の下で、悶々《もんもん》と歯ぎしりしなければならない。

下級武士の家に生まれた先生は、世の中のこんな仕組みを放置していれば、日本の発展はないと考えられたのだろう。

『学問のすすめ』において、

「天は人の上に人を造らず人の下に人を造らずと言えり」

と宣言されたのである。

先生が意図されたのは、人は生まれながらにして平等だが、学問を修めなければ、社会的な差はつく。世に出たい青年は学問に励めということだ。

私は、貧しい農家の息子である。もし徳川幕府が続いていれば、学問を志したとしても福澤《ふくざわ》家の養子となることも、アメリカ留学することも夢のまた夢であったに違いない。

明治元年（一八六八）に生まれた私は、明治の新しい世の恩恵を受ける幸運と共に生きているのだと信じたい。

その意味で、私が先生の言葉に加えるなら、〝「運」も大切にせよ〟だろうか。

さて、私に関する悪評のことだが義兄捨次郎は、私がダンマー・アカデミーの学長に可愛《かわい》がられ、彼の自宅に招かれたり、彼の家族と会食したり、彼の娘と馬車に同乗して郊外に散策に出かけたりしたことを不快に思っていたようだ。

妹であるふさの婚約者にあるまじき行動だというのだ。

この行動に関して文句を言われるのは、不愉快だった。アメリカに来たら、アメリカ人を学ばねばならないということを肝《きも》に銘《めい》じて行動していただけである。

日本からの留学生は大勢いる。皆、富豪《ふごう》の子弟たちだ。しかし彼らの多くは、日本人同士で固まっている。「ムラ社会」を形成して、そこで楽しく遊び、学んでいる。アメリカ人と交流しようという者は少ない。

私は、それではいけないと思った。せっかくアメリカに留学させてもらったのだ。アメリカ人と親しく交流し、彼らの考え方などを知ることは、ある意味、学問以上に必要だろうと考えた。加えて、人脈である。後日、日本で何かしらの事業を始めるにしても、アメリカで築いた人脈が生きる機会があるに違いない。その時、慌《あわ》てて人脈作りにいそしんでも手遅れなのである。

だからこそ、私がアカデミーの学長に気に入られ、ボストンのアメリカ人社会で人脈を築こうと努力しているのを、遊び惚《ほう》けていると誤解されてしまったのは残念である。

西欧人風の顔立ちをしているとはいえ、私はここでは劣等国民扱いの日本人である。その私が、どれだけ人脈作りに努力していたのか、捨次郎は理解していないのだ。

しかし、捨次郎を誤解させた責任は私にもある。それは大きな悲しみから逃れるために、一時期、酒に溺《おぼ》れたことがあったからだ。

その悲しみとは、両親の死である。留学した明治二十年（一八八七年）十一月に、以前から体調を崩していた父紀一が亡くなった。その翌年、父のあとを追うように母サダが亡くなったのである。共に四十八歳だった。

父母の相次ぐ死。留学を途中で終えて、帰国したいとどれだけ思ったことだろうか。しかし先生の期待を裏切るわけにもいかず、異国の地で悲しみにくれるしかなかった。

父の死も私を打ちのめしたが、母の死がそれに追い打ちをかけた。父の不調は以前からのものであり、それなりの覚悟はしていた。しかし母の死は、予想だにしなかった。

母は、私が福澤家に養子に入ることを聞いて、深い失意に沈んでいた。私が貧しさから抜け出し、世に出るために福澤家の養子になることを承知《しょうち》したものの、本音《ほんね》は悔《くや》しさ、無念さなどの負の気持ちを強く抱いていた。

その気持ちを十分に理解していた私は母に、必ず岩崎《いわさき》の家名を上げてみせると約束したのである。ふさと結婚し、福澤家の養子になることは、あくまでそのための方便《ほうべん》であると納得させたのだ。

その約束を果たす機会が、もはや永遠に失われた。私の失意のほどがわかるだろうか。

私は、何もかもが虚《むな》しくなった気がした。そこから逃げるために酒や遊興《ゆうきょう》に溺れた時期があったことは事実だ。

そのために福澤先生から支給されていた生活費を使い果たしてしまい、捨次郎に多少の金銭の借用を願い出たこともある。

捨次郎は、私を慰《なぐさ》め、快く借用に応じてくれたのだが、その裏で批判していたのは納得出来ない。

しかしながら、アメリカでの生活は、私の考え方、生き方に大きな影響を与えた。

アメリカではまず、パンを得なくてはならない。自分で稼《かせ》ぎ、それなりの財産を築くことで、尊敬を得られる。そしてパンを得たうえで、精神的な充足を図るのだ。パンを得る手段を持たない人間では信用は得られない。

日本に帰ってきた以上、私はパンを得る仕事につかねばならない。先生は、私を北海道炭礦鉄道会社に入社させた。勤務地は北海道の札幌《さっぽろ》である。

この会社は、先生が設立に尽力された会社であり、入社には何の問題もない。しかし東京から遠く離れた北海道である。なにもそこに勤務させなくてもいいだろうと、思わないでもなかった。それに単身という訳にはいかないから、ふさを同行させることになる。

ふさとは帰国後、すぐに結婚式を挙げ、晴れて夫婦になった。明治二十二年（一八八九）十一月である。ふさは二十歳、私は二十二歳だった。

私が不満に思ったのは、この結婚はふさが強く望んだものであったにもかかわらず、式があまりにも簡素であったことだ。

私は、福澤家の婿《むこ》として歓迎されていないのかと感じた。しかし、折角《せっかく》のハレの日である。悪い方に考えず、思い直すことにした。なにせ私は父母を立て続けに亡くしているのだ。本来なら喪《も》に服し、結婚式を延期せねばならないところである。

式を早く行いたいと望んだのは、ふさである。彼女は、私の心変わりを恐れたのだろう。

そしてふさの気持ちを察した先生は、式を急ぎ、私を何かと誘惑《ゆうわく》の多い東京から離すべく、北海道の地を選んだのに相違ない。

「私と北海道に行ってくれるのか」

私は、式のあと、寝屋《ねや》でふさに聞いた。

「はい。私は、桃介《ももすけ》さんの妻になりました。ご一緒にどこにでも参ります」

ふさは、優しく微笑《ほほえ》んだ。

「北海道は寒くて、東京ほど生活も便利ではない。もちろん、友達もいなければ、観劇などの楽しみもない。それでもいいのか？」

「はい。承知しております」

私は、ふさが愛《いと》おしくてたまらなくなった。

「ふさ、何も心配することはない」

「わかっております」

「ところで……ふさ」

「はい、なんでしょうか」

ふさは、まっすぐに私を見つめた。思いのほか、強い視線だったため、私はたじろぎ、言葉に詰まった。

私がアメリカへ出立《しゅったつ》したときの貞《さだ》の見送りを彼女が気にしているのではないかと思ったのだが、この場でその名をあからさまに口にしていいものか、迷ったのである。

「私は、桃介さんを信じています」

ふさは、はっきりと言った。

「わかった。これからよろしく頼む」

私は、ふさを抱きしめた。ふさは目を閉じ、私に身体《からだ》を預けた。

ふさはどんなことがあっても私を離さないに違いない。私は、ふさの固く閉じた身体をゆっくりと優しく開きながら、彼女も運命の女（ファム・ファタール）であると思った。

2

北海道炭礦鉄道は明治二十二年（一八八九）、堀基《ほりもとい》が創立した会社である。この年に私はふさと結婚したのだが、入社する会社も初々《ういうい》しいものだった。

堀は、北海道庁に勤務していたが、北海道の将来に大きな期待を抱き、発展させるには石炭と鉄道の事業をもっと活発にしなければならないと考えた。そして、それまで官営幌内《ほろない》鉄道を運営していた北有《ほくゆう》社の事業の払い下げを受けることを計画した。

堀は、先生に相談を持ち掛けた。というのは、北海道の官有物などの払い下げに関しては利権が渦巻き、世間の批判が高まっていたからだ。明治十四年（一八八一）には、北海道開拓使官有物の払い下げが中止になった事件もあった。

そこで、利権の臭いのしない先生を絡《から》ませることを考えたのだろう。先生は堀を支援し、渋沢《しぶさわ》栄一《えいいち》など有力な実業家を紹介した結果、円滑に払い下げが行われた。こうして設立されたのが北海道炭礦鉄道である。言うなれば、先生の尽力が無ければ、誕生しなかった会社なのだ。

そのため私を入社させ、月給百円を支払うなど、大した問題ではなかった。

それにしても月給百円は破格である。小学校教員や警察官の初任給が八円程度、高等文官試験に合格した公務員でも四十円から五十円程度ではないだろうか。

堀が私を入社させたのは先生の尽力へのお礼であると共に、保険の意味もあったのではないか。先生の娘婿である私を自分の手元に置くことで、先生の影響力を有効に利用出来るかもしれないと考えたのだろう。だから保険料込みの破格の待遇で迎えてくれたのだ。

明治二十三年（一八九〇）四月に私たち夫婦は北海道へ出発した。横浜から薩摩丸《さつままる》に乗船し、函館《はこだて》経由で小樽《おたる》へ向かう。

新婚旅行を兼ねていたので、特等客室を予約した。ところがトラブルが発生した。私たち夫婦が使用するはずの特等客室が、別の客に割り当てられていたのだ。

私は、ふさの手前、恥をかかされたと思い、客室係に猛烈に苦情を申し立てた。

すると私たちから特等客室を横取りしたのは、なんと堀社長だったことが判明した。堀は、夫人同伴で私たちと同じ船に乗っていたのだ。そのため船会社が気を利かせたのか、私たちを無視して特等客室を堀夫妻にあてがったという訳だ。

相手が社長とはいえ、これは許せない。私は、ますます抗議の口調を激しくした。

北海道炭礦鉄道に入社することが決まった際、私はすぐに堀の東京の自宅を訪問し、お世話になりますと挨拶《あいさつ》をした。

これは社会人として当然のことだ。しかしその時の印象では、私のことをそれほど重んじているとは思えなかった。先生に上手《うま》く取り入り、その娘婿に収まった軽薄《けいはく》な男という程度にしか見ていないように思えたのである。

実際、その通りであるから、仕方がないと言えばそうなのだが、私はこの一件を利用出来ないかと考えた。

トラブルは、何も悪いことではない。それを解決して名を上げることが出来るし、揉《も》めた相手とそれを契機《けいき》に深くつき合うようになる場合もある。

それに加えて、私は二年間という短い期間であったが、アメリカの風俗に馴染《なじ》んできた。かの地で多くの社会的地位の高い人物と親しく接してきたが、彼らはおしなべて自己主張が強い。特に不当な扱いを受けた場合に強くなる。たとえ相手が政府の高官であろうと、大統領であろうと、自分の正当性をきちんと主張し、相手に伝えるのだ。その方が、評価される。

これには感心した。日本人は、相手の地位が高いと、それに気後《きおく》れし、あるいは周囲の目を気にして、自分が不当に扱われても曖昧《あいまい》な笑みを浮かべるだけで何も主張しない。せいぜい陰で、相手の不当、自分の正当を愚痴《ぐち》るだけだ。これが果たして大人の対応と言えるだろうか。このような対応は、いわゆる負け犬の遠吠《とおぼ》えの如《ごと》きものである。

私は、とことん自分の正当性を主張してみることにした。

恐らく堀は、自分が割り込んで特等客室を確保したなどとは知らないはずだ。客室係が、勝手に私と堀とを比較して、堀の方が社会的地位が高いため、特等客室を利用させるという判断をしたのだ。これには当然、私が堀に特等客室を譲《ゆず》るのを承知するとの判断も働いたはずだ。まさか私がこの不当な扱いに抗議するとは想像すらしなかっただろう。

「特等客室は私たち夫婦が予約したのである。堀社長夫婦に譲る謂《いわ》れはない」

私は、客室係に静かな口調で言った。この方が怒りが伝わると考えた。

客室係は、これ以上ないほどの苦悶《くもん》の表情を浮かべ、「その通りなのですが……」と呟《つぶや》いた。

「その通りなら、私たち夫婦の利用を認めなさい」

「なんとかお譲りいただけませんでしょうか」

客室係は、手こそ合わせないが、懇願《こんがん》する態度がありありだ。

「ダメです。すぐに特等客室を私たちに戻しなさい」

私は断固として主張を取り下げない。

隣でふさがおろおろしている。

「なんとかお願いします」

客室係が土下座《どげざ》をせんばかりに言った。

「私が堀社長に直接話そうか？」

「それは勘弁《かんべん》してください」

「君では埒《らち》が明かない。船長を呼びなさい」

「申し訳ございません」

客室係は、ただただ謝るばかりだ。

「桃介君、もういいではないか」

脇から私に声をかけてきたのは、同じ会社に勤める友人だった。たまたま船に乗り合わせていたようだ。

彼の隣には、船長の姿もある。

「おお、君もこの船に乗っていたのか」

「そうだ」

友人は渋い顔だ。

「不当な扱いを受けたことに抗議している。私が先に予約していた特等客室を、船会社は私に無断で堀社長に使わせたんだよ」

「トラブルの内容はわかっているよ。傍《はた》で聞いていたからね。君の主張は全面的に正しい。堀社長の割り込みは、横暴だ。非難されてしかるべきだ。しかしそれは堀社長のあずかり知らぬところで起きたミステイクかもしれないだろう。ここで君が主張を押し通して、堀社長をへこませてもだれがやんやの喝采《かっさい》を浴びせると思う？　君は北海道炭礦鉄道の新入社員だろう？　生意気《なまいき》な、世間知らずだと顰蹙《ひんしゅく》を買うだけだ。新婚旅行の君たちにとって特等客室は重要だと思うが、ここは堀社長に譲ったらどうだろう。堀社長に意見を言いたいなら、仕事でいくらでもそんな機会はあると思うよ」

友人は、切々と私に語った。隣の船長も、私にやり込められている客室係も、そしてなによりもふさが、友人の言葉に、まるで救いの神が現れたかのように安堵《あんど》している。

「わかった。君の意見に従おう。しかし私が主張したことは、ぜひとも堀社長に伝えておいてほしい」

「承知した」

友人が軽く頷《うなず》いた。

客室係が、安堵のため息を吐《つ》くのがわかった。私は、客室係の手を取って握手《あくしゅ》をし、私たち夫婦の客室への案内を請《こ》うた。

後日、この話は友人から、あるいは船長からかもしれないが、堀に伝わったようだ。堀は、私のことをなかなか気骨《きこつ》のある人物だ、さすがに先生の婿殿であると感心していたらしい。

しかし、それは表向きのことだろう。私としては、自分の存在を認識させるためにも、この船室トラブルを利用してはったりの一つも咬《か》ましてやろうと思ったのだが、上手く行っただろうか。堀は、本音では先生の威《い》を借《か》る生意気な奴だと思ったのではないだろうか。

3

札幌の本社では炭礦課に配属された。技師長、支配人、副支配人、技師、手代《てだい》、雇員《こいん》、嘱託《しょくたく》、小使いなど総勢二十名の課である。

私はいきなり副支配人格での配属だった。副支配人ではないのだが、それと同格である。新入社員なのに百円もの月給を支給されているのは私くらいのもので、同じ慶應義塾《けいおうぎじゅく》出身者でも月給は世間並みの三十円程度だった。

炭礦課の社員たちは、私の高給と先生の娘婿であることを承知していた。そのため課員の中では、どこか浮いたような立場で、あまり居心地がいいとは言えなかった。

堀にしても幹部たちにしても、先生の手前、大切にお預かりするという態度で、私に対してあまり働きは期待していない。

しかし私は、そんな立場に甘んじることなく熱心に働いた。なにせアメリカで鉄道業務について実地での経験を積んできたのは私だけだから、余計に張り切ったのである。

私は、アメリカの最先端の鉄道業務の知識を駆使《くし》して率直に意見を述べた。例えば線路を複線化することによる効率化などだ。

ところが……。

「あの桃介っていうのは何者だ。アメリカ帰りらしいが、生意気な奴だ」

技師や雇員が囁《ささや》き合っているのが耳に入った。

「どうせ腰掛みたいなもんでしょう」

「そうだろうね。やたらカッコつけちゃって、嫌な奴だ」

「飲みに誘っても、来ないんですよ」

「そうなのか？　つき合いの悪い奴だな」

彼らが私の悪口を言っているのは承知している。私は、ふさと一家を構えたばかりだ。ましてやふさは、知人も友人も全くいない札幌の暮らしを始めたのだ。頼りにするのは私だけだ。だから私は、彼らの誘いを断って、仕事が終わればまっすぐふさの待つ我が家に帰ることにしている。

彼らはまるで習慣のように仕事帰りに茶屋に行く。アメリカでは、まず家庭が第一だった。なにもアメリカが全ていいとは思わないが、彼らはあまりにも茶屋に寄り過ぎではないか。そこで酒を飲み、愚痴《ぐち》をこぼし、その挙句《あげく》に女と遊ぶ。これでは月給がいくらあっても足らないだろう。

堀も船室トラブルの一件では、私のはったりを好意的に受け止めたようなことを言っていたが、私の提案をことごとく無視するところを見ると、あまりよくは思っていないのだろう。

私の提案は全て却下《きやっか》され、なおかつ陰口《かげぐち》をたたかれ、出る杭《くい》を打つかの如き態度に、つくづく会社勤めは嫌なものだと思った。

しかし先生の立場もある。私は、堀に認められ出世しないと話にならないと考え、周囲のことを気にせず仕事に邁進《まいしん》することに決めた。

昔、塾仲間と出世には何が必要かと議論になったことがある。

「出世には運《うん》、鈍《どん》、根《こん》の三つが揃《そろ》わないとな」

「運は必要だな。天下の渋沢栄一は運の賜物《たまもの》だ。若い頃は、高崎城《たかさきじょう》の襲撃《しゅうげき》を計画し、そこから仲間を集めて横浜の外国商館を焼き討ちしようなんて物騒《ぶっそう》な計画を立て、実行寸前だったんだ。それを親身になって止める人がいたために断念した。もし断念していなければ首を刎《は》ねられていただろう。まさに運そのものだ」

「岩崎彌太郎《やたろう》だって運がいい。地下《じげ》浪人の家に生まれたのに藩主の山内《やまうち》家に認められる運が無ければ、三菱《みつびし》商会は生まれなかった」

「そう考えると何事も最初の運が大事だな。その最初の運を摑み取って、その後、それをどう生かすかだ」

「その通りだよ。運命の女神は何度も微笑んでくれるとは限らない。一度の微笑みで運を摑んで、それを離さないことだな」

私は黙って彼らの議論を聞いていた。貧しい家に生まれた私が、有力者の支援で慶應義塾で学んでいるのは、運を摑んだからだろうか。この運を大事にしなければ次がないのだろうか。

「では根とはなんだ？」

「根気のことだよ。何事もコツコツとやらねばならないってことさ」

「どんな嫌な目に遭《あ》おうと、くだらない仕事であろうと、陰日向《かげひなた》なくコツコツと努めるってことか」

「コツコツと努めるのはなかなか簡単ではない。くだらない仕事を文句も言わずにこなしているうちに精も根も尽き果てるに違いない。俺には無理だな。生来《せいらい》、根気がない」

私は言った。

実際、私は飽きっぽい性格である。同じことをし続けたり、同じ場所に留まり続けることは苦痛でしかない。

「安田善次郎《やすだぜんじろう》は千里の道も一歩から、チリも積もれば山となる、を実践《じっせん》し、大成功を勝ち得た。摑んだ運を逃さないためには根は重要だ」

「では最後の鈍はどうか？　鈍《にぶ》けりゃ出世など覚束《おぼつか》ないだろう」

「あまり才走《さいばし》るなということだろう。多少、鈍いように見せておかねば、上司も可愛がろうという気にならないからな」

「そうは言うものの、どのタイミングで本当は鈍くないと見せるかが難しい。鈍に見せているうちに本当に鈍になってしまう可能性が高い。桃介はどう思う？」

「俺なんか、悪さをして先生に叱られてばかりだ。それも鈍の一つなのかなぁ。もしそうなら俺は鈍だな」

　私は答えた。

　結局、この議論はまとまることはなかった。出世をするには「運、鈍、根」の三要素が必要だが、それだけでは不十分なのだろう。その三要素が上手く絡み合うためには、もう一つ何かが必要なのだ。

　渋沢も安田も岩崎もなぜ大成功を収めたのかは、だれにも明確な回答を出すことは出来ない。恐らく本人にも、だ。

　時代の風も彼らの背中を押しただろう。彼らは、一度摑んだ運を決して手放すことはなかった。人の何倍も努力をしたことだろう。

彼らを模倣《もほう》したとしても成功するとは思えない。私は、彼らとは違うからだ。これは自明のことだ。しかし多くの人は、成功した彼らと同じようにすれば自分も成功すると思いがちだ。

私は、私なりの方法を見つけなければならない。それが「運、鈍、根」にプラスするもう一つの何かなのだろう。

その何かを摑むために、他人の陰口など気にせずに北海道炭礦鉄道で一生懸命《けんめい》に働くことにした。百円もの月給をもらっている以上、それに応《こた》えねばならない。それが義務であり、責任だ。


「会社勤めはいかがですか？」

差し向かいで夕食を食べながら、ふさが聞いた。

「一生懸命働いているが、つまらないね」

「つまらないのですか？　どうしてでしょうか」

ふさの顔に不安が浮かんでいる。

「私はね、アメリカで鉄道を学んできた。それを生かせると思い、先生の推薦《すいせん》もあって北海道炭礦鉄道に入社したんだ」

「そうなのですね……」

「先生に恥をかかせるわけにはいかないから、私は一生懸命働こうと思っている。するとだね、なぜ働くんだという顔をされる。先生の推薦で、まして養子に入っているなら何もしなくても給料をもらえ、出世も出来るのにという態度だ。私が働くのが目障《めざわ》りなんだね。皆、働かないからね」

「あら、まぁ」

ふさが目を見開き、驚いた。

「アメリカの会社では、社員たちは力を合わせて一生懸命に働いていた。それを見ている私としては、なぜ皆、働かないんだと腹が立つよ」

「なぜ働かないんでしょう？　出来たばかりの会社だと聞いています。そうであれば働かないと上手く行かないのではありませんか」

「ふさの疑問は、私の疑問でもある。堀社長の目が行き届いていないんだね。皆、終業時間になると、逃げるように会社を出て行く」

「早いご帰宅ですね」

「そうじゃないさ。皆で誘い合って、茶屋、お座敷通いさ」

社員たちは、毎晩、芸者や酌婦《しやくふ》がいる酒席へと出かけていくのだ。それは呆《あき》れんばかりの熱心さで、その力をほんの少しでも仕事に振り向けたらと思うのだが……。

「お座敷って女性がいるんでしょう？」

ふさは困惑している。

私は、にやりとした。

「そうだよ。皆、酒と女性が目当てなんだ」

ふさの眉間《みけん》に皺《しわ》が寄った。不愉快な気持ちになっているのが明らかだ。

「嫌ですね」

「本当だ。どうしてこの国の勤め人は、仕事が終わっても家に帰りたがらないのだろう。アメリカではそんなことはなかった。皆、仕事が終わると、まっすぐ家に帰って家族と夕食を共にする。それが普通だから、私は驚いたね」

「それが当然だと思います。父は、いつも私たちと一緒に食事をしました。家族が一番大切だと言っています」

「先生のおっしゃる通りさ。だから私は、まっすぐふさの下《もと》に帰って来るんだ」

　私の言葉に、ふさが笑みを浮かべた。

「嬉《うれ》しく思います」

「でもね、つき合いが悪いと変わり者扱いさ。仕事を熱心にする、茶屋には行かない。だから変わり者なんだよ」

　私は少し困った顔をして見せた。

「いいじゃありませんか。このまま変わり者でいてください」

　ふさが私の隣に移動し、身体を預けた。私は、彼女の細い肩に優しく手をかけた。

「私は、初めて勤め人になった。だから戸惑《とまど》うことも多い。だけどね、ここで勤め人としての心構えを学ぼうと思う。仕事はつまらないことが多いけど、それが人生修行だからね」

「あまりご無理をなさらないでください。私にとって頼りになるのは桃介さんだけなのですから」

ふさが私の腕の中で囁く。私は、強くふさの身体を抱いた。ふさのことを愛おしく、可愛いと思った。家族から離れ、私と共に北海道についてきてくれた。東京にいれば何不自由ない暮らしだったにもかかわらず、知人もいない北の果てで暮らすとは想像だにしていなかったに違いない。東京で暮らしていれば、どうしても福澤先生の影響を感じざるを得ないが、この北の地では、守る人と守られる人という男女の純粋な関係になった気がする。

ふさを抱く腕にさらに力を込めた。

「痛い……」

ふさが呟いた。

私は、ふさと夫婦になったという思いに深い感動を覚えていた。

4

私は、同僚の冷たい視線をものともせずに働いた。

思った以上に働き者なのである。奇矯《ききょう》な行動をしたり、目立ちたがり屋の一面はある。そのお蔭で先生の目に留まって養子になることが出来た。

しかし、コツコツと努力を重ねる人間でもあるのだ。慶應義塾でも遊び人のように思われながらも、学業の成績は優秀だった。いったい桃介はいつ勉強しているのだと不思議がられた。人が起きている時には、あえて遊びまわり、人が寝ている時に、必死になって勉強をする。それが私なのだ。

せっかく勤め人になった以上は、勤め人の心得をしっかり会得《えとく》することにした。つまらない仕事、無くてもだれも困らない仕事だと判断するには、まずそれをやってみてからだ。それをどのように人生に生かしていくかは、またじっくりと考えよう。

私は出世したいと思っている。それは先生から自立をしたいからだ。このことは先生の教えに矛盾《むじゅん》するものではない。独立自尊そのものである。

私と同様になんら後ろ盾のない若者は多いことだろう。富貴《ふうき》な家に生まれた者は、最初からスタートラインがずっと先に設定され、そこから走り出すことが出来る。だから無理に出世などということは考えなくてもよい。これは大いなる社会的矛盾である。同じ努力を重ねても、そうした者は当然、早くゴールインするに決まっているではないか。私のような貧しい生まれの者は、富貴な生まれの者が立っていたスタートラインまで到達するのが大変なのだ。そこに辿り着くまでに疲れ果ててしまう。こんな世の中を何とか変えたいと思う。

先生も渋沢栄一も、そう思ったに違いない。先生は下級武士の生まれだった。そのため学問をすることで富貴の仲間入りを果たした。渋沢栄一は農民の出身であるが、徳川慶喜《よしのぶ》や大隈重信《おおくましげのぶ》などに懸命に仕《つか》えることで道を切り開いた。

世に出たいと思うなら、その場、その場で与えられた機会を無駄《むだ》にせずに徹底して仕事をすることだ。それが道を切り開くことに繋がるのだ。

私は、同僚からの冷たい視線を気にせずに働くことにした。

しかし彼らの視線を無視する訳ではない。こちらが無視すれば、向こうはもっと無視してくる。反目《はんもく》が大きくなるだけである。それでは仕事に支障《ししょう》が出てくる。

まずは同僚、上司の性質を知らねばならない。なぜか？　それは彼らに気に入られなければならないからだ。

勤め人を続けるにしても独立するにしても、相手に気に入られ、引き立てられなければ成功は覚束《おぼつか》ない。一人の力だけで出世は出来ない。

私は、同僚に会うと、気持ちよく挨拶をすることから始めた。

すると面白《おもしろ》いもので、茶屋通いをしない私を変人扱いしていた同僚たちの私を見る目が、徐々に優しくなってきたのだ。

彼らは相変わらず仕事は熱心ではないが、それぞれに趣味《しゅみ》がある。人は皆同じではない。こんな単純なことを知ることが出来ただけでも良い。

ある人は、芝居好きであり、ある人は囲碁《いご》好きである。まさかそれぞれにつき合う訳にはいかないが、趣味の話題にわずかでも参加するだけで、その人の気持ちを捉《とら》えることが出来る。

ある時、いつもは陽気に話しかけてくる同僚が、暗い顔をしていた。気持ちが極端に沈んでいるようなのだ。

私は気になって「どうかされたのですか？」と聞いた。

同僚は、いかにも疲れ、やつれた顔で「娘の具合が悪いんだ。心臓だよ。いい病院を探しているんだが、なかなか見つからなくてね。費用もかかるし……」と言った。

家族の病気ほど、辛《つら》いことはない。ましてや父親として娘の具合が悪いとなればなおさらである。

「帝国大学医科大学の知り合いがおります。娘さんをそこに入院させましょう」

私の強い口調に、彼の表情が一瞬、明るくなったが、すぐに元のように暗くなった。

「そんなところに入院させる、これが無いよ」

彼は親指と人差し指を曲げて合わせ、金を表した。

「そんなもの、なんとかなります。社長に出させればいい。私が掛け合います」

彼の手を強く握《にぎ》ると、顔に赤みが差した。希望の灯《ひ》が点《とも》ったのだ。

私は、すぐに動いた。帝国大学医科大学の知人に連絡し、検査入院の了承《りょうしょう》を取り付けた。そして社長の堀に掛け合い、同僚の娘の入院費用について会社負担を了承させた。

私は堀に、「一人の社員が喜べば、その何倍もの社員が喜びます。それが会社の喜びになります」と説得した。

堀は最初、渋っていたが、私の背後に先生の姿が見えたのだろう。渋々ながら了承したのである。

同僚が娘と一緒に船に乗り、東京に行く際、私や多くの同僚が見送りに駆け付けた。

「ありがとう、ありがとう。この恩は一生、忘れないから」

同僚は、私の手を握りしめ、涙を流した。

「いい結果を期待していますよ」

私は笑顔で言った。

私の背後に並んだ同僚や上司たちの拍手が、港に鳴り響いた。

彼のために動いたことで、同僚や上司の私を見る目が以前とは違ってきた。皆の目が温かくなったのである。

人に寄り添うことで、人が私にも寄り添ってくれる。人への親切は、欲得なく行う。こんな真実を実感することが出来た。

北海道炭礦鉄道の仕事は、決して楽しいものではなかったが、勤め人としての修業にはなっていた。

ある夜、食事のあと、ふさが再び「お勤めはどうですか?」と尋ねたので、「人間観察にはもってこいだ」と答えた。

ふさが怪訝《けげん》な顔で「どういう意味でしょうか」と聞く。

私は笑いながら、「それらしく振る舞うことが出世の道だということさ」と答えた。

それでもふさはわからないらしく、首を傾《かし》げている。

「私は、仕事が早いんだ。やるべきことをやってしまい、ぼんやりとしていたら上司が仕事をしていないのではないかという疑いの目で見るんだよ。それで周りを見てみると、出世の早い連中は、仕事があろうが無かろうがやっている振り、忙しい振りをしているんだ。全くくだらないことだけど、見せかけだけ忙しくしているんだね。こんなことではいけないけど、そういう風に見せかけるのが出世の近道だと悟ったのさ」

私の話に、ふさは少し笑った。

「そんな人ばかりなら会社は上手く行かないでしょう?」

「まあ、そうだね。皆、仕事をしている振りばかりじゃ会社は潰《つぶ》れてしまう。でも潰れないのは私のようにちゃんと仕事をしている社員が何人かいるからなんだ。本当に仕事をする社員だけにすれば、会社って少人数で回すことが出来るんだよ」

「堀社長は、仕事をしている振りの人を出世させておられるのですか?」

「そうなんだ。そういう連中は、社長へのお追従《ついしょう》だけは熱心だからね。社長の目を曇らせることに全精力を注《そそ》いでいる。それはたいしたものさ。だけど、もし私が社長になれば本当に仕事をする者だけにしたいと思っている。その仕事も、私らしく楽しいものにしたいね」

私は、初めて自分の夢を語った。

ふさは嬉しそうに、「期待しております」と言った。

ふさの妊娠がわかったのは、その翌日のことだった。

第五章　失意の時

1

人生は思うに任せぬものである。自分の人生を自分の思い通りに出来ると思う人もいるようだが、それは思い上がりも甚《はなは》だしい。

摂関《せっかん》政治で天皇をも超える権力を握っていた藤原道長《ふじわらのみちなが》は、「この世をば我が世とぞ思ふ望月《もちづき》の欠けたることもなしと思へば」と和歌を詠《よ》んだ。この世を自分の思い通りに出来るとの傲慢《ごうまん》さが表れた和歌と言われるが、果たして道長は思い通りの人生を歩むことが出来たのだろうか。

私は、人生とは良い時より悪い時の方が多いと思う。苦難の時の方が長いと言ってもいいだろう。

しかしそんな苦難の時期を如何《いか》に過ごすかが大切なのだ。ただ漫然《まんぜん》と不平不満を漏《も》らし、他人に頼りながら過ごしたのでは、その人の価値は上がらない。

苦難の時を、前向きに、恐れず歩くことによってその後の人生が輝くのだと思う。

北海道炭礦《たんこう》鉄道は、初めての会社勤務であり、真面目《まじめ》に熱意を持って働いていたのだが、上司から指示をされる仕事ばかりやっていると愉快ではなくなってきた。アメリカでの鉄道会社勤務の経験を生かそうと焦《あせ》って、社長に建言《けんげん》したこともあったが、ことごとく無視されたため、やる気も失せた。こんな時は、仕事をしている振りをするに限ると、心に決め、馬鹿々々しいが無駄な書類作りなどに時間を潰《つぶ》していた。

そうやって鬱屈《うっくつ》していると、貞奴《さだやっこ》のことを思い出してしまう。

本音《ほんね》を言うと、運命の女と思い定めた彼女には会いたいが、所詮《しょせん》、花柳界《かりゅうかい》に身を置く女性である。若い私と縁が繋がるはずはない。

しかし、頼みもしないのに貞奴の情報は入ってくる。おせっかいな塾の友人たちからだ。

彼女は、私がアメリカに旅立った頃、政界の大立者《おおだてもの》である伊藤博文《いとうひろぶみ》公に水揚《みずあ》げされ、その後、奴に改名したものの、本名から貞奴《さだやっこ》と呼ばれるようになり、葭町《よしちょう》一の人気芸者になっていた。奴を名乗り、正式に花柳界デビューを果たしたらしい。

ところが何を思ったのか、役者川上音二郎《かわかみおとじろう》と結婚し、花柳界を離れてしまったのだ。

音二郎は、毛氈《もうせん》敷きに座り、散切《ざんぎ》り頭に白鉢巻《はちまき》、陣羽織に日の丸軍扇《ぐんせん》で拍子《ひょうし》をとりながら、

「米価騰貴《とうき》の今日に、細民《さいみん》困窮見返らず、目深《まぶか》にかぶった高帽子、金の指輪に金時計、権門貴顕《けんもんきけん》に膝を曲げ、芸者幇間《たいこ》に金を蒔《ま》き、内には米を蔵に積み、同胞兄弟見殺しか……」

などと政治批判を歌い上げ、最後に、

「オッペケペ　オッペケペッポー　ペッポッポー」

と意味不明な言葉で囃《はや》し立てる。

この「オッペケペー節」が一世を風靡《ふうび》した。今は、仲間を募《つの》り壮士芝居《そうししばい》と銘打《めいう》って、『板垣君遭難《そうなん》実記』などを演じている。これがまた評判を呼んでいるらしい。今では歌舞伎《かぶき》の向こうを張って、中村座などで公演を打つようになっている。

壮士芝居など、何が面白《おもしろ》いのかと思うのだが、貞奴は音二郎にぞっこんとなった。貞奴は、売れっ子芸者として旦那も愛人もいたのだが、音二郎に入れあげ、ついに結婚に踏み切り、花柳界から足を洗ってしまった。

この情報に接したときには、さすがに驚いた。音二郎を男にする、と啖呵《たんか》を切ったという。勝《かち》気《き》な貞奴らしい。

私は、鬱々悶々《うつうつもんもん》とした思いを抱きながら暮らしていた。私が憂鬱《ゆううつ》な顔をしていると、ふさも同じになった。初めての出産に不安が募ってきたのだ。義母《はは》のきん様から、ふさを東京の実家《さと》に戻すようにとの催促《さいそく》が私宛にも頻繁《ひんぱん》に届いていた。

「ねえ、あなた」

夕食の場で、ふさが言う。表情が心なしか沈んでいる。

「どうした、ふさ。何か相談事か?」

「お母様がね。実家で出産するようにと強くおっしゃるの。初めてのことだから経験豊富な母親がそばにいる方がいいと……」

ふさは言葉を濁しながら言いにくそうに話す。

「私にも同じことをおっしゃっている。でも札幌《さっぽろ》と東京は離れているからね。帰るといっても簡単ではない」私は少し考えるような仕草《しぐさ》をしてみせた。「しかし、お前が、その方がいいというなら実家で出産するか」

私の言葉に、ふさは嬉《うれ》しさと不安がないまぜになったような顔をした。

「そうなると、あなたが一人で札幌に残ることになるでしょう？」

「ああ、それもいいさ。仕事は順調だし、友達も出来たからね」

私は無理に明るく言った。

「心配だわ」

「どうにでもなるさ」私はにやりとして、「浮気でも心配しているのかい？」と聞くと、ふさは顔を真っ赤にして、「馬鹿……。そんなこと心配している訳がないでしょう」と言った。

「ははは」

私は声に出して笑った。

「何がおかしいのですか？」

ふさが怒った。

「私の浮気を心配するなんて、お前も立派な妻になったと思ったのさ。先生は、きん様一筋だからね」

「もう。からかわないでください」

ふさがすねた態度を見せた。それが、とてもいじらしく見えた。なんとしても私の子どもを無事に産んでほしいと思った。

一方、私は堀《ほり》社長に呼ばれ、東京支店を開設するので、異動するよう命じられた。明治二十三年（一八九〇）の十月下旬のことだった。北海道の経済だけに依存していても石炭の需要が盛り上がらない。東京での販売と、英語力を生かして輸出に努力してほしいとのことだった。

肩書は「売炭係主任」である。

2

ふさは実家に帰り、すっかり妻から娘に戻ってしまった。

福澤《ふくざわ》家の敷地内に二人で住むことになったのだが、何かにつけてきん様が顔を出した。ふさは、きん様に甘え、家事などは家政婦に任せっぱなしになった。

札幌では、他に頼る人がいなかったためか、私にべったりと言ってもいいほどだった。家政婦がいても、私をかいがいしく世話したものだったが、実家に戻った今は違う。

これは私の予想通りだった。実家で出産することを決めた時から、ふさがそうなることはわかっていた。

東京支店への異動は、ふさが実家に帰ることになり、先生が私を東京へ戻すよう堀社長に要請《ようせい》したというのが、真相だろう。

私は、まさしく養子になってしまった。福澤家の敷地に住まいを与えられた居候《いそうろう》である。プライドが傷つけられる毎日となった。家にいてもあまり楽しくない。私は割り切ることにした。ふさの面倒はきん様に任せればいい。私は仕事に邁進《まいしん》しようと決めた。

明治二十四年（一八九一）ふさは無事に出産し、男児が誕生した。駒吉《こまきち》と名付けた。きん様も先生も駒吉誕生に大喜びし、ますます私たちの家庭に干渉《かんしょう》してきた。ふさばかりではなく駒吉の世話も、二人が買って出るようになった。

私は、家庭内で居場所が無くなった。その分、仕事に傾注《けいちゅう》した。朝早くに出社し、暗くなるまで取引先を巡《めぐ》った。夜は慶應義塾《けいおうぎじゅく》の交友クラブである交詢社《こうじゅんしゃ》に顔を出し、人脈作りに精を出した。

北海道時代とは違い、仕事は愉快だった。支店長は私に国内外の石炭販売を一手に任せてくれたからである。

仕事というものは責任を持たされ、任されれば愉快であると実感した。今度こそ、振りではなく正真正銘《しょうしんしょうめい》、仕事をしているのだ。

人に仕事をさせようと思えば、信頼して任せるに限るということではないだろうか。うるさく指示したり、小言を言ったりしても成果は上がらない。ともかく部下には楽しく仕事をさせることだ。

職場の環境も私に有利になった。堀基《もとい》が社長を退き、その後を引き継いだ高島嘉右衛門《たかしまかえもん》もすぐに退任した。不況で業績が上がらなかったからだ。そして西村捨三《にしむらすてぞう》が社長に就任したが、私が期待したのは専務の井上角五郎《いのうえかくごろう》である。

井上は、塾の先輩であり、私を高く評価してくれた。そのため売炭係主任という立場を超えて、実質的には東京支店全体の支配人として振る舞うことが出来た。

井上から直接指示を受け、石炭用船舶の手配に動いたり、小樽《おたる》、札幌に文字通りトンボ帰りの出張を繰り返した。

明治二十五年（一八九二）には第二子、辰三《たつぞう》が誕生した。家庭は賑《にぎ》やかになり、ふさは子育て、私は仕事と充実した毎日が続いていた。

だが、好事魔多し。好調な時ほど注意しなければならないのだが、私は自分の身体《からだ》を過信していた。横浜港の埠頭《ふとう》での用船の受け渡し式に出席したのだが、その船上で喀血《かっけつ》してしまったのだ。結核である。不治《ふじ》の病《やまい》だ。多くの人がこの病で死を賜《たまわ》っている。治すには療養しかない。私は仕事から離れ、先生の肝いりで北里柴三郎《きたさとしばさぶろう》によって開設された養生所に入ったが、一向に回復しないため、大磯《おおいそ》海岸に転地療養することになった。

終わった、と私は思った。しかし、ここで終わってはいけないとも、すぐに思い直した。

3

私の心配はズバリ「金」だった。

養生所の入院費は一日一円七十銭を要する。月にざっと五十円にもなる計算である。高等文官試験に合格した上級国家公務員の初任給と同程度の金額だ。

結核という病は、いつ治るともわからない。そのうえ、命を落とすことがある。私も例外ではないかもしれない。

月五十円もの費用が、この先、何年も負担になる。先生は費用のことは心配するなとおっしゃってくださるのだが……。

しかしこれ以上、先生の世話になるなど、あまりにも情けないではないか。かねてからの希望であったアメリカ留学を実現させてもらい、これからようやく恩返しが出来ると思った矢先でもある。

当面は、いささかの貯《たくわ》えもあり、先生に面倒を見てもらわなくともいいのだが、このまま働くことが出来ず、収入のない状態で暮らすというのはどうであろうか。

ふさとの間には二人の子どもをもうけた。彼らを自分の力で養わねばならない。もし私が死んだら彼らはどうなるのか。彼らが困らないだけの財産を残してやらないといけない。それが親の責任である。しかしそれさえ果たせないかもしれない。

いずれにしても先生にこれ以上、甘えるわけにはいかない。それが私の覚悟である。

私は、貧しい農家の生まれであると自称している。嫌味《いやみ》に聞こえる自虐的《じぎやくてき》な言い方ではあるが、決して卑下《ひげ》しているわけではない。自分を奮い立たせるために言っている面もあるのだ。

この気持ちは幼い頃に芽生え、私の心に根付いた。あの頃、私の家は貧しく、着物は着たきり雀の譬《たと》え通りだった。上等な絹の着物を着ている裕福な家の友達の隣で、木綿の粗末《そまつ》な着物を着て並ぶのは、情けなかった。いずれは逆転するのだと誓いを立てた。この貧しさが「金」に執《しゅう》着《ちゃく》させるのだろう。

ある友人は、私が結核になったと聞き、「人間は病気の時と健康の時と、この二つの境遇《きょうぐう》に処する態度をあらかじめ考えておかねばならない」と親切ぶって言ってくれた。

さらに「桃介《ももすけ》が実業人として大成するには、浪人生活、闘病生活、投獄生活を経験する必要がある。今回の病で、浪人と闘病の二つを一気に経験出来るんだ。羨《うらや》ましいよ」とも付け加えた。

彼は、励ますつもりで言ってくれたのだろうが、励ましにはなっていない。いったいどれだけの成功者があらかじめ病気になることを想定しているだろうか。また、長引く闘病生活や浪人生活、投獄生活に疲れ果て、絶望し、人生を諦めた人がどれだけ多いことか。

友人から見れば、福澤家の養子となったまでが私の人生の山で、早くも下り始めた、否、がけっぷちに立たされていると思っているのだろう。

ざまあみろと悪意を持っているとは思いたくないが、人間は嫉妬《しっと》深い動物である。彼の心のうちまではわからない。

ところで人は、だれでも富貴《ふうき》になることを求めるものだろうか。

中国に黄粱一炊《こうりょういっすい》の夢という話がある。

邯鄲《かんたん》のある青年が、田舎家で主人が黄粱（粟の一種）を炊《た》いているそばで休んでいた老人に自分のみすぼらしい身なりを見せながら、我が身の不運を嘆《なげ》いた。

老人は、彼にどんな人生だったらいいのかと聞いた。

彼は「男である以上、功名《こうみょう》を立て、末は大将か大臣になり、贅沢《ぜいたく》をし、家門も繁栄させるような人生が望みだ」と答えた。

彼は、急に眠くなった。老人から渡された陶器の枕で眠りについた。するとどういうわけか美人の妻を持ち、贅沢な暮らしをし、官僚となり、権勢をふるっていた。しかし仲間や同僚に何度も裏切られ、自殺さえ考えるほど追い詰められる。彼は、どうしてこんなに偉くなってしまったのかと嘆く。やがて老境に入り、妻に見守られながら死んでいく。

その時、目が覚めた。彼は、老人のそばにいた。何もかも眠りにつく前と一切、変わらない。田舎家の主人は、まだ黄粱を炊き上げていない。

「ああ、夢か」と彼は老人に言う。

「人生とはこんなものだ」と老人は笑う。

「よくわかりました。欲を出さずに私の人生を歩みます」と彼は、老人に礼を言い、去っていく。

邯鄲の夢ともいわれる話だ。

人生というのは、黄粱が炊き上がらないほど短い間の夢の如《ごと》く儚《はかな》いものだ。どんな富貴も虚《むな》しいものだと諭《さと》しているのだろう。

それは事実であることは間違いない。富貴、栄耀栄華《えいようえいが》、何もかも、いずれ訪れる死の前には、虚しく、形などないものだ。答えはわかっている。

しかし、つかの間の夢であっても、なにかしらの人物になりたくて人は努力し、戦うのだ。

私も同じだ。何者かになりたい。そう思って足掻《あが》いてきた。

ところがその何者かの正体を見ることが出来ぬ前に病に倒れ、生ける屍《しかばね》と化してしまう。私は、邯鄲の青年のように人生を悟ることは出来ない。まだ黄粱一炊の夢さえ見ていないのだから。

私が転地療養の地に選んだ大磯は、海と山に囲まれた療養には最適なところである。ある旅館の離れを借りて過ごしていた。だれとも会わず、海岸をぶらぶらと散歩する毎日である。

結核は、空気で感染する。ふさや大事な我が子を病の供連れにするわけにはいかない。見舞いになど来るなと言い聞かせたので、訪ねてくる人はいない。

北海道炭礦鉄道東京支店の方は、私抜きでなんとか切り回しているようだ。あれほど頑張ったのにと悔《くや》しさ半分、腹立たしさ半分である。

やはり勤め人はよくない。所詮《しょせん》、大きな組織の歯車だ。私がいなくても代わりがなんとかする。男子の一生を歯車で終わっていいのかとの思いが強くなる。

何を言っているのだという声が聞こえる。結核という病になるなんて歯車にもなれていないじゃないか。壊れた歯車など必要ない。取り換えられても文句を言うな。

病を得て、死を意識すればするほど、短い人生をもっと愉快に生きることは出来ないかと考えるようになった。

そのためには、もし、健康を回復したとしても勤め人には戻らず独立して事業を起こしたいという思いが強くなる。

しかし独立するにしても何から始めていいのかわからない。やはり勤め人の方が生活が安定するのではないか。

当面は、私の境遇《きょうぐう》に先生もふさも、その他の友人たちも同情してくれるだろう。だが、その同情に甘え続けていれば、いずれ軽蔑《けいべつ》の対象になってしまう。ふさだって、愛想《あいそ》をつかし、離婚を言い出すかもしれない。

いったいどうすればいいのか。苦悩する日々が続く。

海岸沿いの松林の中を散歩しながら、これからの人生について思いを巡らす。不安ばかりだ。

私が詩人であれば、こんな境遇でも楽しいだろう。

書を読み、自然の海や山を愛《め》で、清らかな空気を吸い、川のせせらぎ、鳥の声を聞き、夜には月明りの下で眠る……。

人生に不幸なことなどない。視点を変えれば楽しいことばかりだ。

しかし、私は詩人ではない。俗物である。立身し、富貴になりたいとの生来《せいらい》の野心も胸に滾《たぎ》っている。このまま病を得た詩人のような暮らしに甘んじたくはない。

私は、何が何でも金を稼《かせ》がなければならないのだ。金さえあればどうにかなる。

病を癒《いや》すために転地療養をしている身で、金を増やすためにはどうしたらいいだろうか。

美しい自然の中を歩きながら私は、金を増やす方法ばかり考えていた。まさに俗物の極みである。夏の蟬の声が、カネカネカネと聞こえるほどだった。

なんとかしなければ……。そればかり考え、悶々《もんもん》としていた。だが、なかなかいい方法を思いつくことは出来なかった。

ところで私は、元来臆病《おくびょう》で慎重《しんちょう》である。見かけは、大胆で恐れを知らないように振る舞っているが、その実は、そうでもない。

それは幼い頃の貧しさに由来《ゆらい》しているのだろう。日頃から、いくばくかの金の手持ちが無いと不安になるのだ。生まれた時から富裕《ふゆう》な人間にはわからない心情だろう。

そのためだ。私は日頃から貯蓄《ちょちく》を心掛けていた。

かの安田善次郎翁《やすだぜんじろうおう》も貯蓄を勧めている。彼が日本一の大金持ちと言われるようになったのは、貯蓄に励んだからだ。

善次郎翁は「チリも積もれば山となる」「勤勉と倹約《けんやく》」を信条に働き、その結果、財をなした。財の元は貯蓄である。煙草《タバコ》を止《や》め、贅沢を慎《つつし》み、少額でもコツコツと貯えてきた貯蓄が元になって成功を収めたのである。

翁は「利益の二割は貯蓄し、何があっても使うな」とまで言い切る。収入があればあったで贅沢をし、使い切るようでは成功者になれないというのだ。

私は翁の考えに賛同する者である。

ただし、これを実践《じっせん》するのはなかなか困難なことである。収入が増えれば、それに応じて生活振りも派手《はで》になる。一度、高みを見た生活を落とすのは並大抵のことではない。それで収入が減ったにもかかわらず、ついつい派手な生活を続け、やがて破綻《はたん》してしまう。

私は、日頃から倹約に努めていたが、ケチ臭いと思われてはならないので表向きは派手を装《よそお》い、つき合いもそこそこに振る舞っていたが、裏では倹約していたのだ。

当初、私は北海道炭礦鉄道から百円もの月給をもらっていた。破格の待遇《たいぐう》だった。その後、会社の業績が振るわず八十円に下げられたこともあるが、無駄遣いはしなかった。

東京では福澤家の敷地内に暮らしていたということもあり、家賃は不要。それで生活費に毎月五十円か六十円程度を充当し、残りは貯蓄に回していた。

その結果、三千円もの貯蓄が手元に出来た。銀座の中心地の地価が坪三百円ほどだったから、これを投資すれば十坪程度の地主になれる計算である。

たとえ高給取りであっても、数年でこれだけの貯蓄はなかなか出来ることではない。

貯蓄の額を誇るなんて、器《うつわ》の小さい男だと思われるだろう。だれも褒《ほ》めてくれないに違いない。だからこのことは、ふさにさえ黙っていた。いわば、へそくりである。へそくりが三千円にもなっていたのだ。

これだ。これしかない。私は、松林の中で、風の音を聞きながらあることを思い付き、決断した。

株を利用して金を作るのだ。株式投資である。

株式市場は活況を呈《てい》していた。

朝鮮を巡って我が国と清《しん》国が戦争を始めるかもしれない。戦争は悲劇であるが、多くの軍事物資が必要となるため、その関連企業の株が買われていたのだ。

明治の世になり、我が国の経済は順調に拡大していた。国力も充実し始めていたが、隣国の朝鮮はいまだに李氏《りし》王朝の封建制の下、庶民は厳しい暮らしを強《し》いられていた。

首都漢城《かんじょう》であっても土壁のあばら家が続き、汚物を溜《た》め、どろどろとぬめり、流れることもない溝《みぞ》から放たれる悪臭。その中を日がな一日、仕事もせずにぶらぶらと歩く若者。まともな売るものとてないのに道行く人に押し売りをする商売人。

庶民の貧しさを顧《かえり》みることなく、官僚たちは首都に豪邸《ごうてい》を建て、自らの地方の任地は部下任せで、ただただ税をむしり取るばかりでまともな仕事もせずに贅沢三昧《ざんまい》な暮らしをしていた。

一方、日本は、古くから朝鮮と交易し、交流を持っていた。

朝鮮の背後には強大な清国が控えており、国防の観点からも朝鮮は重要だった。そこで釜山《プサン》を中心に日本人街を作り、多くの日本人が住んだ。ここだけは別世界のように整然とした暮らしが営《いとな》まれ、日本との人と物の流れが活発だった。

やがて、あまりの官僚たちの腐敗《ふはい》に耐え切れなくなった庶民や農民たちは、各地で反乱を起こした。

その中から東学党《とうがくとう》という反政府組織が結成され、武装蜂起《ぶそうほうき》したのである。

彼らの主張は「朝鮮の官僚は私利私欲のために民衆を苦しめ、勝手な振る舞いをしている。彼らは自分たちの私腹を肥やすことにしか関心がない。彼らは傲慢《ごうまん》で虚栄心が強く姦通《かんつう》に耽《ふけ》り、貪《どん》欲《よく》である。こんな状況を改革しなければならない」というものだった。至極《しごく》真っ当なものだ。

東学党に追い詰められた朝鮮の李氏王朝は、清国に派兵を要請した。清国はそれに応《こた》え、出兵した。これは一大事と、日本も清国に対抗し、朝鮮出兵を決定した。名目は、自国民の安全を確保するということだった。朝鮮の利権を巡り、日本と清国の対立の構図が明確となったのである。日本国内では、日本と清国の戦争は必至《ひっし》であると、経済に活力が満ちてきた。軍が必要な物資を調達するため、梅干し、つくだ煮、漬物でさえも値上がりしたのだ。

多くの物資が動く。それらを運ぶための鉄道が必要になる。政府は鉄道整備を急ぎ、山陽《さんよう》鉄道の兵庫《ひょうご》―広島《ひろしま》間が開通した。鉄道局は戦争に備え、臨時鉄道輸送の整備を図った。

北海道炭礦鉄道に勤務していたお蔭で、私は鉄道には一家言ある。そこで兜町《かぶとちょう》の株式仲買人、山県安兵衛に頼み、鉄道株を買った。

素人《しろうと》はまず、買いから始めねばならない。売りから始めるのは、株が博打《ばくち》であるとの印象を強めるだけだからだ。

ふさはもちろんのこと、先生も株は博打であると思っている。絶対に手を出さない。だから二人には私が株を始めようとしていることは、絶対に秘密にしておかねばならない。

株式市場は世間では鉄火場《てっかば》と称され、それを生業《なりわい》にする者は、相場師《そうばし》と言われ、尊敬されていない。一夜で大金持ちの成金《なりきん》になることもあれば、一夜で全財産を失い乞食《こじき》になる者もいるという世界だ。

病人として療養中の私が、そんな世界に飛び込んだとふさが知れば、それこそふさが寝込んでしまうだろう。

先生は、塾の卒業生が新会社を起業したいと相談に来た場合、資金を提供し、株をいくらか持たれることがある。しかしこれは、投資ではなく純粋な支援だ。

私の場合は、違う。切った張ったの株の世界に飛び込もうというのだ。しかし、私は臆病で慎重である。もっと言えば、小心《しょうしん》だと言ってもいい。だから株にのめり込んで全財産を失うような馬鹿な真似《まね》はしないという自信はある。

株を始めるにあたって自分なりに取り決めをした。それは資金三千円のうち、千円を限度に株式投資することにしたのだ。それ以上に損失が膨《ふく》らむようであれば、すっぱりと株の世界から足を洗うつもりだ。

清国との戦争が始まる気配が濃厚になると、軍事関連の物資などの何もかもが値上がりをした。当然、それに関連した株も同じだ。だれが買っても上手《うま》く行くような株式市場となったのだ。

そうは言うものの、会社や株について全く勉強もせず、ただ闇雲《やみくも》に投資した訳ではない。どのような会社が有望であるか、会社が成長するにはどのような経営者が必要なのか、必死で勉強、研究したのである。

生活費と療養費を自ら稼ぎださねばならないから当然のことでもあった。塾生の時よりも勉強しただろう。

こうして、私は株式相場に身を投じたのである。

株価は上がり続け、私は、細かく売り買いをし、利ザヤを稼いだ。面白いほど儲《もう》かる。病に倒れ、満足に働くことも出来ない身にとって株こそが財を築く方法である。私は儲けが増え、通帳の残高が大きくなっていくのを喜びをもって眺めていた。

株式投資を始めて数カ月が経った頃だっただろうか、突然、私の療養先に先生が訪ねて来られた。

私は、慌《あわ》てて部屋から株式投資関係の本を片付けた。

「どうですか？　具合は？」

先生は穏《おだ》やかな笑みを浮かべて聞いた。

「はあ、大分《だいぶ》、良くなってきました」

私は、無事に本を押し入れに隠し終えて安堵《あんど》した。

「せっかくだから松林を歩きましょうか？　大丈夫ですか」

「大丈夫です」

私は先生と共に海岸の松林を散策した。夜は、晩餐《ばんさん》の席にも呼ばれ、ご馳走《ちそう》を頂いた。

先生と別れ、療養先の旅館の離れに戻ると、不思議なことに疲れていなかった。先生と過ごす時間が心地《ここち》よかったためかもしれないが、着実に回復に向かっていたのだろう。

一人になり、押し入れに隠した株式投資関係の本のことを思った。株をやっていることはふさにも先生にも秘密にしている。こんなことでいいのだろうか。先生は、独立自尊の精神で、事業を起こせとおっしゃる。私は、株を動かして、儲けているだけだ。先生から見れば虚業《きょぎょう》だ。

身体も回復している。そろそろ株を手じまいして、実業に戻る時期なのではないか。

私は、思い切って大阪、東京の株仲買人に電報を打ち、全ての株を売却することにした。

仲買人は、私がどうかしてしまったのかと驚いたようだが、偶然にも一番高値で売却出来たのである。なんと約十万円もの儲けになったのだ。銀座の土地を約三百四十坪も購入出来る金額だ。仲買人は驚き、私のことを天才相場師などと持ち上げた。

千円の投資が、たった数カ月で約十万円にもなったのだ。

私はついている。持っている男なのだ。

4

なかなか秘密は守れないものである。約十万円を儲けた私の噂は、友人を通じてふさに伝わった。

友人は、私が株式相場に手を出していると話したようだ。そしてそれは丁半博打《ちようはん》と同じで、瞬《また》く間にひと財産をすってしまうなどと吹き込んだらしい。丁半博打と聞いても、ふさはそんなもの知る由《よし》もないが、ただただ恐ろしいものに我が夫が手を染めていると恐怖心を強く抱いたのだ。

ふさが療養先に駆け付けてきた。その表情は、怒り、悲しみ、驚愕《きようがく》、恐怖に満ち、複雑だった。泣いているのか、怒っているのか、とにかく尋常《じんじよう》一様ではなかった。ふさは、全身を震わせ、絞り出すように「桃介さん、あなた株をやっておられるのですか?」と聞いた。きつい声だ。いつもおっとりと穏やかな口調で話すふさが、まるで別人のように問い詰めてくる。

ここで嘘をついても仕方がない。ふさがかえって不安になるだけだ。その不安を先生に持ち込まれれば、養子縁組解消などというとんでもない方向に発展しないとも限らない。

「ああ、やっているよ」

私は、やや投げやりに答えた。

「今すぐ、お止めください」

ふさは、さらに強く、厳しく言い放った。

「株は全て売却してしまった。手元には一株もない。今後は止めるつもりだが、なぜそんなにも怒っているのかね」

「お止めになると伺い、安心いたしましたが、なぜ怒っているのかおわかりにならないのですか?」

「ああ、わからないね」

私は多少むきになっていた。

「株は危険なものです。博打だと聞きました。財産を失くしてしまいます」

ふさは、告げ口した友人の名前を挙げた。

「たしかに株式投資は、一夜にして大金持ちになったり、破産したりもする」

「そうでしょう?　危険なのです。失敗すれば福澤家にも影響があります」

ふさは、私のことよりも福澤家の財産を心配しているのか。

「もし、病気療養中で満足に働くことが出来ない私に、株以外で稼ぐ方法があったら教えてほしいものだ。お前に余計なことを吹き込んだ、その友人とやらからもね」

「何をおっしゃるのですか。お金のことなどご心配なさらずに療養していただければよろしいのです」

ふさは悲しげな顔をした。

「それはありがたいことだけれども、男子たるもの自分の家族を自分の金で養えないなんて恥だと思っている。だからどうしても自分で稼ぎたい」

「それは、お身体が元のようにご健康になられてからでよろしいでしょう。何も株のような危ないものに手を染めなくても……。それも私に一言もおっしゃらずに……」

ふさは、興奮しているのか、目に涙を溜めている。

世の中には、どうして自分に何も言わなかったのかと憤慨《ふんがい》する人間がいる。知らされるべきだと思っていることを、知らされなかったことに怒りを覚えるのだ。しかし人は、なんでもかんでも自分の考えを人に話してから行動することはない。行動したあとで、その事実を知って、それでもその人を信じるかどうかだ。むしろ何も知らされなかったことに、相手の深い愛情を知るべきだろう。余計な心配、気づかいをさせたくないという思いから、人は何も言わないのだ。

かの赤穂《あこう》浪士のリーダーである大石内蔵助《おおいしくらのすけ》も、妻にさえ討ち入りを話さなかったではないか。私がふさに株式投資のことを話さなかったのも愛情からだ。成功も失敗も、賢明さも愚《おろ》かさも、全てをそのまま受け入れてこそ本当の夫婦というものだろう。

「ふさ、お前は、株について相当の誤解をしている。たしかに株式投資は危ない面はある。しかし博打とは違う。そんなに危険なものならどうして政府が奨励《しょうれい》するのかね。株はね、我が国の国力を高めるために重要なものなのだよ。事業は、株式会社でなくても起こすことは出来る。しかし事業の盛衰と株の上下とは、非常に深い関係があるんだ。株が暴落すれば、株式投資をしている連中が大損するだけなのか。そうじゃないんだ。株が暴落すれば、事業が衰退《すいたい》するんだ。事業が先か、株が先かと問われれば、事業が先なのさ。事業が盛んになれば、株価も上がるんだよ。私が学んだアメリカを見たまえ。アメリカ人は、株を博打などと考えない。事業が盛んなのは株が盛んに売買されているからだよ。事業が盛んになれば株式市場も活況を呈する。それがまた事業を盛んにするんだ。我が国も、アメリカに伍《ご》して立派になろう、発展しようとすればもっと株式投資を盛んにしなければならない」

私は株式投資に関する持論を一気にまくし立てた。ふさは、涙目ながら気が抜けたような表情で私を見つめていた。

「桃介さんのご高説はよくわかりました。しかし私の心の安寧《あんねい》をお考えになっていただけるなら、金輪際《こんりんざい》、株には手を出さないでいただきたいのです。ところで、いくら損をされたのですか？」

ふさは険《けわ》しい表情に戻り、聞いた。

さあ、来たぞ。この質問が。私は、目に笑みをたたえ、どのように答えるべきか思案した。

「損をしたと思っているのか？」

「そうでしょう？　だれもが株では損をしていると聞いていますから」

「これを見たまえ」

私は、通帳をふさに見せた。

ふさは、不審そうな表情で通帳を開いた。その途端にのけぞるかのように驚き、私と通帳を何度も見比べた。

「う、嘘でしょう。これ！」

ふさは目が飛び出るほどに驚いている。「十万四千円！」

「凄《すご》いだろう。これが私が株で稼いだ金だ。ふさ、褒めてくれ」

私は、得意そうに口角《こうかく》を引き上げ、笑みを作った。ふさが、驚きのあとは、私を尊敬の目で見てくれると思った。

一万円でも、家族五、六人が生涯にわたって悠々と暮らせるだけの財産である。それが十倍もあるのだ。ふさにも子どもたちにもなんら苦労をかけることがない財産である。

ふさが、通帳をベッドに放り投げた。まるで不浄《ふじょう》であるかのような扱いだ。

「何をするんだ」

私は、ベッドの上の通帳を摑み、それで額を何度も叩《たた》き、心の怒りを抑えながらも顔は努めて笑うようにした。

「株で儲けたお金など……」

ふさは私を、何か恐ろしいものでも見るような目で見ている。

「ふさ、病気で北海道炭礦鉄道も辞めざるを得なかった、まともに動けない私が、たった千円で、普通の人が一生かかっても稼ぐことが出来ない金を稼いだんだよ。この頭でね。少しくらい褒めてくれてもいいだろう。私は、私なりに株を研究して、そして全て手じまいしたんだ。それがこの結果だ。たった数カ月で作った財産だ。ふさにも子どもたちにも苦労はさせない。私は自分の金で、家族を養うことが出来るんだ」

「でも……」

「でも、なんなのだ。ふさは、先生の庇護《ひご》の下で、金の苦労なんかしたことはないだろう。だけど私は違う。幼い頃から、苦労をした。だから金持ちになって世の中の連中を見返したいと思ったものさ。こんな気持ちはふさには理解出来ないだろう」

　私は、興奮したのか、話が止まらない。

「金が無ければ、夫として、父親としてのプライドを保てない。いつまでも先生に甘えているわけにはいかないんだ」

　ふさは、観念したかのようにうつむき、「よくわかりました。これだけのお金があれば十分です。ですから金輪際、株には手を出さないと誓ってくださいますか」と絞り出すように言った。

「わかった。ふさに忠告されなくても、全て手じまいした。株式投資は卒業だ。深入りしていいことはない。こうしてひと財産が出来たことを僥倖《ぎょうこう》としなければね。元の木阿弥《もくあみ》になりたくないから。もう心配をかけないよ」

　不安そうな目で私を見つめるふさの肩を、優しく抱いた。

　しかし私も人の子である。こんなに簡単に金儲けが出来るなら、もっと儲けられるのではないかと錯覚してしまった。約十万円もの大金を稼ぐことが出来たのが自分の実力と勘違《かんちが》いしたのである。単に運が良かっただけだと謙虚《けんきょ》な考えにならなかった。

このあたりが、私の軽薄さ、いい加減さであろう。ふさには、株式投資をすっぱり止めると約束したのだが、それを反故《ほご》にしてしまった。なにせ株価が引き続き上昇していたからだ。

ふさは、株を博打のように思っていたが、私は、それを間違いだと強く言った。日本の国力を高めるために必要なのだと。しかし、上昇を続ける株価を眺めていて、うずうずと心が騒ぎ、今止めなくても、もう少しやってもいいだろうという心境に陥《おちい》った。

株式投資は博打ではないと言いながら、これは博打うちの心境である。博打は、勝っていても負けていても止め時が難しい。勝っていると、もっと勝ちたい、勝てると思う。負けていると、もう少しやれば勝ち運の波が自分に向いてくると思ってしまうのだ。

私は、時流を完全に読み違えてしまった。欲のために目が曇ったのだ。

清国との戦争が明治二十八年（一八九五）四月に終わり、戦争景気もこれまでと思っていた。ところが我が国は清国から二億両《テール》（当時の邦貨で約三億円）もの賠償金《ばいしょうきん》を受け取ることになったため、国内は、勝った、勝ったの大騒ぎ。なにせ明治維新以来、緊張関係にあった大国である清国を屈服させたのである。国民は熱狂し、戦勝気分が横溢《おういつ》し、景気がさらに過熱していったのだ。人々は新しい着物を新調し、贅沢に着飾り、次々と新規開店する銀座の洋食屋に足を運び、飲み、食い、笑い、歌った。当然、株価の上昇の勢いも留《とど》まることはなかった。

「桃介さん、株、止めちまったんですか。そりゃあ、もったいない。今こそ、稼ぎ時ですよ」

「株の天才が、今、出て行かないで、いつ出て行くんですか」

株の仲買人が頻繁に声をかけてくる。株の天才、神様などと彼らのヨイショが耳に心地よい。私の心に棲み着いている投資の虫が、騒ぎ出す。徐々に、彼らの言葉に乗せられ、自分の実力を過信し、慢心《まんしん》し始めた。これは自分では気づかないものだ。いったいだれが成功の渦中において、自分は過信、慢心していると反省するだろうか。

孔子《こうし》の高弟である曾子《そうし》でさえ「吾日《われ》に吾《わ》が身を三省《さんせい》す」と言い、一日の終わりに三度、反省しなければ過信、慢心に陥ると戒めたのである。

だから凡人である私が、慢心するのは防ぎようがないではないか。

「あの相場師が二百万円も稼ぎましたよ。三菱《みつびし》が九州鉄道の株を三万株売りに出したのを、買いに回ったんです。三菱が売れれば、買い。これが儲けの鉄板だって皆が騒いでます」

ある有名な相場師が、三菱の売りに対抗して買い上げ、大儲けしたのだ。それで三菱の売りを買い上げれば、彼のように勝てるという噂が電光石火《でんこうせっか》の如く兜町を駆け巡った。

「三菱が売りを出したら、教えてくれ」

私もその噂を信じてしまった。自分の頭で熟考《じゅっこう》せず、根拠のない噂に乗せられ、自分ならもっと上手くやれるのにと思う過信、慢心からくる目の曇りに気づかない。嗚呼《ああ》、なんと愚かな人間であることか。

ついに三菱が、九州鉄道に続いて山陽鉄道の株を売りに出した。

すわ、買いだと兜町は大騒ぎだ。私も、仲買人に「買え、買え」と命じ、山陽鉄道株を大量に買った。

ところが株は下落を続けた。そして明治二十九年（一八九六）の秋には大暴落となってしまった。政治の不安定さ、戦費過大からくる予算の引き締めなどが原因だ。

戦争中は、内閣と議会は一致協力し、過大ともいえる予算を通過させた。ところが戦争が終わると、そうはいかない。議会は、内閣が提示する予算に反対する。清国から巨額の賠償金をせしめたとはいえ、財政の健全化を目指さねばならないというのが議会の総意であった。予算通過が困難と見た伊藤博文《いとうひろぶみ》は総理大臣の座から降り、新たに松方正義《まつかたまさよし》が内閣を組織した。彼は、西南《せいなん》戦争後の物価高騰を抑え込むための、松方財政ともいわれる緊縮政策で名高い。松方は総理大臣と大蔵大臣を兼務した。そのため世の中に物価下落＝不景気との印象を与えたのだろう。

株価は正直である。どんどん下落の勢いを増していく。それでも愚かな私は、きっと株は上がると信じていた。もう少し待てば、上がるだろう。もう少し、もう少し……。私の頭の中には上昇する株価しか想像出来ない。まさに博打の鉄火場にいる気分だった。頭の中はカッカと火が燃え盛り、目は血走り、冷静な判断が失われてしまった。

それでもやっと目が覚めた。これでは全てを失くしてしまうという恐怖心が芽生えた。要するに株価の上昇に自信を持てなくなったのである。私は、思い切って全ての株を売却した。損切りを実行したのだ。その結果、今まで稼いだ約十万円が半分になってしまった。だが、半分でも残ったことに満足しなければならないと考え直した。この失敗のことは、ふさには口が裂《さ》けても言わないようにしようと思った。

5

短期間に株式投資の成功と失敗を味わってしまったが、株式投資は決して悪いものではない。私は、株式投資について三つの原則を考えた。

一つ目は預金利子を基準とするということ。それを守って売買することだ。この基準を外れて株価がどれだけ上がろうとも、それにつられてはいけない。

少し詳しく説明すると、株には配当がある。例えば一割二分の配当がつく株があるとしよう。五十円の払込に六円の配当である。この株が百二十円以上になれば配当利子は五朱（パーセント）以下になる。その場合は売る。株が八十五円以下になったら配当利子は七朱（パーセント）以上になるから買う。

なぜ五朱と七朱なのかと言えば、定期預金の利子は大体において五朱と七朱の間を行き来しているからである。

株は、預金金利や貸付金利など市中金利に大きな影響を受けるものなのだ。

しかし、この基準はあくまで私の原則である。なぜこれを決めたかと言えば、売り時、買い時を間違えないためだ。もう少し待てばもっと上がるかもしれない。そうなれば売ろう、と思っているうちに売る機会を失う。もう少し待てばもっと下がるかもしれない、そうなれば買おう、などと逡巡《しゅんじゅん》していると買う機会を失うからだ。

二つ目は、安全な、健全な経営の会社の株を選ぶこと。十分に会社を研究して、その株を買わねばならない。経営内容もわからずに、株が上がっているからと買うのは愚《ぐ》の骨頂《こっちょう》である。

三つ目は、借金までして株を買わないことだ。株価が上がっている時、銀行は株購入資金を喜んで貸してくれるだろう。しかし株価が上がっている時はまだしも、借金の額を超えて株価が下がり始めたら、焦ってもう少し待っていれば株が上がり、借金を返済出来ると思い込んでしまうものだ。こうなるとお終《しま》いである。結局、売り時を失い、何人もの相場師が、借金を返済出来ず、破綻《はたん》したことか。

資金が少なければ、少ないなりに自分の給料の中から都合をつけて株を買えばいいのである。ゆめゆめ借金までして株を買わないようにする。

株式投資で成功するには、運がいいだけではだめである。より思慮深くなければならないのだ。

第六章　裏切りは世の常

1

夏の早朝、四時半から先生は三田界隈《みたかいわい》を散歩する。体調管理と思索《しさく》を兼ねているのだが、まだ陽も昇り切っていない。薄暗がりの中を慶應義塾《けいおうぎじゅく》の塾生が、先生の後をぞろぞろとついて歩く。夏はまだいいのだが、冬は五時半から散歩が始まる。寒い。暗がりの中でも白い息が立ち昇《のぼ》る。

塾生は、眠い目をこすりながら歩くだけだ。中には、大きなあくびを漏《も》らす者もいる。散歩の間、先生の講義が聴けるのであれば散歩の意義があるのだが、先生は何も話さず、ずっと黙っている。『時事新報』の社説のことでも考えているのだろうと思うのだが、塾生の会話には耳を傾けているようだ。

別のことを思索しながら、他人の話に耳を傾けられるのは先生の能力の一つである。

いつの間にか散歩に参加する塾生は、ほぼ決まってしまった。私は塾生ではないのだが、先生の娘婿《むこ》として彼らの世話係のような形で散歩に参加している。

結核もなんとか治まり、大磯《おおいそ》の療養先から三田の自宅に帰ってきてからは先生の散歩につき合うのが日課の一つになった。

先生が話をしない分、塾生の眠気を覚ますためにも私が話題を提供しなければならない。先輩として彼らに議論の題材を投げかける。時事問題も多いのだが、時には処世に関するものもある。

例えば、こんな話題である。

「天は自ら助くる者を助く」

これは西洋の諺《ことわざ》、

「Heaven(God) helps those who help themselves.」

に由来《ゆらい》するようだが、他人に頼らず自立しなさいという意味だ。先生が常々おっしゃる、独立自尊にも通じる意味を持っている言葉である。

私は塾生に、この言葉をどういう風に受け止めればいいのかと問いかける。

「怠《なま》け者は成功しないということでしょう」

「他力《たりき》を頼むより、自力《じりき》で成功を摑むということですよね」

諺の意味などわかり切っていると、退屈そうに答える。

「意味はその通りだが、世の中を見渡した場合、自力のみで成功者となりうるのか。かく言う私も先生の助けがあって結核を完治させたようなものである。助けを求めるわけではないが、他人から助けられ、愛される人物の方が成功するのではないか」

私は、ここで議題を少し広げて、「憎まれる者と愛される者とどちらが成功するか」と問いかけた。

先生の名前を挙げたので、先生の耳が動いたような気がした。

「そりゃ愛される方がいいでしょう。自ら助くにしても愛された方が成功するでしょう」

この意見に何人かの塾生が賛成と言った。

「違うと思います」

一人の塾生が異論を唱えた。

面白《おもしろ》い。私はその塾生に注目した。頬骨《ほおぼね》がいかつく飛び出していて、一見して愛される顔つきではない。どちらかと言えば強面《こわもて》だ。松永安左エ門《まつながやすざえもん》である。

松永は変わった経歴の持ち主である。

明治八年（一八七五）生まれだから、七歳年下だが、私より老成《ろうせい》した印象がある。

長崎県壱岐《いき》の商家の生まれで、裕福に暮らしていたが、どうしても先生の教えを受けたくて明治二十二年（一八八九）に上京し、塾生となった。私がアメリカから帰国し、ふさと夫婦になった頃だ。

しかし、不幸なことにコレラに罹患《りかん》してしまった。

コレラは昔からコロリ（虎狼痢）と恐れられ、毎年と言っていいほど流行し、多くの人の命を奪った。

松永が罹患したのは明治二十三年（一八九〇）の流行《はやり》だろう。この年も四万六千人もの人が罹患し、三万五千人ほどが亡くなった。

幸い、松永は助かった。同時期に罹患した友人は亡くなったという。松永に神様が生きよと言ったとしか考えられない。

松永は学業を諦め、帰郷し、静養することになった。不幸は続く。父親が亡くなったのである。そのため父親の事業を継承《けいしょう》せざるを得なくなった。

「酒造りから海産物の貿易まで、多くの事業をやっていました」

松永は私に話したことがある。猛烈に忙しかったようだ。

「でも、土地だけを残して、事業はみんな手放したんですよ」

英断であると私は答えた。

松永にしてみれば、このまま事業に没頭していれば慶應義塾に戻れず、田舎のお大尽《だいじん》で終わってしまう。それが嫌だったのだろう。田舎では事業の発展も望めないし、自分にはもっと可能性があると考えていたのだ。

「何者かになりたかったんです。私にしか出来ないことがあるはずだと思ったんです。親戚《しんせき》や父の事業仲間からは、憎まれ、嫌われ、ののしられましたね。うつけ者ってね」

松永は私に笑いながら言った。

そして、明治二十八年（一八九五）に慶應義塾に戻ったのだ。

事業を担《にな》い、それを手放す経験が松永に老成した印象を与えているのだろう。

「松永君は、愛されない者、憎まれる者の方が成功するというのか。なぜ、そう思うんだ」

　私は聞いた。

「人に愛されれば、そこから逃げ出せなくなります。そこに留まれば、愛してくれた人の下にいなくてはなりません。世話になった人を超えることが出来ないのです。憎まれるかもしれないですが、その庇護《ひご》の下から飛び出し、世間の冷たい風にあたり、なにくそと覚悟してこそ大成功の道が開けるんじゃないですか。上の人の顔色ばかり窺《うかが》っていたら、それだけの人間にしかならないでしょう」

　自分が他人にどのように思われ、非難されようとも、自分の力で人生を切り開こうとした松永自身のことを話しているのだと私は思った。

「だれか反論はあるか」

　私は他の塾生に聞いた。

「でも成功の可能性は、愛される方が高いのではないか。実際、会社に入っても上司に睨《にら》まれたり、嫌われたりしたら出世は望めないだろう」

　その塾生の言葉に、何人かが同意した。

「君の言う通りだろう。でも、上司に気に入られて出世したとしても、それでは小成《しょうせい》であって大成《たいせい》にはならないと僕は思う。大成するためには憎まれ、嫌われ、それに対抗する力をつけることが必要だ。それこそが天は自ら助くる者を助くではないか」

　松永は強く反論した。

面白い男だ。この男も、他に交じることなく「松永安左エ門」そのものになろうとする気概《きがい》を持っている。

「私は松永君に賛成だね。会社で上司に愛されるのはいいが、それに甘んじていては、その会社で一生、その上司と運命を共にしなくてはならない。たとえ憎まれ、嫌われても、その上司を超える気概を持って、飛び出さねば、大成しないのではないか」

私は、その時、先生の肩が微妙に動いたのを見た。先生は、私の言葉の裏を考えたのかもしれない。

私は、療養中に株式投資を行い、大金を手にした。このことは先生に秘密である。しかし当然ながらふさの口や、私によからぬ感情を抱いている者から話は伝わっているだろう。

ふさには金輪際《こんりんざい》、株には手を出さないと言っておきながら、相変わらず株をいじっている。とりあえず北海道炭礦《たんこう》鉄道に職場復帰したものの、以前のように仕事に熱が入らない。

懐《ふところ》に大金があると思えば、旅から旅へと楽しみ、遊郭《ゆうかく》などでの遊興《ゆうきょう》に耽《ふけ》ることも増えてきた。

一方、ふさは実家に戻ってからというもの、義母《はは》のきん様と一緒に二人の子どもの世話にかまけ、私のことなど、とんと関心が無い。

まさか私を、福澤《ふくざわ》家に種を提供してくれた種馬だと思っているわけではないだろうが、あまりの無関心にさすがの私も不機嫌になる。自宅に帰っても面白くないから、金に飽かせて遊んでしまう。

表向きは優しい夫であり、婿養子であるが、このままでは心がふさから離れてしまう。

ふさやきん様は、私が福澤家から離れるとは想像もしていないだろう。それだけ、世の中を渡るにあたって福澤の名は有効だからだ。だれが好き好んでこれを捨てるだろうか。

だが先生だけは違う。私の野心を見抜いておられる。だから私が、たとえ愛されていても上司の下を飛び出さねば大成しないと言った時に、反応したのだ。それは、先生の動揺した気持ちの表れではないだろうか。

それにもう一つ、問題がある。私の心がふさから離れつつあるのと同時に、ふさの心も私から離れる可能性があるということだ。

ふさは私のことを深く愛している。しかし先生の娘として大切に育てられてきたため、実家に帰った途端に妻から娘に戻ってしまったのだ。それに加えて私への疑念が、彼女の心を曇らせているのだ。

それは、貞奴《さだやっこ》の存在である。

貞奴は、今は川上音二郎《かわかみおとじろう》という役者の妻となり、完全に花柳界《かりゅうかい》から足を洗っている。

彼女は非常に勝気《かちき》である。私と似た者同士である。私は彼女をファム・ファタールと思い、会うたびに彼女との間にびりびりとした感応の電流が走る感覚を味わう。

大磯で療養している時、彼女は何度か私を見舞ってきた。

貞奴は、音二郎を愛している。彼を男にしたいと言っていた。結婚したのは、私が福澤家の婿養子になったことへの当てつけではないのかと冗談めかして言うと、それはないと言い切った。あなたは、私がいなくても世に出る人だ。しかし音二郎は違う。私がいなければダメな人なのだ。女にも金にもだらしなく、どうしようもない男だが、才能はある。私のような花柳界に身を置いた女は、自分自身が世に出ることは出来ない。それならば男を支えて、その男を一人前にすることが、自分が世に出ることなのだと貞奴は言った。

まるで、音二郎は君の作品だね。そう言って、私は笑った。

そうしたやりとりが、ふさの耳に入ったようなのだ。ふさは、私と貞奴の関係を疑っている。肉体関係などあるはずもないのだが、疑いの小さな染《し》みは、ふさの中でじわじわと大きくなっている。

ある時、ふさはどこからか、貞奴が音二郎のために川上座という常設劇場建設に奔走《ほんそう》していると聞きつけた。もとより音二郎に金があるはずもなく、建設資金調達は貞奴の仕事である。ふさは、貞奴が私に資金援助を頼んできたと思い込んだ。

「あなた、聞いている？　あのオッペケペーで有名な川上音二郎が、歌舞伎《かぶき》座の向こうを張って劇場を作るんですって」

「そうなのか」

私は無関心を装《よそお》って応《こた》える。

「ご存じなかったの？　川上音二郎って、あの貞奴という人が奥様でしょう。あなた、彼女をご存じなのでしょう？」

「ああ、知っている」

「お親しいの？」

「別に、親しくはない」

「でも大磯の療養先にお見舞いに来られたって聞いたわ」

「そういうこともあったね」

「援助なさるの？」

「何に？」

「劇場建設に……」

「ははははは、あり得ないよ。私がどうして音二郎の劇場建設に援助する義務があるんだね。おかしなことを言うもんじゃない」

「絶対にないのね。彼女もあなたに頼んでいないのね」

「頼むはずがないじゃないか。私は全く関係ない」

私は、身体の芯《しん》が熱くなるほど興奮していた。それは怒りからではない。ふさの誤解を解かねばならないと思ったからだ。

ふさは性格的に非常に素直《すなお》だ。先生はきん様一筋であり、妻や子どもたちを大事にされている。それが夫や父親のあるべき姿であると信じている。それをはみ出す男がいることが信じられないという女性なのだ。だから渋沢栄一《しぶさわえいいち》や伊藤博文《いとうひろぶみ》などの艶聞《えんぶん》を耳にすると、不潔《ふけつ》だと言って耳を塞《ふさ》ぐほどである。私は、ふさの追及から逃げ出すかのように、「全く関係ない」と強く否定した。

ふさはその言葉を聞き、笑みを浮かべた。それは安堵《あんど》したというより、私に釘《くぎ》を刺したことに満足した笑みのように思えた。裏切りは許しません……。その意味を込めた笑みだっただろう。

私は、先生の庇護の下を離れて飛躍出来るかもしれないが、ふさが張り巡《めぐ》らせた網を破ること は出来ないだろうと、わずかに恐ろしさを覚えながら彼女の笑みを見つめていた。


「桃介《ももすけ》君と松永君の意見に賛成だ」

先生の声に、私は物思いから覚めた。

「人を助ければ、自分も助けてもらえると思うだろう。しかし自分を助けてほしいから人を助けるというのは、独立自尊の精神ではない。人を助けるのは良いことだが、自分が助けを求めるのを前提にするのは断じて間違いである。まず諸君は、自分の食を得る方法を講じなければならない。自分の食を満たして後に人を助けるような仕事をしなさい」

私は、松永と視線を合わせた。先生の同意に、我が意を得たりということだ。

先生ほどの人はいない。人の助けを借りる、期待するということはまずない。しかし、ご自身はどれだけの人を助けて来られたか。それも見返り無しに。

私も先生に助けられた一人である。だからこそ、先生の助けから早く離れ、自分の足で立たねばならないと自覚している。それが先生の恩に報《むく》いることなのだ。

だからあえて言う。憎まれっ子世に憚《はばか》るとも言うが、「天は人の助けざる者を助く」。すなわち自ら努力する者も天は助けてくれるが、人からの助力を期待せず、憎まれ、嫌われようとも我が道を貫《つらぬ》く人も天は助けてくれると信じたい。

「君は面白いね」

私は、松永に親しく声をかけた。

「ありがとうございます」

老成したように見えた松永の顔に、青年の活気が見えた気がした。

2

松永とは気が合った。自分で商売をしていたこともあるので、他の塾生のように世間知らずではないからだ。

ある時、先生が「日本は山も水も豊かである。水力発電に力を入れるべきだ」と火力発電重視を批判し、水力発電に注力すべしと『時事新報』に書いた。

この記事を読んで、これはアメリカに着いた時、一太郎《いちたろう》から聞いた話だと思い出した。アメリカは電力事業に大変な額の投資が集まっているということである。電気は全ての産業発展の源《みなもと》であると一太郎は言った。

私は、電力事業、即《すなわ》ち電力の将来性にかけてみようという気になり、上州《じょうしゅう》前橋《まえばし》の利根川《とねがわ》水域で水力発電を出願することにした。地元の素封家《そほうか》、下村善右衛門《しもむらぜんえもん》を発起人に立てたのであるが、いろいろな利害関係者を説得しなければならなくなった。

そこで松永に、「病み上がりの身体《からだ》では酒も飲めない。一緒に行き、地元対策に協力してくれないか」と頼んだ。

松永は二つ返事で「私も酒は飲めない方ですが、桃介さんよりはましでしょう」と言い、一緒に行ってくれることになった。

松永は、熱心に地元の有力者の説得にあたった。宴会にも積極的に参加してくれたが、水力発電に関しては出願だけに終わった。時期尚早《しょうそう》、気運が熟していなかった。あまり地元が乗り気でないので、私も熱が冷めてしまった。

松永は、慶應義塾をあと一年残すのみとなったのだが、学問に対する意欲をなくし、中退しようと思っているという。

福澤先生に相談すると、先生は、辞めた方がいい、辞めるべきだと中退を強く勧めた。

学校を卒業することに意味はない、独立すべきだと言う。松永が一度、塾に入ったものの退学し、社会人となった経験があることも、強く勧めた理由の一つだろう。

しかし、最も大きな理由は、先生が松永の資質《ししつ》を見抜いていたからではないだろうか。この男は、学問で身を立てる人間ではない、事業を起こすべき人間であると。

そこで先生は、松永にうどん屋になれ、もしくはとりあえず風呂屋の三助《さんすけ》になって後に風呂屋を経営するのはどうか。君は、絶対に事業家になりなさい。間違っても役人や銀行家になってはいけない、と言ったそうだ。

先生が、安定した役人や銀行家よりも、どんな結果になろうとも事業家になるべきだと言うのは持論であるが、それにしてもうどん屋とか風呂屋の三助になれと言われたというのを聞いて、私は大笑いした。

松永が、それはあんまりではありませんか、と難しい顔をすると、先生は三井《みつい》呉服店に慶應義塾出身者がいるので、呉服屋になれと頻《しき》りに勧めた。

松永は、自分が呉服屋に向いているとは思わなかった。しかし先生があまりにも勧めるので仕方なく三井呉服店に行き、塾の出身者、朝吹英二《あさぶきえいじ》に会った。

ところが朝吹は、松永の不器用《ぶきよう》振りをみて、先生の推挙《すいきょ》があったものの入社を断ったのである。

私も松永のいかつい雰囲気《ふんいき》からして、呉服屋に相応《ふさわ》しいとは思わない。先生も酷《こく》な会社を紹介したものだ。

悄然《しょうぜん》として私のところに相談に来たので、私は日本銀行に入ることを勧めた。

日本銀行は岩崎彌之助《いわさきやのすけ》が退任し、慶應義塾の出身者である山本達雄《やまもとたつお》が総裁になっていた。東京帝大出身者が幅を利かしていた日本銀行を塾の出身者が支配するのも面白いだろうと思い、松永に入行を勧めたのだ。

松永は困惑気味《こんわくぎみ》に「先生は銀行家になるなとおっしゃいましたが……。叱られませんか」と言った。

私は、「叱られても構わないじゃないか。総裁秘書の方がうどん屋よりは面白いぞ」と応えた。

私の勧めに従い、松永は日本銀行に入ったのだが、総裁秘書ではなく営業部に回された。

どうなるものかと心配していたが、やはり松永は銀行業には向かなかった。机の前でじっとしているのは松永らしくない。それに総裁秘書として雇われたと自認していたから、役員食堂で昼食をとるなど、一般行員には相応しくない行動をとったため、変わり者と思われ、敬遠されてしまった。

「話が違います。総裁秘書ではなかったですよ」

松永が、私に文句を言った。

「それじゃあ、辞めろ」

私は造作《ぞうさ》なく言った。

「えっ。それはないでしょう！」

「嫌なところに無理に勤めることはないだろう」

「辞めてどうするんですか？」

松永の顔に不安の色が浮かぶ。

「私と一緒に会社をやろう。独立自尊だ」

私は張り切って言った。

松永は諦め顔で、「桃介さんがおっしゃるならやってもいいですけど。なんの会社ですか」と聞いた。

「貿易会社だ」

私は、明治三十二年（一八九九）に丸三《まるさん》商会を設立した。

先生に相談すると、やりなさいと諸手《もろて》を挙げて賛成し、二万五千円もの大金を出資してくださった。大変な額である。銀座の地価が坪三百円から四百円であるから、その六十倍から八十倍だ。先生は私のことを本気で応援してくださっているのだ。

先生から見れば、私はふらふらと尻の落ち着かない不肖《ふしょう》の娘婿だ。会社勤めもしない。先生の甥《おい》である三井銀行専務の中上川彦次郎《なかみがわひこじろう》から紹介された王子製紙《おうじせいし》取締役という願ってもない立場をもらっても、感謝もせず、仕事に身が入らない。さらに、ふさに内緒で株式投資を続けている。

桃介は、いったい何をしているのだ。福澤諭吉《ゆきち》の娘婿に相応しくない。批判の声が、先生の耳にも入っているに違いない。

私は、単なる怠け者という訳ではない。まだ、自分が本当に何をやりたいのかわかっていないだけなのだ。自分探しと言えば、都合のいい言い訳になるが、自分の力で何者かになりたい。そう願っている。福澤諭吉という巨木の幹に寄りかかり、青々と葉を繁らせた枝の下で暮らしていいのか。先生門下の者たちは、私を運のいい男だと思っていることだろう。先生の庇護下で、真面目《まじめ》に、実直に暮らしていれば、それなりの者になることが出来、未来の安寧《あんねい》が約束されているからだ。

しかし、私のもやもやとした思いをだれもわからないだろう。先生の娘婿になったことだけで、私の人生が決まっていいのだろうか。そんな人生が面白いだろうか。そんな人生が熱気を孕《はら》んでいるだろうか。富貴顕官《ふうきけんかん》の下に生まれた者なら、自分の人生を甘んじて、あるいは疑問なく受け入れるかもしれない。私は、貧しい農家の息子である。そんな男にとって、自分の力ではなく、先生の力によって世に出るという、この居心地《いごこち》の悪さはだれにもわかってもらえまい。

こんなことを考えるのは、株式投資の成功が私を少々強気、否、傲慢《ごうまん》にしていたからかもしれない。

先生は、私が丸三商会を設立した前年（明治三十一年〈一八九八〉）九月、突然脳溢血《のういっけつ》で倒れられた。幸い、大事に至らず回復され、塾でも盛大にお祝いし、天皇陛下からのお見舞いという栄誉《えいよ》を賜《たまわ》ったのであるが、それ以来、先生の私を見る目が厳しくなった。もし自分に何かあったら、ふさや孫たちはどうなるのかと心配でたまらなくなったのだろう。

「先生がそんな大金を出資してくださったのですか？　それは心強い」

松永は喜んだ。

先生の後ろ盾があることで安心したのだ。

「私が独立して事業をやりたいと言ったので、安心してくださったのだろうね。その代わり、塾の幹事だった益田英次《ますだえいじ》君を監査役《かんさやく》の名目で送り込んでこられたけど」

「桃介さんのお目付役ですね。あの方は堅くて有名ですから」

「私とは正反対という訳だな。まあ、先生としても大金を出資した以上、私には成功してもらわねばならないから」

私は苦笑《くしょう》した。

「ところで何を貿易するんですか」

松永は聞いた。

「さしあたっては枕木を輸出する。ロシアに売るんだ。ロシアは今、シベリア鉄道を敷設《ふせつ》するために枕木が大量に必要なのだ。アメリカン・トレード・カンパニーの日本総代理店になった。今、ロシアは、猛烈な勢いで南下政策を遂行《すいこう》している。日本が日清戦争で勝利し、朝鮮や中国に足掛かりを得たのを警戒しているんだ。松永君は三国干渉《さんごくかんしょう》を覚えているだろう？」

「もちろん、覚えています」

明治二十七年（一八九四）八月一日、日本は清国に宣戦布告。日清戦争が始まった。

日本は勝利し、翌明治二十八年（一八九五）四月十七日、日清講和条約（下関《しものせき》条約）が調印された。そこで確認されたのは、朝鮮の独立承認、遼東《りょうとう》半島、台湾、澎湖《ほうこ》列島の割譲《かつじょう》、賠償金《ばいしょうきん》二億両《テール》の支払い、欧米並みの通商条約締結《ていけつ》などである。

日本の損害は死者、負傷者など一万七千人、馬一万千八百頭、戦費二億四十七万円だった。

日本国内では大国の清国に勝利したことで、各地で祝勝会が催されていた。その最中《さなか》、ロシアが中心となりドイツ、フランスが遼東半島を清国に返還するように日本政府に干渉してきた。

ロシアは、満州《まんしゅう》など中国東北部に進出するために、遼東半島にある不凍港である旅順《りょじゅん》港が必要だった。その港が日本の支配下に入ることは絶対に阻止《そし》しなければならない。そこで中国での権益拡大を狙うドイツ、フランスに日本への政治的干渉をもちかけたのだ。

日本政府は窮地に立たされた。三国干渉を容認すれば、戦勝気分に沸く国内の反発は必至《ひっし》だ。かといってこれを拒否すれば清国と再び戦争ということにもなりかねない。日本政府は、イギリスに支援を求めたが、イギリスは仲介に入ることを謝絶してきた。

日本は、やむなく遼東半島を清国に返還することを決定したのである。

国内では、この決定に反ロシア感情が渦巻くことになった。臥薪嘗胆《がしんしょうたん》という言葉が流行語となったり、日ロ戦えば、という議論が雑誌などに登場したりと、後の日露戦争の遠因となった。

ロシアはその後、清国への進出を強化する。シベリア鉄道を延長し、満州内陸部を通過して大連《だいれん》や旅順まで達する鉄道の敷設を進めたのである。

「日本はロシアの政治的圧力に負けて譲歩《じょうほ》したんだが、ロシアはその機に乗じて清国を食い物にする算段なんだ。その肝《きも》がシベリア鉄道という訳だ。それが我々の商売になるんだよ。枕木用の木材は、北海道炭礦鉄道から調達するから大丈夫だ」

私は自信たっぷりに言った。この商売は成功間違いなしである。なにせアメリカン・トレード・カンパニーとの間に二十万円もの輸出商談が内定しているのだ。

二十万円といえば、銀座の土地を、五百坪も購入出来る額である。

「資金はどうするんですか？」

松永は心配そうな顔をする。

「君は意外に慎重《しんちょう》だね。そこのところは心配ない。三井銀行が支援してくれることになっている。三井銀行には、塾の先輩、同輩、後輩が多い。彼らが私の事業を支援してくれるという訳だ。近々、アメリカン・トレード・カンパニーから前渡金が送られてくるから、それで仕入れをする」

「それなら大丈夫ですね」

ようやく松永の表情が緩《ゆる》んだ。

私は、この事業を成功させ、実業界に飛躍するつもりだ。先生には感謝しているものの、いつまでも婿養子という看板を下げて歩いている訳にはいかない。

しかしこの目論見《もくろみ》はたちまち失敗し、私は奈落《ならく》の底に落とされることになる。

3

「いったいどういうことだ」

私は、身体の芯から震えがきた。

監査を担当している益田が、「アメリカン・トレード・カンパニーが前渡金支払いの取り消しを通告してきました。そればかりか、三井銀行が荷為替《にかわせ》取引を断ってきました」と言ってきたのだ。

前渡金が無ければ仕入れは出来ない。荷為替が組めなければ、それを担保《たんぽ》にした銀行取引が出来ない。それらが出来ないということは、丸三商会の事業が破綻《はたん》するということだ。

何が起きているのか、全くわからなかった。つい先ほどまで晴れていた空が、一転にわかにかき曇り、大嵐になったようなものだ。

小樽《おたる》と神戸《こうべ》に支店を設置し、神戸支店長に松永を任命し、全てはこれからという矢先だ。

私は、アメリカン・トレード・カンパニーの担当者に電話した。

「なぜ、前渡金が出ないんだ。これでは仕入れが出来ないではないか」

私は激しい口調で抗議した。

「全て信用調査の結果です」

担当者は、感情を交えずに答えると、電話を一方的に切った。

私は受話器を握《にぎ》りしめたまま、呆然《ぼうぜん》とした。

信用調査？　なんのことだ。

前渡金が無ければ二十万円の大仕事は不可能だ。自己資金は全く足りない。株式投資で稼《かせ》ぐことなど現実的ではない。

三井銀行に向かった。彼らが支援してくれるはずである。それが荷為替取引を断ったとは信じられない。

自分の周りで何が起きているのか想像も出来なかった。私を支えていた土台が、がらがらと崩れ、立っていることさえ出来ない。

三井銀行の貸付課長である村上定《むらかみさだむ》に面会を求めた。

彼は塾の先輩である。事業を始める際、全面的に支援すると約束してくれた。

「村上さん！」

窓口で声を張り上げた。冷静さを完全に失っていた。納得いく説明を聞くまでは、梃《てこ》でも動かない覚悟だった。

「どうしたんだ。血相を変えて君らしくない」

村上は、唇にうっすらと笑みを浮かべている。

「そんなことはどうでもいいです。いったいどういうことですか。荷為替の取引を断るなんて！　約束が違うじゃないですか」

「約束？　そんなものをした覚えはない。支援を検討すると言っただけだ」

「な、なんと！　今更《いまさら》、何を言うんですか」

唾を飛ばしながら、村上に食ってかかる。不愉快そうに村上は顔を拭《ぬぐ》った。

「全てはこれだ」

村上は、私の鼻先に一枚の書類を突きつけた。

「これは？」

「東京興信所《こうしんじょ》の調査報告書だよ。アメリカン・トレード・カンパニーは取引額が大きいので調査を依頼した。当然だ。東京興信所は、君のことを、株式相場好きで事業家として安定性が無い。信用絶無、資産僅少《きんしょう》と回答した。これを見たら当然、前渡金の支払いはストップする。そうなれば事業契約はご破算《はさん》になったも同然だから、我が行も荷為替取引を止めたのだ」

村上は淡々と説明する。

村上とは、特別仲がいいわけではないが、悪いわけでもない。お互いよく知った仲である。その男が、薄笑いを浮かべ、私に死刑を宣告している。

「残念だが、そういうことだ」

「無茶苦茶だ。なんとかしてください。たしかに株をやるが、それで財産を失くしたり、だれかに迷惑をかけたわけじゃない。むしろ儲《もう》けている。資産僅少？　そりゃ三井や三菱に比べりゃ僅少だ。だから前渡金や三井銀行に頼るんです。東京興信所の森下岩楠《もりしたいわくす》さんは塾の先輩です。私のことをよく知っているはず。信用絶無、資産僅少なんて報告するはずがない。これは何かの間違いです」

私は、村上を拝むように両手を合わせた。

「君は、自分で思っている以上に評判が悪いんだ」

村上が冷たく言い放った。

「どういう意味ですか」

私は目を吊り上げ、満腔《まんこう》の怒りを込めて村上に迫った。これほどまでに腹が立ち、悔《くや》しい思いをしたことはない。丸三商会が倒産するかどうかの瀬戸際《せとぎわ》だ。それが私の評判が悪いからというのが理由では納得出来ない。

「森下所長が、こんな報告書を自分一人の判断で書くと思うのか。彼は大先生のご意見も伺ったらしい。大先生は、桃介君には困っているとおっしゃって、少し反省を求めねばならないとのお考えを呟《つぶや》かれたようだ」

「嘘だ。そんなことをおっしゃるはずがない。丸三商会の設立にあたっては大賛成で、出資もしていただいている」

私が先生の出資のことを口走ると、村上は驚いたように目を瞠《みは》り、「いやぁ、出資の件は知らなかったが、大先生が君に反省を求めておられるのは本当だ。さらに言えば、森下所長は、うちの中上川専務にも相談している。専務も、君への支援は止《や》めた方がいいとのお考えだ」と言った。

村上の話を聞いて、私は言葉を失うほどの衝撃《しょうげき》を受けた。

中上川は先生が最も信頼する人物の一人であり、慶應義塾閥の総帥《そうすい》ともいうべき立場である。

「ということは、塾の総意として私を信用絶無としたのですね」

私の身体は、幽鬼《ゆうき》のように力なくふらふらと揺れた。

「そういうことだ。一切、我が行として協力出来ない」

村上は最後通牒《つうちょう》を口にした。

私は、村上の下を辞した。まだ足掻《あが》かねばならない。最後の頼みの綱として中上川に会おうと思った。

中上川は、先生の甥《おい》であり、私の親戚である。それなのに私を潰《つぶ》そうとするのか。殺そうとするのか。信用絶無と言い放ち、私が実業界で飛躍しようとするのを阻止しようというのか。いったい何ゆえの仕打ちだ。ぜひとも問いただしたい。

専務室に入った。中上川はいないが、秘書の波多野承五郎《はたのしょうごろう》がいた。波多野も福澤先生の弟子である。

「波多野さん、中上川さんはどこに行かれた」

「知らないよ」

波多野は、私の怒りに溢《あふ》れた顔に恐れをなしたのか、逃げ腰である。

「知らないってことはないだろう。あなたは秘書じゃないか」

「知らないものは知らないんだ」

「あなたも絡《から》んでいるのか。私を潰すことに」

「なんのことだ」

波多野の視線が泳いでいる。知っているのだが、知らない振りをしているのだ。

「東京興信所の調査報告書に、私のことを信用絶無、資産僅少と書いてあることを了承したことだ。お蔭で事業が立ち行かなくなりそうだ」

私は波多野に迫った。

波多野はじりじりと後退《あとずさ》りし、壁に背中をつけてしまった。もう逃げられない。

「私の管轄《かんかつ》外《がい》だ。何も知らない。勘弁《かんべん》してくれ」

情けないほどの泣き顔だ。

「わかった。あなたを信じよう。だが中上川さんの居所は教えてくれ。聞きたいことがある」

「教えられない」

波多野は、私を見ようともしない。

「ぜひ教えてくれ。私は、中上川さんに裏切られた。なぜそんな手ひどい、残酷《ざんこく》なことをしたのか聞きたい。聞かねばならない」

「中上川さんだけの考えではない」

波多野の声が弱々しくなる。

しばらく中上川の居所を教えろ、教えないとの問答が続いたが、ついに波多野が諦めた。中上川は、山本総裁に会うために日本銀行に行っていると漏らした。その顔には、自分から聞き出したことは秘密にしてほしいという思いが滲《にじ》み出ていた。

私は、すぐに通りに飛び出し、人力車を捕まえ、日本銀行に向かった。

運のいいことに、日本銀行から出てくる中上川に遭遇《そうぐう》した。山本総裁との面会が終わったのだ。

私は、人力車を飛び降りると、中上川に駆け寄り、「待ってください」と声をかけた。

中上川が振り向き、私を視界に捉《とら》えた。表情には不愉快さが溢れていた。狷介《けんかい》な性格で、近寄りがたい雰囲気を醸《かも》し出す中上川が表情を歪《ゆが》めると、普通ならたじろいでしまう。しかし私は必死だった。なぜこんな目に遭《あ》うのか。それを聞かねば、死んでも死に切れぬというほど思いつめていた。

「東京興信所の調査報告書の件でお尋ねしたい。なぜですか？　なぜ私が信用絶無なのですか？この報告書のため、丸三商会は立ち行かなくなります」

私は、中上川の襟首《えりくび》を摑まんばかりに迫った。

「桃介君、君は失礼ではないか。私の出先まで追いかけてくるとは、無作法にもほどがある。わきまえたまえ。お尋ねの件だが、何も知らん。私がいちいち、丸三商会のような小さな会社のことに関係していると思っているのかね。担当がいるだろう？　彼に聞きなさい。私は関係ない」

中上川は眉間《みけん》に深く皺《しわ》を寄せ、もう近寄るなと言わんばかりの表情で私を睨みつけると、踵《きびす》を返し、人力車に乗り込んだ。

私は、その場に崩れ落ちそうになるのをなんとか耐えた。

再び三井銀行に戻り、担当の村上に何度も頭を下げた。普段、頭を下げるなどという屈辱的《くつじょくてき》な行為はしたことがないが、今回ばかりは別だ。このままでは丸三商会だけではない。私の社会的信用も破綻してしまう。

しかし村上は、三井銀行の決定は翻《ひるがえ》らない、諦めて出直せと、にべもない。同窓の愛情の欠片《かけら》もない。

「先輩の誼《よしみ》として一つだけ忠告しよう。君も福澤先生の一門なら、これからは品行方正《ひんこうほうせい》にして謙虚《けんきょ》になることだ。何事につけ、出る杭《くい》は打たれるというじゃないか」

何を！　と私は、怒りに任せて村上に詰め寄った。村上は、諦め顔に寂しそうな表情を一瞬だけ浮かべたが、そのまま執務室に消えてしまった。

私は、その後、先生の邸宅に呼び出された。

いつもは座敷で待っている先生が、体調が思わしくないのに玄関で私を待っていた。悄然《しょうぜん》として先生の前に立つと、「馬鹿者！　何をやっているのだ！」雷のような怒鳴り声が、私の頭の上に落ちた。普段は冷静に諄々《じゅんじゅん》と諭《さと》される先生とは別の顔の先生がそこには立っていた。

私は、ただ頭《こうべ》を垂《た》れていた。どこにこの恨み辛《つら》みをぶつけていいのかわからなかった。理不尽ではないか。先生には、今回の失態が中上川や益田の口から届いているのだろう。彼らは、私の弁明など端《はな》から聞く気はない。桃介も今度ばかりは反省し、懲《こ》りたでしょうから、これからは先生を煩《わずら》わせることはございません。ご安心くださいとでも、したり顔で報告したに違いない。私が、いつ、どのように福澤一門に恥をかかせたのだ。いささか株式投資で儲けただけではないか。私こそ、独立自尊の先生の考えを体現し、自分で事業を起こし、世に出ようとしている。あいつらは先生の威光《いこう》を頼りに、世を渡っているだけではないか。あいつらこそ先生の面汚《つらよご》しだ。私が、多少、彼らの言いなりにならないからと言って、よってたかって袋叩《ふくろだた》きにしやがって……。

先生の怒声を浴びながら私は、反省より反抗心と、そして絶望に身体を震わせていた。自宅に帰ったが、だれもいない。寒々とした空気が流れている。こんな時に何も言わず、ただ抱きしめてくれる妻がいてもいいではないか。

いったい私は、何をしているのだ。何のためにあくせくとしているのか。何もかもが嫌になった。ふさも、親戚連中も、だれも彼も福澤、福澤だ。私は福澤の面汚し、不肖《ふしょう》の娘婿というわけだ。あんな男を娘婿にしたので、先生が体調を崩したのだとまで言うのだろうか。

私はだれもいない部屋の中で、大声でひと声、わーっと喚《わめ》いた。そして自宅を飛び出した。

その夜は、新橋《しんばし》の宿に泊まった。死ぬ気になっていたが、その前に神戸にいる松永に会い、今回の事態を説明し、丸三商会を整理しなくてはいけない。桃介は、何もかもいい加減なままで死んだと言われては沽券《こけん》に関わる。

朝一番の列車に飛び乗り、神戸に向かったが、むしゃくしゃした気持ちは収まらない。このまま神戸に乗り込んでも、松永に当たり散らすだけだ。

私は、名古屋《なごや》で下車し、馴染《なじ》みの料亭に入り、芸者を呼んだ。

ここで派手《はで》に遊んで、憂さを晴らそうと考えたのだ。死ぬ前に、思いきり世の中を笑い飛ばしてやろう。福澤の名前の下で、忖度《そんたく》と気づかいばかりして窮屈《きゅうくつ》に暮らしている連中の鼻を明かしてやるのだ。

座敷に上がると、すぐに芸者がすり寄ってきた。つき合いの深い芸者だ。

「桃さん、お久し振り」

媚《こ》びを売ってくる。

私は、彼女の酌《しゃく》で酒を飲みながら、「死のうか」と言った。

「あらぁ、嬉《うれ》しい。桃さんが死ぬほど愛してくださるの」と、しなだれかかってくる。

「違う、違う。本当に死ぬんだ。列車で心中《しんじゅう》はどうだ。すぐにあの世に行けるぞ」

私は、ぐいっと杯《さかずき》を空《あ》けた。

「本気？」

怪訝《けげん》そうな顔をする。

「ああ、本気だ。何もかも嫌になった」

私は、また杯を空けた。

彼女は黙って私を見つめ、「嫌、心中なんて」と眉根《まゆね》を寄せた。酒の席の座興《ざきょう》だと思っていたのが、本気だと知って、彼女は真面目になった。途端に座が白けた。

「帰る」

私は席を立った。

料亭を出て、酔って火照《ほて》った身体に夜風を感じながらふらふらと土手を上った。そこには鉄道の線路が敷設してある。私は月光に照らされ、銀色に光るレールを見下ろした。死神が振り下ろす大鎌のようにも見え、私はその上に腰を下ろした。列車が来れば、私をひき殺してくれるだろう。身体は痛みを感じる間もなくズタズタにされ、私がこの世に存在した痕跡《こんせき》は、ただの肉片に変わる。

レールの上に座っていると、尻のあたりが冷たく、痛くなってくる。私は目を閉じ、何が悪かったのかと反省しようとした。しかし彼らが私にした仕打ちに、ますます腹が立ってくる。それに加えて、どういうわけか列車が来ない。それにも怒りがこみ上げる。実は、すでに最終列車が通過したあとだったのだ。

私は、立ち上がった。死ぬことからさえ見放されたのだ。怒り、腹立ちは募《つの》るばかりだ。

ふいに、私にある考えが啓示《けいじ》のように降りてきた。

この際、福澤の名を返上して、元の岩崎《いわさき》に戻ろう。それがいい。福澤の恥さらし、名折れというなら、そうすべきだ。ふさとも別れるのだ。先生も安堵するだろう。私も福澤諭吉の下から自由になれる。

急に、死ぬのが馬鹿々々しくなり、鉄道線路から離れ、宿をとった。

翌朝、列車に飛び乗り、神戸に向かった。福澤の名を捨て、松永と神戸で再起を図る。私を裏切った連中に桃介の力を思い知らせてやるのだ。身体に力が蘇《よみがえ》ってきた。

悔しさは、力である。

ところが、大津《おおつ》を過ぎた頃、急に気分が悪くなり、咳《せ》き込んだ。同時に生臭いものが口中に広がった。慌《あわ》てて紙で受けると、真っ赤な血だった。

ああ、なんということだ。

私は自分の悲運を呪《のろ》った。結核の再発である。

今度こそ、本気で死のうと思った。福澤一門だけではなく、運も神も私を見放したのだ。デッキに向かった。そこに車掌《しゃしょう》がやってきた。ただならぬ様子に驚き、京都で下車し、入院することを勧めてくれた。私を拒絶した連中より、よほど親切である。京都の同志社《どうししゃ》病院に入院した。

私からの電報を受け取り、取るものもとりあえず駆け付けた松永に、今回の福澤一門のやり口を伝えた。

興奮し、激高《げっこう》し、「ふさと別れ、福澤家と縁を切る。元の岩崎桃介に戻る。君は、義兄《あに》の捨次郎《すてじろう》さんに会って手続きしてきてくれたまえ」と、私は松永に伝えた。

松永は、目の玉がひっくり返るほど驚いた顔をした。なだめようとする松永を私は止め、「さっさと上京し、捨次郎義兄《にい》さんに会って、私の申し出を取り次いでくるんだ。福澤閥と福澤家は今や不倶戴天《ふぐたいてん》の仇《かたき》となったんだ」と怒鳴った。

どうにもならないと諦め顔の松永は、「承知しました」と病室を出て行った。

松永は上京し、益田から丸三商会の危機的状況を聞き、私の怒りの淵源《えんげん》を知った。そして捨次郎に会ったが、上手《うま》く丸め込まれてしまったようだ。

幸いにも結核の本格的再発を免《まぬか》れ、三田の自宅に戻った。

しかし、やはり一人である。ふさも子どもたちもいない。先生の邸宅にいるのだろう。

松永を呼んだ。京都の同志社病院にいるはずの私が、自宅にいることに松永は一層、驚いた。

「私は、事業から足を洗い、東京帝大で天文学をやる。星を眺めて暮らすんだ。こんな裏切りばかりの汚れた巷《ちまた》であくせくするのは人生の無駄《むだ》だ。元の岩崎に戻って、出直しだ。頭も丸める。いっそ、坊主《ぼうず》にでもなろうか」

くるりと頭を撫《な》でた。

松永は、暗く沈んだ顔になり、「今は、静かに養生《ようじょう》をしましょう。その方がいいと思います」と言った。

唯一、同情してくれる松永の助言に渋々納得し、私は松永が探してくれた大森《おおもり》の家に移った。正面には海が見え、身体をいたわるには最適な環境である。私が離婚を申し出たことに驚いたのか、ふさは子どもたちを連れて、大森にやってきた。

私は、読書と散歩をし、子どもたちと遊ぶ。ふさは南画《なんが》を楽しんでいる。家事は家政婦に任せていたが、久々の親子、夫婦水入らずの暮らしである。しかし、私の中に一旦燃え上がった福澤家、福澤閥への怒りは燻《くすぶ》り続けていた。

私は、考えた。復讐《ふくしゅう》はすべきではない。人を呪わば穴二つと言われ、自らを滅ぼすことになる。しかし、それと怒りと悔しさは別である。

私が間違っていたのは、世の中では裏切りが常であるということを忘れていたことだ。だれでも人生の中で、友人や親しくしている人に裏切られることがある。それに腹を立て、私のように死のうとして実際に死んでしまう人もいる。

なぜ腹が立つのか。それは友人とはいえ、他人を当てにしていたからだ。

先生の娘婿の私は、知らず知らず先生の門下生や親戚を当てにしていたのである。私こそ福澤諭吉の名前を大いに利用していた。自分の力ではなく先生の力で、世の中を渡っていた。

先生の庇護から逃《のが》れようと株式投資を手掛け、それがたまたま成功したから、私は生意気になり、自分でなんでも出来ると思い上がってしまったのも間違いだった。

先生を当てにせず、本当に自分の力だけで世渡りするべきだった。

ところが実際のところは福澤閥を利用し、三井銀行という他人の金を当てにして事業をしようとした。

福澤閥、慶應義塾閥に対する怒りは、これからも燻り、容易に消えることはないだろうが、恨んでも仕方がない。彼らを当てにした私が愚《おろ》か者だった。

彼らの力を借りず、自分の力で道を切り開かねばならない。福澤の名前は捨てないが、福澤閥の反逆児として生きることにすると決心した。

彼らから見れば、私は才子《さいし》かもしれぬが軽薄《けいはく》だろう。また何事も長続きせず、飽きっぽく、忍耐力もなく、思い付きで行動し、失敗を繰り返す、心配の種が尽きない人間だ。

私には、彼らのように先生の教えを守り、指導を受け、実直に世渡りは出来ない。するつもりもない。

しかし、それでもいいではないか。私は、私なりに生きる。他力を当てにしたのが、今回の大いなる間違いなのだ。

だれが何と言おうと、何を言われようと、お構いなしだ。他人から嫌われようと構わない。忖度、気づかいは無用だ。私の道は、私の力で切り開く。そうすれば裏切られることもない。「天は人の助けざる者を助く」である。

これが軽薄才子である桃介流生き方である。没落しようと、自業自得《じごうじとく》。これこそが先生の言う独立自尊の真の姿ではないだろうか。

ある意味で、生き方を悟らせてくれたのが、今回の丸三商会の失敗である。人生とは、なんと無駄のないものか。

明治三十四年（一九〇一）二月三日、先生が亡くなった。享年《きようねん》六十八。脳溢血の再発だった。

同年、十月七日、中上川彦次郎も亡くなった。享年四十八。

私は、悲しみと同時に解放感を覚えた。不謹慎《ふきんしん》ではあるが、重石《おもし》が取れたからだろう。そして想像もしていなかったのだが、私の中に福澤家を支えねばならないという自覚が芽生えたのである。

第七章　勤め人の生き方

1

丸三商会《まるさん》の失敗で、私は信用絶無の男になってしまった。多くの友人に裏切られ、妻であるふさからも本心からの信頼を得ていない。

失意のうちに、先生が亡くなった。このとき、私は大きな解放感を味わった。代わりに、別の感情がもたらされた。責任感である。

軽薄《けいはく》な私に責任という言葉は似つかわしくないのだが、福澤諭吉《ふくざわゆきち》という巨星が堕《お》ちたことで、ふさや義母《はは》のきん様の私を見る目が違ってきたからだ。

では、私はどのように行動すべきなのか。ふさやきん様に、福澤家のことは私にお任せくださ い、と言ってしゃしゃり出るべきなのか。あるいは私を裏切り、見捨てた友人たちを見返してやるとばかりに新しい事業に手をつけるべきなのか。

軽薄だが慎重《しんちょう》なところもある私は、時を待つことにしたのである。

何事にも「時」がある。生まれる時、死ぬ時。嬉《うれ》しい時、悲しい時。芽吹く時、枯れる時……。

そして次の飛躍の時を待つ「雌伏《しふく》の時」もあるのだ。ただ、飛躍の時はいつ来るかわからないから人は我慢出来ず、拙速《せっそく》に飛び出して、上手《うま》く風に乗れずに墜落《ついらく》する。私にもそれがいつ来るのかわからない。しかし、今が雌伏の時であることだけはわかる。

まずは、信用絶無の評価をなんとかしなくてはならない。これは私の恥であり、このままでは泉下《せんか》の父母にも申し訳ない。

私は、専務で実質的な社長と目されている井上《いのうえ》に頼み込み、北海道炭礦《たんこう》鉄道に再度入社した。明治三十四年（一九〇一）七月五日のことである。役職は監事《かんじ》、仕事は井上の秘書である。月給は百円という待遇《たいぐう》だった。

ふさもきん様も、私が勤め人になったことで安心した。ようやく株式相場や独立起業など不安定で波瀾《はらん》の人生から足を洗ってくれた、福澤家もこれで安泰《あんたい》だと思ったのだ。

何度も述べるが、私は軽薄である。実際、仕事において腰が定まらないし、株で言えば逃げ足も速い。たとえ友人から頼まれて購入した株であっても、嫌な予感がすれば遠慮なく売り払う。友人はそんな私を誹《そし》るだろうが、一向に意に介《かい》さない。恨《うら》めしそうな顔で私を見つめる友人に、軽薄だからと笑って済ませることもある。

しかし、軽薄でもいい加減ではない。杜撰《ずさん》でだらしなくはないのだ。仕事に対しては真面目《まじめ》である。損得の判断も厳格である。

私は、北海道炭礦鉄道に復職するにあたって、この際、勤め人道というものを極める決意をした。

人生には、無駄《むだ》なものは一切無い。全てが自分の血肉となりうる。裏切りも失敗も、である。丸三商会の失敗が無駄ではなかったと証明するためにも、勤め人に徹してみようと考えた。また新たな自分に出会えるかもしれないではないか。

2

会社に入れば出世したいというのがだれしも望むところだろう。出世すれば、報酬《ほうしゅう》が増えるだけではなく仕事上の満足度も増す。いつまでも下働きでは、権限も大きくならず、やがて仕事がつまらなくなる。会社に入った以上は、出世することを心掛けねばならない。

私は、幸いにも井上の秘書役という厚遇《こうぐう》を以て迎えられたが、それに甘んじるわけにはいかないと覚悟した。

というのは、井上は、波瀾の半生を歩んだ厳格な人だからである。

彼は、万延《まんえん》元年（一八六〇）生まれの四十一歳。私より八歳上である。生まれは備後《びんご》（広島県）で、十四歳で小学校の教師になったという神童だった。

二十歳の時、慶應《けいおう》義塾《ぎじゅく》に入り、先生の門下生となった。すぐに才能を見いだされ、明治十五年（一八八二）十二月に、日本公使館焼き討ち事件などで混乱が続く朝鮮に政府顧問として派遣《はけん》された。これは先生の推薦《すいせん》である。

井上は、朝鮮の混乱を収めるためには人々に教育を施《ほどこ》すべきであると考え、新聞を発行することにした。当初は漢字新聞にする予定だったが、先生からハングルを使うよう指示を受けた。当時、ハングルは民衆の文字であり、朝鮮の知識層や官庁では使用されていなかった。しかし朝鮮の民衆を教育するにはハングルが適当だと判断した井上は、ハングルで新聞を発行した。

朝鮮の混乱は収まることなく、井上は、一時、日本に帰国するが、再び朝鮮に渡った。先生が止めるのも聞かず、ハングルを普及させなければならないとの責任感からである。

今、朝鮮でハングルが広く行き渡り、朝鮮の人々のだれもが教育を受けられるのは井上の努力の賜物《たまもの》であると言えるだろう。

井上は、その後、先生の勧めでアメリカに渡り、農業に従事したが、帰国直後、官吏侮辱《ぶじょく》罪で逮捕《たいほ》、投獄されるという憂き目に遭《あ》った。

これは日本の支援を得て、朝鮮を改革しようとして起こしたクーデター（甲申《こうしん》政変）において、改革派を見捨てたと伊藤博文《いとうひろぶみ》らを批判したと疑われたためである。幸いにも憲法発布の恩赦《おんしゃ》で出獄した。その後は政治の世界に飛び込むと同時に、実業界でもその人ありと知られるようになった。

私が見るところ、顔つきは歴戦の勇士の如《ごと》く厳《いか》めしく、その顔に相応《ふさわ》しい壮士的《そうしてき》な人物である。このような骨のある人物に徹底して仕《つか》えれば、この上なき信頼を得られるはずである。

成功者に必要とされるものは、いわゆる「運《うん》、鈍《どん》、根《こん》」である。

世に出るには、運が良いことが必要であるのは間違いない。そして「鈍」の意味は、あまり鋭《するど》く、人を寄せ付けないようではいけないということ。続く「根」は、根気である。どんなことも辛抱《しんぼう》して続けることが必要なのだ。

しかし、「運、鈍、根」の三つが揃《そろ》っているからといって、成功者になれるとは限らない。ではどうしたら成功者になれるのか。運、鈍、根以外に何が必要なのか。

世の中で大きく成功、すなわち「大成《たいせい》」するためには、たとえ他人に憎まれようとなにくそと思い、それに対抗する力を身につけることが必要であるのは間違いない。可愛《かわい》がられれば、その上司の庇護《ひご》の下から抜け出しにくくなるからである。しかし、私ほど憎まれ、仲間から疎《うと》まれてしまっては対抗する力を身につけようにもつけられない。ここは一歩引き下がって、まずは他人に可愛がられなければならないのではないか、そう考えた。

私はどちらかと言うと憎まれっ子である。すぐに皮肉《ひにく》を口にするし、偽悪的《ぎあくてき》でもある。

しかし商売をするにも勤め人で出世するにも、まずは、他人に可愛がられなければならないのは自明のことであると、ようやくわかった。

私はこのことをあまりにも軽視していた。丸三商会の失敗もここに原因があったに違いない。亡くなった中上川彦次郎《なかみがわひこじろう》にしても、私のことが嫌いだからではなく、可愛気がなかったから塾仲間で図って、ひとつ懲《こ》らしめてやろうということになったのだろう。

融資《ゆうし》を謝絶した三井《みつい》銀行の村上定《むらかみさだむ》は、私に向かって、君は評判が悪いと断じた。

私は、他人に可愛がられるより自分を貫《つらぬ》く道を選んでいたから、勝手な奴だと思われていたのだ。ふさに隠れて株式投資をやる、貞奴《さだやっこ》にうつつを抜かす、金に飽かせて頻繁《ひんぱん》に各地を旅行し、遊興三昧《ゆうきょうざんまい》するなど。私を巡《めぐ》る悪評は千里を走っていた。私は、それも名誉《めいよ》の一つだと思い、意に介していなかったが、塾出身者の間ではそうではなかったのだ。

「桃介《ももすけ》は福澤一門の恥である」「あんな男を婿《むこ》にもらったふささんが可哀《かわい》そうだ」「福澤先生の体調が悪化したのも桃介のせいだ」などと言われていたのだ。

私は、どうしたら人、すなわち上司や取引先に可愛がられるか、考えられるあらゆることを実《じっ》践《せん》することにした。

ある時、井上からある人物と親しくなっておくようにと言われた。

その人は企業経営からはすでに引退はしていたが、政界や財界に隠然《いんぜん》たる力を持っていた。井上といえどもなかなか親しく接するわけにはいかないらしい。

私は、その某《ぼう》氏の趣味を調査した。人は好みがいろいろである。中には無趣味の人もいるが、面会が叶《かな》った時になんの話題から入るかで、相手から見て私の印象が違ってくる。

歌舞伎《かぶき》が好きであるとか、浄瑠璃《じょうるり》が好きであるとか。小唄《こうた》、長唄《ながうた》を習っているとか。

性格も知る必要がある。短気な人なのか、鷹揚《おうよう》な人なのか。時間に厳格な人なのか、それほどでもないのか。

家族関係も知っておく必要がある。妻は、妾《めかけ》、子どもはいるのか。

郷里のことや、出世するまでの道のりを調べるのは当然のことだ。戊辰《ぼしん》戦争では官軍側であったのか、それとも幕府側であったのか。もはや遠い昔のように思われる話でも、ふとした折りに口をついて出ることがある。その際、間違えると、今でも腹を切れと怒り出す人がいる。

人は何を喜ぶのか。それは第一に自分のことに関心を持ってくれるかどうかである。これは子どもであろうと大人であろうと変わらない。相手が自分に関心を持ってくれることほど満足を覚えることはない。赤ん坊が、母親に向かって大きな声で泣くのは、お腹が空いていることもあるだろうが、自分に関心を持ってほしいからだという話もあるほどだ。

情報集めに完璧《かんぺき》はない。ある程度集まったところで、某氏の事務所に足を運ぶことにした。

その際にも、私は様々な工夫を凝《こ》らすことに努めたのである。

3

私は「将を射《い》んと欲すればまず馬を射よ」の策に従い、受付の女性と親しくなることに努めた。菓子などの手土産《てみやげ》を持参し、お世辞《せじ》を言い、その後、女性に「福澤桃介という者ですが、某氏にご面会したい」と伝えたのだが……。

受付の女性はそっけない態度である。これに腹を立ててはいけない。手土産やお世辞がそんなにすぐに効果を発揮《はっき》するほど、世の中は甘くない。

今の私は勤め人であり、井上の忠実な秘書である。某氏との面会を実現することが使命なのである。使命を達成するためにはプライドを軽く捨て去り、恥をかくことを厭《いと》わないことが必要である。いずれにしても私は、受付の女性にも尊重されないところを見ると、それほど世間に名を知られた存在ではないことを自覚させられた。

「そうですか。ではまた出直してきます」

　私は素直に引き下がる。

　それからは、うるさがられるかどうかのぎりぎりの間合いを取りつつ、訪問を繰り返すのだ。その際、迷惑がられようと花やお菓子などを持参した。

　まるで某氏に会うのが目的ではなく、受付の女性に会うのが目的であるかのように振る舞うのだ。

「某氏はお忙しいのでしょうね」

　目的を逸脱《いつだつ》してはいけないが、今日は暖かい日であるとか、桜の花が咲きはじめたとか、何気ない話題も提供した。

　受付の女性は、最初は花もお菓子も受け取らない。また私の会話にも乗ってこない。私のような客は徹底して断るべしと、よく教育されているのだろう。それはそれで感心すべきである。

　しかし訪問が度重なると、彼女も人の子である。私に対する同情心が湧いてくる。この人は、なんとしても某氏に会いたいのだ、会わなければ立場が悪くなるのだと思うようになる。

「某氏は、今日の午後からは特段の用事がなく、面会出来る時間があると思います」

　ついに、受付の女性が言った。

　この瞬間《とき》を待っていたのだ。私は間髪《かんはつ》を容《い》れず、ほんの少しでもいいのでお時間を頂きたいと頭を下げた。

「承知しました」

ようやく面会の約束を取りつけることが出来た。

午後に再訪した私は、某氏の執務室に案内された。

室内は広く、豪華《ごうか》なテーブルやソファが配置されている。男性秘書に、そちらへどうぞとソファに座るように促《うなが》されても、はい、と返事をするだけで決して腰を下ろさない。

某氏が執務室に入ってくるまで再三、座るように勧められても私は座らない。

「お待たせしました」

某氏が執務室に入ってきた。

立って待っている私を見て、意外だったのか、驚いた顔をする。

「まあ、立ったままでは何ですから、お座りなさい」

某氏は、私にソファに腰掛けるように言う。

それではと、私はようやく腰を掛ける。

「本日は、お忙しいところにお時間を頂き、申し訳ございません。どれくらいのお時間を頂けるのでしょうか？」

まず私は、某氏の多忙《たぼう》度合いを聞く。

「大丈夫ですよ。時間はありますから」

某氏が答える。

しかし初対面である私は、某氏の言葉をそのまま鵜呑《うの》みにして長々と時間を費やすことはしない。

「我が社の専務の井上が、一度お会いしたいと申しております。お時間を頂ければ幸いです」

私は用件だけを伝える。

「そうですか。井上さんには私もお会いしたいと思っていました」

「それは何よりです。もしよろしければ日程を調整させていただいてよろしいでしょうか？」

「構いませんよ」

「ありがとうございます」

用件を終えた私は、長居せずにソファから立ち上がる。

最初の面会から長居をしてはいけない。相手は、非常に多忙な人物である。無駄話《むだばなし》につき合っている時間はないのだ。

「では、失礼します」

「ちょっと待ちなさい。もう少し話をしましょう」

某氏が引き留める。

「お忙しい中をお時間を頂けただけでも申し訳ありませんのに、これ以上お邪魔するわけには……」

私は遠慮する。

このような謙虚《けんきょ》な態度が、大物の心を揺さぶるのである。あくまで相手より下であることを自覚した態度を取ることだ。

「あなたは福澤先生の義理の息子さんだと伺ったが……」

「はい、先生の次女を妻に頂いております」

「そうですか。福澤先生は偉大な方でしたな」

某氏は感慨《かんがい》深そうに呟《つぶや》く。そして私を見て、「あなたは私と会うのに、ずいぶんと時間と手間を費やされたようですな。福澤先生の名前をお出しになれば、すぐ会えましたのに」

某氏は聞いてきた。その表情には、私の考えを読めない戸惑《とまど》いもある。

「私などは、義父《ちち》の足元にも及ばない者ですので……」

私はあくまで謙虚な姿勢を崩さない。

某氏は、私のそうした姿勢に感心したように大きく頷《うなず》く。

多くの人が、祖父や父親が偉いからといって、世の中になんの貢献《こうけん》もしていない自分までも偉いと勘違《かんちが》いした振る舞いをするという間違いを犯す。

これは大手の会社に勤務する者にも言える。自分が偉いのではない。会社が立派なのだ。それなのに会社の名を借りて、威張《いば》る者がいる。

いわゆる虎の威《い》を借《か》る狐である。このような者は最低だと心得るべきだ。

私が知っている経営者は、会社の廊下《ろうか》にゴミが落ちていれば、率先《そっせん》して拾う。また早朝に社員が出勤してくる前に会社の周辺を掃除《そうじ》する。このように経営者自らが、頭《こうべ》を垂《た》れるような謙虚な姿勢を見せると、勘違いする社員はいなくなる。

社員が会社の権威《けんい》を笠《かさ》に着て威張るのは、経営者に謙虚さがないからだとも言える。

「そうですか……。一度、あなたとじっくり福澤先生の思い出を語りたいものです」

某氏は言った。

「まことにありがたいお言葉を頂戴《ちょうだい》しました。ぜひ、機会をお作りいただきたいと存じます」

私は感謝の気持ちを伝え、執務室をあとにする。

某氏が見送ろうとするが、丁寧《ていねい》に断ることも重要である。

私は、このように政財界に影響力を持つ某氏に極めて謙虚に対応した。

その結果、某氏は私のことを気に入り、他の人に福澤桃介はなかなかの人物であるとの評価を伝えてくれた。

それを聞いた人の中には、私のことを生意気《なまいき》な男であると思っていた人もいただろう。ところが某氏の評価を聞いて、私を見直してくれるようになったのである。

4

さらに私が心掛けたことは、会社の気風を知り、それに同化することである。

家に家風、学校に校風があるように会社にも社風がある。これは人が集まるところに自ずと流れる、それぞれの人が醸《かも》し出す空気のようなものである。

真面目な社風、派手《はで》な社風、質素《しっそ》な社風など様々である。まずはその社風を見極め、どっぷりつかることである。

北海道炭礦鉄道は以前にも勤めていたが、その頃、私は社風を変えてやると意気《いき》込《ご》んでいた。

あまりにも怠《なま》け者が多く、熱心に働くのはごく少数だったからだ。これでは会社は成り立たないと思っていた。しかし笛吹けど踊らずの言葉通り、だれも私の声に耳を傾けることはなかった。

再度入社した私は、自分だけで社風を変えるという傲慢《ごうまん》さを捨てた。とにかくまずは、文句を言わず従うことにしたのだ。

これに関しては異なる考えもあるだろう。贅沢《ぜいたく》すぎる、無駄遣《むだづか》いが多い社風であれば、質素にするよう主張すべきと考えるのは当然のことだ。特に若い頃はそうだろう。

だが、だれもその意見に同調してくれなければ、孤立してしまう。社風に悪《あ》しき面があれば、それをちゃんと記憶し、変える時を待つことだ。

社風は、社長で変わる。井上のように質実剛健《しつじつごうけん》な人が上にいると、社内は引き締まり、だれもが黙々と働く。

そうなると、大した仕事の無い社員までが熱心に仕事をしているように見えるから不思議なものだ。

また仕事をしている振りをするのも才能の一つだと思い、私もそのように努めた。

朝は、上役よりも早く出勤し、夜は、だれよりも遅く帰宅する。会社に到着したら、煙草《タバコ》を吸ったり、茶を飲んだりしないで、すぐに机に向かう。書類を開き、ペンを動かす。こうして熱心に仕事をしていると見せかけることが必要だ。なまじ才能があり、さっさと書類を片付けてしまい、ぼんやりしていると怠け者と思われることがある。才能が、かえって仇《あだ》となるのだ。

こんな例は山ほどある。私も書類は素早く片付けるし、問題を解決するのも手際《てぎわ》がいい方だと自負している。

ところで上役のだれもが仕事の才能があるとは限らない。部下があまり手際がいいと嫉妬《しっと》されてしまう。上役は自分が馬鹿にされているように思ってしまうのだろう。

それで多くの才能が会社で芽を出さず、潰《つぶ》されてしまうのだ。

かの豊臣秀吉《とよとみひでよし》は、厳しい上役である織田信長《おだのぶなが》に「猿、猿」と可愛がられ、結果として天下取りに成功した。

一方の明智光秀《あけちみつひで》は、信長の厳しさ、いわば社風に耐え切れず反旗《はんき》を翻《ひるがえ》した結果、非業《ひごう》の最期を遂《と》げることになった。

自分が天下を取るまでは、社風に馴染《なじ》むことが重要であることを、歴史上の人物は教えてくれているのではないか。

私が社会的な立場を確立するためには、信用絶無の評価を覆《くつがえ》さねばならない。

そのために、とにかく井上の視線を感じるところでは、忠実に必死で仕事をした。

例えば、私は井上とは椅子に座って話をしたことがない。いくら座るように勧められても、断固として立ったまま井上の指示を聞いた。

また、お供をして出張したときのことだ。私は、決して背広を脱ぐことはなかった。深夜に呼び出しを受けた場合、浴衣《ゆかた》で寛《くつろ》いでいたら、駆けつけるのに手間取るからだ。

お供はせいぜい数日のことだ。睡眠時間を削っても大したことはない。もし深夜の呼び出しに際して、即座に駆けつけたら上役はどう思うだろうか。

あいつはいつでもすぐ駆けつける、常在戦場《じょうざいせんじょう》の心がけを持っている人物であると評価が高まるだろう。

私は井上にお供し、何度も出張に出たが、一度としてまともに眠ったことはない。いつでも不眠不休の心がけで仕えていた。

こうして井上の信頼を勝ち得て成果を上げたのだが、なかでも白眉《はくび》は外債発行だろう。

明治三十七年（一九〇四）二月に、日本は強国ロシアと戦争を開始した。

ロシアは日清戦争に勝利した日本に対してフランス、ドイツの三国と組み遼東《りょうとう》半島を返還させるなど、日本の中国、朝鮮への進出を阻《はば》んでおり、日本国内ではロシア討つべしとの声が大きくなっていた。

しかし、日本とロシアの国力の差は歴然《れきぜん》としていた。ロシアは日本の反対を無視し、南下政策を進め、ついに満州《まんしゅう》を支配したのである。このままでは、ロシアによって朝鮮における日本の利権が侵されるばかりか、安全保障上もロシアが大きな脅威《きょうい》となる。そこでついに日本は、ロシアとの開戦に踏み切ったのである。

戦争準備のために多くの石炭が必要となり、北海道炭礦鉄道も活況を呈《てい》し、資金が必要となった。

私は、井上に外債発行を強く提案した。先生が外債について積極的な論陣を張っていたのを知っていたからだ。

しかし外債を発行すると、外国人に会社を乗っ取られるなどと社内外で反対意見が渦巻いた。私はそうした意見に対し、これからの日本の会社は欧米で認められなければならない、そのためにも外債を発行すべきであると説いた。

乗っ取られるなどということはない。日本政府も日露戦争遂行《すいこう》のために外債の発行を計画している。戦争には巨額の資金が必要になる。世界は広い。リスクがあるのは承知で、より大きな利益を求めて戦争当事国に肩入れする国や人が多くいるのだと。

ついに私は井上に外債発行を承諾させた。そして苦労の末、英国と交渉し、百万ポンドの調達《ちょうたつ》に成功したのである。アメリカ留学で身につけた英語や社交性が、この時ほど役に立ったことはない。

こうして私は、井上の絶対的信頼を勝ち得ることに成功した。この効果は大きく、きん様やふさが安心したことはもちろんだが、塾内外での私の評価がずいぶんと向上したのである。

5

勤め人として成功する上で、もう一つ、重要なことがある。これが実際の生活において最も助けになる。それは貯蓄《ちょちく》だ。

私は、以前に北海道炭礦鉄道に勤務していた際、貯蓄を心掛けた。その結果、三千円ほどの資金を手にすることが出来た。その資金のうち千円を使って病床にありながら株式投資を行い、約十万円に増やした。

だが、株式投資に成功したことで、私は天才相場師《そうばし》の異名《いみょう》をとることになったが、ふさからは非難され、堅実《けんじつ》を旨《むね》とする福澤門下の人たちから軽蔑《けいべつ》されることにもなった。このことが丸三商会の失敗へと繋がっている。

しかし、この株式投資で得た財産が今の生活を支えてくれているのも、また揺るぎない事実である。全ては貯蓄から始まったのだ。

私は、勤め人こそ貯蓄に励めと言いたい。

私には先生の縁故《えんこ》があり、初めての月給が百円もあり、大いに恵まれていた。

これは例外中の例外であり、通常は二十円か三十円である。そして昇給するといっても一年に二、三円、多くて五円といったところではないだろうか。

経営者の方は、勤め人を働かせるために甘言《かんげん》を弄《ろう》する。数年間、真面目に勤務してくれれば月給百円にも二百円にもするつもりだとか……。

しかし、そんなものは空《から》約束である。果たされることはない。信じて必死で働いた結果、身体《からだ》を悪くして馘《くび》になるのが落ちだ。

こんな時、頼りになるのが貯蓄である。私だって死病と言われた結核を患《わずら》った際、人生が終わったと思った。妻子を路頭《ろとう》に迷わせてしまうと悲嘆《ひたん》に暮れたものである。

私がそうであったように、勤め人というのは病気になると最悪である。だが、人生においていつ何時、病《やまい》に倒れるかはわからない。

その時のためにも、勤め人こそ貯蓄に励まねばならないのだ。

また勤め人は、いつ何時、上役と衝突するかもわからない。社風に合わせて勤めようと思っていても、上役と意見が合わないことは必ずあると覚悟した方がいい。その結果、馘になったり、自ら退職したり……。勤め人の人生は、穏《おだ》やかな春の日差しが続くことの方が少ない。むしろ冷たい風が吹き、時に嵐や吹雪《ふぶき》になることの方が多いのである。

では、どのように貯蓄すればいいのか。それは月給からの天引きしかない。月給二十円、三十円でも必ず二割は貯蓄に回すことだ。そうすれば必ず貯蓄出来る。

月給が多くても、それを散財していては貯蓄は出来ない。

二割も天引きしたら惨《みじ》めな暮らしになると思うだろうが、そんなことはない。その金額に合わせた暮らしを工夫《くふう》すればいいだけのことだ。

毎日、贅沢な食事をしたり、高級な洋服を着ることはない。たまに贅沢をし、たまに高級な洋服に袖を通すから、ありがたみがわかるのだ。

無駄遣い、すなわち浪費《ろうひ》を防ぐ方法を工夫するのも楽しまねばならない。楽しめば、自然と倹《けん》約《やく》出来るから不思議である。

また、些細《ささい》なことのようだが、財布には多くのお金を入れないことだ。貯蓄が出来ないのは、大金を使うからではない。ついつい、つまらない小さな物を買ってしまうからだ。店に入り、気に入った小物があったとしようか。それを買うのはいいとしても財布にお金があった場合、目的の小物のそばにある別の小物にも手を出し、ついでに買ってしまうことがある。

大した金額ではない。数十銭のことかもしれないが、積もり積もっていくと大きな金額の浪費になってしまう。

どうしても必要な物は書きつけてから店に立ち寄るのがいい。それ以外の物には手を出さないのだ。そうすれば、ついで買いの浪費を防ぐことが出来るだろう。

財布にお金を入れないためにも、お金は銀行に預けるに限る。銀行に預けておけば、引き出す際に手間を伴うからだ。とにかく余分なお金は財布に入れないことだ。

また、お金を使う場合の損得を考えることも重要である。

例えば目的地に行く場合でも歩く、車、汽車、電車などの多様な手段があるが、どれが最も安くて効率的、かつ約束の時間に間に合うか、考えるべきである。本当に小さな倹約かもしれないが、重要なことだ。電車を使って約束の時間より早く目的地に到着した場合、どこかで時間を潰さねばならなくなる。そうなると店に入って、お茶の一杯も飲もうということになり、無駄なお金が出てしまうことになるのだ。

いずれにしても浪費を防ぐ工夫はすればするほど楽しくなるものだ。ケチになるのではない。私の知人は、こうして貯蓄したお金で書生を養い、彼らを世に出しながら十分に満足出来る生活をしている。

先生も同じだった。決して浪費はされなかった。貯蓄は十分にあったが、それを世のため人のために使ったのである。だからお金は巡り巡って先生の下に戻ってきた。先生は、お金を愛したというより人を愛した。その結果、愛した人が、お金を持って先生の下へ戻ってきたため、塾は大きく発展したのだ。

さて、ここからが私の真骨頂《しんこっちょう》なのだが、やはり株式投資は止められなかった。堅実な貯蓄を勧めながら、株式投資を勧めるのは矛盾《むじゅん》があるではないかと思われるかもしれないが、それは違う。

矛盾を矛盾と思わない軽薄さを持ち合わせることも、人生を豊かにする方法の一つである。人生は矛盾の連続であり、理屈の通らないことの方が多い。朝令暮改《ちょうれいぼかい》でいいのだ。一筋縄でいかないから楽しい。そう思えばいい。

私が、病に倒れた時、いったいだれが助けてくれたか。私が丸三商会で失敗した時だって、あざ笑う人はいてもだれも助けてくれなかった。

人徳の無さであると十分に自覚はしているものの、悔《くや》しく、かつ悲しいと感じたものである。

では何が、私を助けてくれたのか。それは株式投資である。

貯蓄の三千円のうち、千円を株式投資に回して、私は約十万円を得た。これが人生を変えたという話をしたが、このように貯蓄の全額を株式投資に回すのではなく、一部だけでも株式投資に回せば生活は豊かになる。

自分の貯蓄の一部で購入《こうにゅう》出来る株を買えばいい。株価が低い株で、配当がそこそこあれば貯蓄の利息より有利である。

だが値上がりしているからといって、不安定な経営をしている会社の株を購入してはいけない。そんな会社の株を購入したら貯蓄の全てを失くしてしまうだろう。

経営が安定した電気、ガスなどの会社の株を選ぶべきである。また一社に全てを投資するのではなく、いくつかの会社に分散して投資するのがいい。たとえ一社が倒産しても、被害を最小限に抑えられるからだ。

私は、先生やふさから叱責《しっせき》を受けても、こっそりと株式投資を続けていた。

大損をしてしまう可能性のある株式投資をなぜ止めないのか。それは独立自尊のためである。

今回の北海道炭礦鉄道再入社に当たっては、自分でもおかしいほど真面目に勤めている。お蔭で勤め人が出世するためにはどのようなことが必要であるか、また勤め人の心情とはどのようなものであるかが体得出来た。これは将来に向けての大いなる収穫《しゅうかく》だろう。

井上の私に対する評価はうなぎ上りで、桃介はすっかり変わった、真面目になった、立派になったと福澤門下の人たちにも広めてくれた。信用絶無からの脱却《だっきゃく》である。

その一方で、私は株でかなり利益を上げていた。いずれ実業界に打って出るという気持ちはあったが、先立つものは資金である。他人の資金を当てにして商売を始めるのは、もうこりごりである。三井《みつい》銀行の村上《むらかみ》如きに頭を下げる屈辱《くつじょく》は二度と味わいたくない。

出世するために社風にどっぷりつかり、だれよりも早く出社して、だれよりも遅く帰宅する。仕事がないときは、さも仕事をしている振りまでしている。こうしたことは、いつまでも出来ることではない。一生を勤め人として上役に仕え続けるには、相当な忍耐とそれなりの才能が必要である。私は、そうしたものを持ち合わせている人を尊敬するが、残念ながら私には無い。

私は早く勤め人から脱却し、自分の資金で事業を起こし、自分がトップに立たねばならないと考えた。

そこで私は北海道炭礦鉄道の株を買い占めて会社ごと乗っ取り、トップに立とうと考え、秘《ひそ》かに会社の株を買い始めたのである。

その頃、日露戦争による石炭需要の増大などで業績が好調な会社は、一株十二・五円で新株を発行した。これが投資家に好評で買いを誘《さそ》い、またたく間に三十円、三十五円と値上がりしたのだ。

雨宮敬次郎《あめみやけいじろう》など主要な役員は、この値上がりに手持ち株を売り、利益を得た。役員の立場で自分の会社の株の売買で利益を得る行為はあまり好ましいとは思えない。一方、私は売りに出された株を買い進めて行ったのである。

これが井上の知るところとなった。

「桃介君、相場を止めたまえ」

井上は、私を呼びだして言った。

正直に言って私は迷い、沈黙した。

「君は、私によく仕えてくれた。非常に感謝もし、評価もしている。そんな君が相場を諦めていなかったとは残念だ。泉下の大先生もきっと悲しまれていることだろう。真面目に働く気はないのかね。見損《みそこ》なった」

井上の表情は暗く、悲しみに満ちていた。

私は、申し訳ない気持ちでいっぱいだった。井上は、どん底の私を拾い上げ、もう一度、世の評価に堪《た》えるところまで押し上げてくれた恩人である。

しかし私は、やはり他人の下で一生を送るより、たとえ落ちぶれようとも自分の両足で立っていたいと思う人間だ。

「申し訳ありませんが、相場を止めることは出来ません。いつか実業界に入るためには自分の資金が必要です」

「相場は危ない。財産の全てを失うこともあるじゃないか」

井上は株式投資をしないため、その危険性ばかりを強調する。

「そんな危険は冒さないつもりです。お世話になりましたが、退職させていただきたいと存じます」

私は頭を下げた。

「ここまで言っても、君の決心が変わらないのであれば仕方がない。勝手にしなさい。止めることはしない。ただし失敗しても、仏の顔も三度はないからね。覚悟しておきなさい」

井上の顔がこれまでになく厳しくなった。

「承知しております」

私は再度、深々と頭を下げた。

明治三十九年（一九〇六）十月十五日、私は北海道炭礦鉄道を退社し、相場に本格的に身を投じたのである。

6

日本はロシアとの戦争に勝利し、賠償金《ばいしょうきん》こそ得ることは出来なかったが、中国大陸に進出し、朝鮮をも支配下に収めるという躍進《やくしん》振りだった。重工業は活況《かっきょう》を極めていた。

こうした好景気を受けて、株式市場は過熱し、株価は騰貴《とうき》し続けていたのである。

株式投資専業となった私は、面白《おもしろ》いほど利益を上げることが出来た。私のことを株成金《なりきん》、飛将軍などと揶揄《やゆ》する声も聞こえてきた。

たまに帰宅し、ふさに会うと、軽蔑しきった顔を見せた。真面目に勤めに励んでいると思っていたのに、騙《だま》されたという気持ちが顔に表れていた。

私は、気にしないようにしていた。ふさと子どもたちには一切迷惑をかけるつもりもなかったから、毎月の生活費は潤沢《じゅんたく》に渡していた。

かつて十万円が刻印された通帳を見て、気を失いそうなほど驚いたふさである。今、数百万円（現在の価値で数十億円以上）にもなっているのを知ったら、気を失うどころではないだろう。

私には、相場に関して天賦《てんぷ》の才があるように思う。これは決してうぬぼれでも何でもない。

軽薄であるが、浮かれる一方で、醒《さ》めてもいる。生来《せいらい》の臆病《おくびょう》な気質のお蔭なのかもしれない。言葉を選ぶなら慎重なのだ。

だから徹底的な失敗はしない代わりに、安田善次郎《やすだぜんじろう》や大倉喜八郎《おおくらきはちろう》のような大金持ちにはなれないだろう。それはそれで残念なのだが、人それぞれ持ち味があるということで納得せざるを得ない。

私は軽薄だが、愚《おろ》かではない。軽薄だが、慎重である。そんな私に、ある予感がした。胸のあたりが痞《つか》える感じがする。

株を売れ！

天の声が聞こえた気がした。私はその声に素直に従った。手持ちの株をどんどん売った。もちろん、空《から》売りも行った。

私は株価が下がると思って、売る。ところが株価は上昇を続けた。私の損失は膨《ふく》らみ、納めている証拠金では不足する。そのため追敷《おいじき》という追加の証拠金を納めねばならない。このまま騰貴が続くと、私は追敷を納められずに破産するかもしれない。

私が株を売っているのは、相場師仲間に知れ渡っていた。大馬鹿者だと言う者もいた。株は騰貴する一方だからだ。

さすがの私も危機感を覚えた。今度ばかりは天の声を聞き間違えたか。

ある日、松永安左エ門《まつながやすざえもん》がやってきた。

彼には丸三商会で迷惑をかけた。丸三商会での失敗の後、松永は一人で事業を始めたが、上手く行かず、私の家で食客となっていた。このままでは彼はダメになると思い、五百円を渡して、大した金額ではないがこれで何か事業を始めたらいいと言った。

彼は喜んで我が家から飛び出し、福松《ふくまつ》商会を設立し、仲買業《なかがいぎょう》を始めた。福は福澤、松は松永である。なんとも安易《あんい》な名前ではあるが、綿糸や石炭を商《あきな》い、それなりに利益を上げたのである。適当なところで妥協《だきょう》していればいいものの、松永は六百万円まで稼《かせ》ぐと言って、株式投資に手を出した。

私は、止めろと言った。彼には、商売人の勘《かん》はない。どちらかと言えば政治家向きである。胆力と物おじしない性格から、政界に打って出るべきだと言ったのだが、どうしても六百万円を稼ぐと言ってきかない。

株価は上昇していた。株を購入し、にわか成金が多く誕生した。あちこちで儲《もう》けた、儲かったの声がかまびすしい。

松永は、今度ばかりは桃介さんも思惑《おもわく》が外れましたね、と得意顔である。

「松永君、君は相場に向かない。手持ち株は売った方がいい。大損するぞ」

私は彼の得意気な顔に、塩でも塗りつけるような助言を行った。

「なんの、なんの、そんな弱気でどうするのですか。まだまだ買いますよ」

松永は強気一辺倒である。

一方、私は弱気になった。本当に間違ったのだろうか。そんなはずはないと思いたいのだが……。

日本国内は日露戦争で勝利して以来、重工業などの産業は過熱している。しかし中国、朝鮮、台湾と勢力を広げ過ぎた日本の国力は、息も絶え絶えである。ロシアから賠償金を取れなかったため、外債で調達した巨額の戦費の返済にも窮《きゅう》しているではないか。このような状況で株価の騰貴が続くはずがない。近いうちにガラガラと音を立てて崩れるガラ（大暴落）が到来することは間違いない。

年が明け、一月になった。私は、どこからともなく数万株の北海道炭礦鉄道の株が売りに出されたという情報を得た。

三井銀行だ……。

私は、北海道炭礦鉄道の大株主の動向を詳細に把握《はあく》している。この時期に数万もの単位で売りに出すのは、三井銀行以外にないと確信した。

そこで三井銀行の営業部長の池田成彬《いけだせいひん》を訪ねた。

「北炭株を大量売却したのは貴行ですね」

単刀直入に聞いた。

明らかに池田は動揺し、「デタラメを言うな」と怒った。

私は薄笑いを浮かべ、「顔に書いてあります」と言いおいて、その場をあとにした。小躍りしたい気分だった。三井が売りに出たのだ。これで株価は下落する。

天にも昇る気持ちとはこのことだ。やはり天の声を聞き間違えてはいなかったのだ。

一月二十一日、歴史的ともいえる大暴落となった。

日本一の成金と言われた「鈴久《すずきゅう》」こと鈴木久五郎《すずききゅうごろう》もすっからかんになり、長屋住まいとなった。

私の忠告を聞かなかった松永も大損し、追敷を取り立てる債鬼《さいき》から逃げまわる始末である。

年末の大納会《だいのうかい》で七百八十円ほどだった株価が、ひと月足らずで九十二円、九十一円にまで大暴落してしまったのだ。

買いに向かっていた、にわか成金たちのほとんどが破産した。

私は兜町《かぶとちょう》で「逃げの桃介」という異名をとった。自分でもいったい、いくらの利益を上げたか、はっきりとわからないほどだ。数百万円は得ただろう。一生かかっても使い切れない金額だ。

ここまで相場で成功すると、名前が独り歩きし始める。私に会社の発起人《ほっきにん》になってほしいと門前市を成す状態となる。いざ発起人になると、桃介が発起人なら必ず儲かるとばかりに、投資家が群がってくる。私は単純に名前を貸しているだけだ。会社の事業には全く関心がない。そして株価が上がると、売却する。利益が上がる。私は、兜町の成功者として、努力しなくても名前だけで儲かるようになってしまった。

死にたいほど、面白くない。なんの努力もせずに金だけが儲かる。これはおかしい。金を持った瞬間から、ますます金が集まる。

金は、それを愛する者の下に集まると言う。その理屈からすれば私は他人の何倍も金を愛していることになる。しかし、それでは金の亡者《もうじゃ》だ。

私は、それほど金を欲しいなどと思っているのだろうか。必要十分な金は得てしまった。ふさや子どもたちに一生惨めな思いをさせることはないだろう。

一番不満なのは、これだけ金を儲けたのに、だれからも尊敬されないことだ。相場師というのは、まるで軽蔑の対象であるかのようだ。株成金などという蔑称で呼ばれるのは腹立たしいかぎりだ。

私が発起人として名を連ねるだけで金を儲けることに対して、成功者としての当然の報酬であると評価してくれる者はいない。

むしろ、「いい加減にしろ。お前が発起人になっているから信用して株を買ったら、大損したではないか」などと金の亡者たちから非難されてしまう。

さらにやたらと寄付をしろ、援助しろなどと私の金を当てにする者たちも集まってくる。

このままではいけない。私はなぜ株式投資をしたのか。それは桃介でなくては出来ないことをやり遂げ、何者かになるためではなかったのか。

7

明治四十一年（一九〇八）の春、松永がひょっこり訪ねてきた。

松永は、私の忠告を聞かず、株の暴落で全ての財産を失くし、債鬼に追われていた。私は松永に対し、君は楽天家で、気力が横溢《おういつ》している、他の人なら大きな波に襲われたら、もはや再起不能であるが、君はそうではない。まだまだなんとかなると言い、再起に向けた資金を援助し、励ました。

松永は、政治家に向いていると私が評価したように、非常に打たれ強い。それは私以上だ。またこの上なき楽天家であり、人たらしでもある。今回も、やはりなんとか生き延び、九州で石炭、コークス事業をどうにか軌道《きどう》に乗せたようだ。

「桃介さん、相談があるんです」

松永が神妙《しんみよう》な顔で言った。

「金の無心かね。支援しないこともないが……」

私は松永がどんな話を持ってくるか、楽しみだった。

私と松永は兄弟以上の関係である。私はなにかと言えば、松永を頼りにする。松永も同じだ。だからといって利用し、利用されるような非情で冷徹な関係ではない。

要するに松永といると、損得抜きで楽しいのだ。彼と一緒に夢を見るのが嬉しいのだ。彼は、私のように皮肉屋、偽悪家でもなく、軽薄でもない。失敗は多いが、堅実で、努力家で、私のようにふわふわせず、一つの道を全《まつと》うする人物である。私と正反対であるからこそ、松永と関係することが愉快なのだろう。

「九州で一旗揚げませんか」

「九州？　君の地盤だね」

「東京は三井、三菱《みつびし》の天下ですし、渋沢《しぶさわ》に可愛がられなければ、大きな事業は出来ません」

「まあ、そうだね。確かに私は、あまり彼に好かれているとは思わないね。それで東京を離れろというのか。私に都落《みやこお》ちを勧めるとは君らしくないね」

「都落ちではありません。地方で力を蓄《たくわ》えて、都に攻め上るのですよ。戦国大名のように」

松永は目を輝かせ、大きく両手を広げた。

「私を旗頭《はたがしら》にして、都を占拠《せんきょ》するようないい考えがあるのか。あるなら乗ってもいい」

私は松永の話に興味を覚えた。このままでは、ただの株成金で終わってしまう。それでは桃介はいったい何者であったのか、何者になろうとしていたのか、という答えを得ることなく、死を迎えることになる。

「九州に電気鉄道を走らせるんですよ」

「電気鉄道か……」

安田善次郎が、東京と大阪の間に電車を走らせる日本電気鉄道の設立案を、去年（明治四十年〈一九〇七〉）の二月四日に発表していた。世の中は石炭で走る汽車から、電気で走る電車の時代に変わりつつあった。

「その話、乗った！」

私は即決した。電力事業、電気が世の中を一変させる時代が来る予感が走ったのである。

「さすが桃介さんだ。そうでなくちゃ」

松永が膝《ひざ》を叩《たた》いて、破顔《はがん》した。

私は、福博《ふくはく》電気軌道の発起人になることを決意した。これが私の実業家への大きな一歩になると、天が囁《ささや》いた。

第八章　電力は面白い

1

必ず儲《もう》かります、これは絶対買いですなどという話に、ろくなものはない。

世の中に絶対などはないと言ってしまえばそれまでだが、そんなに美味《うま》い話なら他人に言わず、独り占めにすればいい。

そうしないのは理由がある。それは美味い話を持ち込んで、逆に相手から美味い汁を吸おうという魂胆《こんたん》があるからだ。

世間の人はこの手の話に乗って騙《だま》されたり、大損をしたりする。後悔《こうかい》先に立たずだが、どうして乗せられてしまうのか。

それは、あんな奴が儲けるなら、賢い自分ならもっと儲けられるはずだという傲慢《ごうまん》さや、あいつに儲けさせてなるものかという対抗心がむくむくと湧き上がって、抑えることが出来ないからだ。

日本一の三菱財閥《みつびしざいばつ》を築いた岩崎彌太郎《いわさきやたろう》の運が開花したきっかけに、三つの買い物がある。それは岩崎が望んで買ったものではない。全て消極的な気持ちで引き受けたものが大きく化《ば》けたのである。

横浜上海《シャンハイ》航路が、まず一つ目の買い物だ。大久保利通《おおくぼとしみち》に勧められた岩崎は、横浜上海航路に八十四万ドルを投資した。その際、政府から船舶《せんぱく》の払い下げを受けたのだ。横浜上海航路は隆盛《りゅうせい》を極め、保有する船舶は四十隻にもなった。

これによって岩崎は日本の海運王になったのだが、深刻な悩みがあった。それは、政府から払い下げを受けた船舶の扱いについてである。

実は、政府から払い下げられた船舶は、どれもこれも老朽化したボロ船ばかり。押し付けられたも同然だった。廃船にするにも巨額の費用がかかる。さてどうしたものかと岩崎は悩んでいた。

そこに降って湧いたのが、共同運輸会社の設立だ。井上馨《いのうえかおる》は、大久保と組んで岩崎が儲けていると思うと面白《おもしろ》くなかった。大久保が生きている間はどうしようもなかったのだが、彼が紀尾井《きおい》坂で凶刃《きょうじん》に斃《たお》れると、渋沢栄一《しぶさわえいいち》らを焚《た》きつけて共同運輸を設立し、岩崎に対抗したのだ。岩崎は、この争いの最中《さなか》に亡くなるが、跡を引き受けた岩崎彌之助《やのすけ》は共同運輸会社と和解し、会社を合併して日本郵船を設立した。

一見、岩崎側が敗北したと見えるが、実際はそうではない。日本郵船が設立されたお蔭で、ボロ船が処分出来たのだ。ボロ船を日本郵船に引き取らせ、それが株に代わり、値上がりし、三菱の財産はますます大きくなったという訳だ。

そのほかの高島炭鉱《たかしま》や、丸の内の地所も、三菱は無理やり押し付けられて購入したようなものだが、それが財産を増やす元になっているから、面白い。

こうした幸せは、欲の皮のつっぱった者にはやってこない。やはり陰徳《いんとく》を積んだ者に来るのだろう。三菱は、よほど陰徳を積んでいるに違いない。

私は、陰徳を積んでいるとは言えないが、やはり私も気が進まないながらも引き受けた事業に福があるような気がする。

これで陰徳を積んでいれば、財産を膨《ふく》らますことが出来るのだろうが、そこまで期待するのは無理だろう。高望みというものだ。ともかく、人というのは、分相応《ぶんそうおう》という気持ちを持っていれば、大きな失敗はしない。

さて松永安左エ門《まつながやすざえもん》だが、彼は楽天家で、山っ気があり過ぎる。実務には長《た》けているのだが、ちょっとせっかちなのだ。だから私と違って儲け話にはすぐに手を出してしまう。

綿糸や石炭の失敗に懲《こ》りず、松永はまたしてもコークスに手を出したのだ。

今度は失敗するなよ、と私は言った。すると松永は、殊勝《しゅしょう》な顔つきで、「ようやく目が覚めました。商売は正直、正確が最も大事である。それが信用に繋《つな》がるのだと確信しました」と答えた。

松永は、自分が失敗を重ねてきたのは、知力や気力が他人より足らなかったからではない、人間として大きな欠陥《けっかん》があったと気づいたという。

私に語り掛ける目は濁りがなく澄《す》み、悟りをひらいた僧を見るようだった。

「欠陥とは？」

私は聞いた。

「人間が生まれてきたのは商売をするためでも、金を貯めるためでもないと思うんです。難しいことはわかりませんが、まず自分の生活を立て、その後は人のため、社会のため、国家のために奉仕するために生まれてきたんです」

「そうかもしれん」

「それぞれに使命があります。それを果たすには道があります。正直、正確の道です。確実に、その時、その日のやるべきことを成《な》し遂《と》げるのです。決して無理したり、急いだり、今日を忘れて明日に手を出そうとしないこと。そんなことをするから足元から崩れるんです」

「その通りだよ」

「とにかく正直、正確の道を確実に歩み、他人の信用を獲得すれば、大実業家にも大金持ちにもなれるが、ただし最初からそれが目的になってはならない……」

「松永君、よくそこまで悟ったね」

私は彼を褒《ほ》めた。

数々の失敗は、松永の中で無駄《むだ》にはなっていない。それらは松永を大きくするための通過すべき道だったのだ。

「ありがとうございます。桃介《ももすけ》さん、またお願いに参ります。これからは新しい松永です。世のため、人のために働くようにします」

こう宣言して、松永は九州に戻り、事業に邁進《まいしん》し、信用を高めた。人づてに聞くところによると、私に言ったほどは悟っていなかったようだが……。

美味い話があると、私の名前を出して、松永が言えば福澤《ふくざわ》桃介が支援してくれると、自分の信用の補完に使っていたようだ。私が相場で大きく稼《かせ》いだことは広く知られており、私のような軽《けい》薄《はく》な男の名前でも、松永の信用が上がるらしい。

九州は松永の地元である。彼にしてみれば苦労、失敗の果てにようやく力を発揮《はっき》出来る場所を得たのだろう。

明治四十三年（一九一〇）、九州で博覧会が開催される予定がある。それに向けて市街電車を走らせたいとの企画が有志の中で盛り上がった。

そこで私と繋がりのある松永に相談があったようだ。松永もかねてより市街電車に関心があったため、いつものようにすぐに飛びついた。彼の新事業に向かう意欲には、敬服しかない。そこで先日の私への訪問となった訳だ。

私は福博《ふくはく》電気軌道への出資に合意した。即座に、松永は地元への説得に奔走《ほんそう》する。

福岡県庁前から博多《はかた》駅までを第一期工事としていたが、明治四十一年（一九〇八）の暮れには認可され、翌年に会社設立となった。

資本金は六十万円であるが、私が筆頭株主であり、社長に就任した。実務は専務の松永が担当した。

松永は、私の期待以上の働きを見せた。敷設《ふせつ》工事は約五カ月で完了し、無事、博覧会に間に合った。

この成功は、私に思わぬ僥倖《ぎょうこう》をもたらしたのである。

私への世間の評価は、株で大いに稼いだため、相場師《そうばし》と蔑すまれた目で見られる向きがあった。また、丸三《まるさん》商会破綻《はたん》で受けた信用絶無の評価も回復したとは言えなかった。

ところが電気軌道という実業で成功を収め、博覧会という多くの人が喜ぶ事業に花を添えた結果、私の評価は大いに高まったのである。

2

私の評価が高まったことは、予想もしていなかった幸運だった。

実は、途中で松永に「出資を止《や》めたい」と言ったことがある。二度と信用絶無と言われたくなかったのだ。株の世界では尊敬の意味を込めて「逃げの桃介」と言われ、相場師としては大成功し、ひとかどの財も築いた。しかし、ここで電気軌道という新たな事業に手を出し、もし失敗すれば、「桃介には実業は無理だ」「虚業《きょぎょう》の相場師が関の山だ」と揶揄《やゆ》されるに違いない。二度とあの辱《はずか》しめは受けたくない。

それに加えて、世の中は急に不景気の様相を呈し始めていた。

日清、日露と戦争に勝ち、国内は勢いづいているかに見えたが、ロシアから賠償金《ばいしょうきん》を獲得出来なかったため対外債務は膨らみ、日本経済は低迷していた。

一方で、綿糸などの軽工業から製鉄などの重工業への転換が進められ、鉄道や電力などへの需要が膨らみ、それに応《こた》える会社がいくつも設立されていた。私にも出資要請《ようせい》が多く舞い込んできた。

このような状況を見て、日本経済は、戦後不況を脱して好景気に進むと予測する者もいたが、私は悲観的だった。日本経済は戦後不況に陥《おちい》ると懸念《けねん》していた。

少しでも不安のある時は投資を避けるのが失敗しない唯一《ゆいいつ》の方式である。

「ええっ、そんな、桃介さん、今更《いまさら》何を言うんですか」

私が出資を取り止めるとの話を聞いて、松永は青ざめた。

「とにかく、止める。君も、失敗したくなかったら、こんな事業から手を引きたまえ」

「よしてくださいよ」松永は泣きそうな顔になった。「桃介さんが出資するっていうから、他の人も出資してくれるんですよ。もし、桃介さんが手を引いたら、みんな逃げ出してしまいます」

「止めると言ったら、止める」

「もう後には引けません。認可も下りたんです。それも皆、桃介さんが経営に参加するからです」

「それほど信用されているとは思わなかった。悪いね」

私はその場を立ち去ろうとした。松永は私の服の袖を摑み、「私は、この事業にかけているんです。もしこれがだめなら、腹切って死にます」と声を荒らげた。

「こんなことで死ぬ君じゃないだろう。また他にいい話があれば、乗るよ」

私は、松永の手を払おうとした。

「桃介さんは、実業界に打って出ようとされているんじゃないですか。相場師のままで終わるんですか。福博電気軌道の社長になることは実業界に羽ばたく絶好の機会です」

松永の声がどんどん大きくなる。

「潰《つぶ》れる会社の社長になるより、相場師の方がいいね」

「この事業を止めるなら、福岡市に五万円の罰金を支払わねばなりません。それでもいいんですか」

松永の目が座った。なんとしてでも私を逃がさない覚悟だ。

「罰金を払えばいいじゃないか。六十万円の資本金だろう？　一株五十円として一万二千株のうち、仮に私が半分の六千株を持ったとして、一株十円の損を出したら六万円の損だ。それ以上の損をする可能性だってある。だったら今、五万円払って、頭を下げた方がいい」

私は、松永に冷静になるように言った。

かつて松永は、私が株を売却した方がいいと忠告したのに、まだまだ上がると買いに走って、無一文になった。そのことを思い出させようとしたのだ。損をする可能性があるなら、思い切って手を引くべきだ。

雪山に登る時、もう少しで頂上に到達するとしても、天候が悪化し、遭難《そうなん》する可能性があれば、撤退《てったい》するのが本物の勇者であるなどとも言った。

しかし松永は一歩も引かない。絶対に事業を完遂し、成功してみせると言う。ここで失敗したら男として面目《めんぼく》が立たない。東京で上手《うま》く行かなくて、自分の故郷で捲土重来《けんどちょうらい》を誓ったのである。地元の有志にも、電気軌道の事業を自分に任せてほしいと頭を下げてきた。それを今更、裏切る訳にはいかない。死んでもやる——。

私は困った。

松永は、私にとってかけがえのない友人である。唯一の友人かもしれない。何かにつけて彼は私を頼りにしてきたし、私も彼を頼りにしてきた。丸三商会では迷惑もかけた。その彼が地元九州で一旗揚げようとしている。それを見捨てれば、松永という友人を失うことになる。金は失っても取り戻すことが出来るが、友人はそうはいかない。

私は悩んだ。迷った。相場師としてなら損をする可能性のある事業からは、すっぱりと手を引くべきである。しかし、それによって失う松永との友情は取り戻しがきかない。

松永を失いたくない。その時、ふと天啓《てんけい》が降りてきた。

損をしても、たいしたことはないではないか。仮に千株引き受けて、それが全て失なったとしても五万円だ。罰金と同額であり、私の懐《ふところ》がそんなに痛む訳ではない。相場師として成功した名前は傷つくだろうが、全財産を失うことはない。もしかしたら、実業に乗り出すことで不安に駆《か》られすぎているのかもしれない。

私も四十一歳となった。孔子《こうし》に言わせれば、四十にして惑《まど》わずである。人生の方向を定める年齢なのだ。

「わかった。君の熱意に負けた」

松永に、私らしくない言葉をかけた。

「ありがとうございます」

松永は、私の服の袖を引きちぎらんばかりに引っ張る。

「おい、おい、服が破れるではないか」

「やっぱり桃介さんだ。私を見捨てることはない」

松永は破顔一笑《はがんいっしょう》である。先ほどまでの鬼気《きき》迫る顔はどこかに消えてしまった。こういうところが彼のいいところだ。切り替えの速さが好ましい。

「一割とは言わないが、八分くらいは配当してくれよ。その線で、私も出資者を募《つの》るから」

「任せてください」

松永には秘密だったが、この段階で私は出資者の目星《めぼし》をつけていたのだ。

私は早速、動いた。決断すれば速い。それが私のいいところでもある。

それにしても松永は本気だ。彼は相場師としては全く才能が無いが、政治家になればいいと勧めたのは的確だった。人をまとめる才能がある。松永にほだされた形ではあるが、私が出資を再度、決断すると、たちまち地元有志をまとめ上げた。

私も後に引けない。そこで幾人か慶應閥《けいおうばつ》を頼りに出資者を募ったが、だれも乗ってこない。やはりあの男に頼むしかない。松永に出資を約束した際に、思い浮かべた人物に会った。

彼の名は、岩崎久彌《ひさや》である。三菱財閥の総帥《そうすい》。創業者である岩崎彌太郎の長男である。

久彌とはアメリカ留学中に懇意《こんい》になった。彼は、アメリカで不遇《ふぐう》のうちに客死した福澤門下の馬場辰猪《ばばたつい》の葬儀を執《と》り行い、墓標を建立《こんりゅう》するなど、情に厚い人物である。必ず私の立場を理解して出資してくれると確信していた。

私は、義兄捨次郎《あにすてじろう》を介して、久彌に会い、福博電気軌道への出資を依頼した。彼は、私の説明を聞いただけで即座に「わかりました」と言い、二千株を出資してくれたのだ。さすがである。くどくどと条件を並べたり、役員にしろと言ったり、私のように配当を気にしたりするようなケチなことは言わない。

「逃げの桃介」と言われ、相場師としては名を上げたが、まだまだ世間一般の評価が高くない私を完全に信用してくれたのである。

感謝しかない。私は久彌を見ていて、とてもかなわないと思った。私のように、貧しい農家の生まれからなんとか這《は》い上がろうと足掻《あが》いている者とは違う。

彌太郎、そして叔父の彌之助が築いた三菱財閥を二十九歳で継承《けいしょう》し、それをさらに大きくして盤石《ばんじゃく》にしただけのことはある。

私と久彌とは、最初から立っているところが違う。彼は私より数段高い階段の上から、頂上に向かって歩いている。私は、階段の下も下、見方によっては地下室から這い上がって、頂上を目指して駆けている。私は焦《あせ》り、喘《あえ》ぐことがあるが、彼は汗一つかいていないように見える。

羨《うらや》ましいと思わないでもないが、人にはそれぞれの運命が定まっていると思うしかない。私は私のやり方で頂上を目指すのだ。結果として頂上を極められなくても、それはそれでいいではないか。

3

私は久彌と同数の二千株を買った。最終的には久彌の他に二、三の知人が出資に応じてくれ、福博電気軌道の過半数の株を押さえることが出来た。

会社は無事設立され、私が社長、松永が専務となり、実務を取り仕切ることになったのである。

電気軌道はたった六カ月で完成し、博覧会に間に合わすことが出来た。

これが評価され、株価は大いに上昇し、五十円の株が一気に百円にも騰貴《とうき》したのである。

株が騰貴したことは非常に嬉《うれ》しい。しかしそれよりも嬉しいのは、私に不思議な感情が湧き上がったことだ。

開通式で私たち関係者ばかりではなく大勢の観客が見守る中を、一番電車が発車する。窓から乗客が私たちに手を振る。どの顔もはちきれんばかりの笑顔だ。期せずして観客が一斉に万歳を叫ぶ。気恥ずかしくはあったが、私も両手を思いきり上げて、万歳、万歳と叫んだ。嬉しかった。株価が上がるのとは、全く違う喜びだった。

株の値上がりは私だけの喜びだ。私が喜べば、間違いなくだれかが怒り、悲しみ、嘆き、恨《うら》んでいる。儲かった私に嫉妬《しっと》や恨みの視線を送りこそすれ、感謝されることはない。

　ところが電車が無事に走ると、乗客も観客も、皆、喜びに溢《あふ》れ満面《まんめん》の笑みだ。私に向かって握《あく》手《しゅ》を求めてきて、ありがとう、ありがとうと何度も感謝を伝えてくる。中には涙さえ流している者もいる。

　私の心が喜びに満たされていく。株式投資での成功は預金通帳の残高が増えていくだけで、これほどの充実感はない。ふさも株式投資の成功を全く喜んでくれない。どれだけ儲けているか聞きもしない。しかし、福博電気軌道の成功ならふさも喜んでくれるのではないだろうか。ようやく人様のお役に立つお仕事をなさったのですねと言ってくれるだろう。

「桃介さん、良かったですね。無事に電車が走っていきます」

　松永もやや疲れた顔に満足そうな笑みを浮かべた。

「松永君の成果だよ。私は何もしていない……」

　私は謙虚《けんきょ》に言った。

「そんなことはありません。桃介さんが出資者の筆頭になってくださったから成功したんです」

「これからどうする？」

「九州には電気会社がいくつかあります。皆、小規模です。これでは住民の生活や産業発展には心もとないと思います」

「それらをまとめ上げるのか？」

「そのつもりです。福博電気軌道の成功のお蔭で、私のところに役員に就任してほしいという依頼が次々舞い込んできていますのでね。桃介さん、これからも出資の方はお願いします」

「実業には、株式投資にない充実感というか、喜びがあるとわかった。これからも出資は検討しよう」

私は松永に言った。

松永は納得したように大きく頷《うなず》き、「私も、これからは本腰を入れて実業界で名を上げます。今までのように金儲けばかり夢見ません。人のために尽くします」と言った。

「悟りをひらいた通りに行動しているね」

「桃介さんも実業の世界で活躍しましょう。二人で電力をやりましょう」

松永の思いに大いに触発《しょくはつ》された。

「しかしなぁ、私はとても岩崎彌太郎のような大実業家にはなれそうもない」

「何を弱気なことを言うんですか。桃介さんには実業家の才能があります」

「君は大実業家か大政治家になれるだろう。この九州を固めればね。しかし私も人の役に立つ事業をやりたくなった。相場師は返上して電力にかけてみようと思う。これからの産業発展には電力が安定的に供給《きょうきゅう》されねばならない。それが今回でよくわかった。電力は、儲けは薄くとも広く世間の役に立つ事業だ。どうせやるなら、そうした事業がいい」

「私は、九州の電力をまとめ上げます。桃介さんは、もっと広い地域の電力をまとめてください。これからは電力の時代です。一緒に大きくなって、財閥にも負けない存在になりましょう」

「君に発破《はっぱ》をかけられてしまったなあ。私も電力をやる。しかし財閥なんてものを作る気はない。私は株式投資でいとも簡単に金持ちになってしまったことが面白くないんだ。金持ちになってみると、ちっとも楽しくないことがわかった。だから金持ちになるより、楽しく仕事をしたい。君のお蔭で人の役に立つことがこんなに楽しいとわかった。財閥なんて大金持ちになるより人の役に立ちたい」

財閥は結局のところ自分の家の資産を増やしている。しかし私は、もうこれ以上、自分の資産を増やす気がない。

私がなりたかったのは、単なる金持ちだったのだろうか。貧乏は嫌というほど経験した。だから金持ちになりたかった。しかし、実際になってみると、それほど楽しくも、嬉しくもない。むしろ虚《むな》しい。それよりは、あの電車に乗って手を振る人の笑顔を一つでも増やす方が価値がある生き方だと思ったのだ。これこそ天啓というのだろうか。

4

私は先生の娘婿《むこ》になり、アメリカ留学をさせていただき、なおかつ株式投資で儲かった。これは私の努力の結果だ、などというような傲慢さは持ち合わせていない。たまたまの幸運だろう。もしかしたら不幸と紙一重だったかもしれない。

もし私のように汗をかかないで金儲けをしたいと思うなら、儲かっている、あるいは金がある振りをすればいい。詐欺《さぎ》だなんだと言われようと、他人に「金を持っている」「運のいい人間だ」「成功者だ」と思わせればいいのである。

世間にはそんな連中は山ほどいる。彼らの実際の懐具合《ふところぐあい》も、成功の実態もわからないし、突き止めようという者もいない。要は風評が立てばいいのだ。

私は、信用絶無という悪評をまき散らされ、大変な目に遭《あ》ったが、その逆をやればいいのである。

成功者であると風評が立つだけで、金が集まってくる。その結果、あっという間に財産が出来てしまう。次はそれを踏み台にして、さらに増やせばいい。高い階段を勢いよく上っていくことが出来る。

この世には、格差がある。

明日の米が無くて苦労している者もいれば、札束を燃やして米を炊《た》く者もいるのが、今の世の中だ。金持ちは、楽をしてより金持ちになり、貧しい者はどんどん深い沼に落ちていき、足掻《あが》いても足掻いても、やがては頭まで沈んでしまう。

成功者は労せずして金儲けが出来てしまう。私がそうだ。それは虚しい。少しも楽しくない。

そんな金は、悪銭《あくせん》ではないが、身につかない。よほど注意していないとたちまち失ってしまう。いったい何のために金持ちになったのかと思った時には、後の祭りである。

私は、幸いにも慎重《しんちょう》で臆病《おくびょう》であるお蔭で、今も生活に困らぬ以上の金は持っている。

私の経験から言えることは、ただ一つ。労せずして金持ちになりたいと思っている者がいたら、即刻、考え直すべきであるということ。

三菱財閥の総帥である岩崎久彌が、私に嘆いたことがある。

「自分は生まれながらにしてこの財産を得たが、さてこれを経営するのに実に忙しい。おまけになんだかんだと慈善《じぜん》に消える金が、一家の生活費以上になるのにもかかわらず、世間からは悪く言われる。金持ちほどつまらぬものはない」

日本一の金持ちでさえ不満があるのだ。これを金持ちゆえの贅沢《ぜいたく》な不満だと言うのは勝手だが、単に金を儲けたいとか、労せずして金持ちになりたいなどと願う人生になんの意味があるというのだ。

金を持って死ねるわけではない。三途《さんず》の川を渡るのには六文あれば足りるのだ。

私の今の願いは、魂を充実させる人生に足を踏み入れたいということだ。

それが世間の人に感謝されるならば、さらに嬉しい。私は、相場師としてよりも実業家として評価されたいと真剣に思うようになった。

5

福博電気軌道の成功で私は変わった。松永は九州で電気会社をまとめて、事業を拡大すると言う。今度こそ松永は成功するだろう。私も電力に人生をかけてみよう。それだけの価値のある事業だと確信する。

電力は、全ての産業の発展の源《みなもと》であり、日本国家の発展のため、かつ国民の生活を豊かにするために絶対に必要である。

電力を金儲けの道具にしてはならない。電力は、経済を豊かにする、すなわち経世済民《けいせいさいみん》のために、安価で安定的に供給されるべきである。ようやく私に明確な目標が出来た。

明治四十二年（一九〇九）三月、名古屋電灯《なごやでんとう》の株主になってほしいとの依頼があった。慶應義塾《けいおうぎじゅく》出身の友人、矢田績《やだせき》からの依頼だった。

矢田は、『時事新報』の記者をやったり、山陽《さんよう》鉄道に勤めたりしたが、中上川彦次郎《なかみがわひこじろう》に誘われて三井《みつい》銀行に入行し、名古屋支店長となっていた。

矢田によると、名古屋電灯は非常に可能性のある会社なのだが、内紛で成長が阻害《そがい》されているようだ。

矢田は「経営者に人さえ得ることが出来れば、この会社は良くなる。天にも昇る龍となる」と強調した。

会社とは外的成長阻害要因、例えば不景気、戦争、災害などだけで経営悪化に陥《おちい》るのではない。内的成長阻害要因、例えば縁故《えんこ》ばかりが出世する、横領《おうりょう》、会計不正などでも経営悪化するのである。

内的成長阻害要因を発見し、除去すれば、経営はたちまち好調に復することになる。

同社は明治二十年（一八八七）に設立許可が下り、同二十二年（一八八九）、日本で五番目の電力事業者として一般送電を開始した名門企業である。

しかし、武士の商法と言うべき会社で、明治維新で失業した尾張《おわり》藩の武士たちが政府から八万五千円を借り、それに自己資金を足して設立したのだが、船頭多くして船山に上るの喩《たと》えの如《ごと》く、非効率かつ内紛が絶えなかった。

「名古屋電灯を龍に出来るのは、福澤桃介、君以外にない。ぜひ経営に参画してほしい」

矢田は私を熱心に口説いた。彼は、福博電気軌道の経営を成功させつつある私の手腕を見込んだと言った。

福博電気軌道の成功は実際のところは松永の功績なのだが、私の評価も引き上げてくれたようだ。

私は、名古屋という土地に興味を覚えた。東西の結節点《けっせつてん》であり、戦国時代を終わらせ、天下統一を果たした織田信長《おだのぶなが》、豊臣秀吉《とよとみひでよし》、徳川家康《とくがわいえやす》を生んだ土地である。勝手な想像だが、私に相応《ふさわ》しい気がしたのである。松永が、都落ちと言われても地方で力をつけて、東京に攻め上ると言ったが、まさにそれに相応しい土地であると直感したのだ。

名古屋電灯の経営に参画することを私は快諾《かいだく》した。すぐに二千株取得し、明治四十二年（一九〇九）七月には顧問《こもん》に就任した。

その後も株を買い増し、明治四十三年（一九一〇）には一万株を取得した。さらにその年の一月、定時株主総会で取締役に選出され、五月には常務取締役となった。

まさに電光石火《でんこうせっか》。私は、名古屋電灯の総株数のほぼ十分の一を所有する大株主として、経営の実権を握《にぎ》ったのである。

先生は、日本に無限にある資源は水である。石炭はいずれ尽きる。そうなると、外国に依存しなければならない。だから火力発電より水力発電に力を入れるべきだ。このように『時事新報』

で主張された。

日露戦争に勝利し、日本がこれからさらに発展するにつれて電力需要が大きくなる。そのためには火力発電より水力発電を強化しなければならない。今こそ水力発電の時代が到来したと言うべきだ。

問題は、技術的な問題から送電が近隣に限られるということだった。これでは小規模な発電所をいくつも建設することになり、利用者に安価で安定的な電力を提供しながら会社が利益を上げることは不可能だ。

経済には、規模の利益ということがある。大規模にすればするほど、コストが下がるために事業として成功の可能性が高くなるのだ。

しかしこの問題は、海外で遠距離送電が可能になったとの情報を入手し、解決可能となった。事業に変革をもたらすのは、いつでも新しい技術である。新しい技術なき経済の発展は、本物とは言えない。

遠隔地で発電して、需要の多い工場や都市に電気を送る。これが実現すれば、どれだけ日本の発展に寄与《きよ》するだろうか。

この構想を実現しようと考えた際、私は長野県の山中から急流を成し、伊勢湾《いせわん》に注ぐ木曽川《きそがわ》のことを思った。名古屋電灯に出資を決めた際に水力発電の適地を探し、木曽川沿いを歩いたのだ。この川こそ水力発電の最適地であると確信した。

残念なことに名古屋電灯は火力発電である。私は早期に水力発電に切り替える必要性を感じていたが、なんと競合相手である名古屋電力が、木曽川沿いの八百津《やおつ》で発電所建設に取り組んでいたのだ。

名古屋電力は、名古屋電灯の二倍の資本金であり、大株主に渋沢栄一など大物を並べていた。このまま水力発電所の建設が順調に進むと、名古屋電灯などひとたまりもない。

幸い八百津発電所建設に苦慮《くりょ》しているようである。私は、この機を逃《のが》すものかと名古屋電力との合併に動いた。

何度も言うが、私は軽薄である。軽薄の良さは、動き出すと速いこと、そして失敗を恐れないことである。失敗するかもしれないとぐずぐずしているうちに機会を失ってしまう。

私は、他人の評判や失敗を恐れない。やると決めたら、すぐに動く。名古屋電力に渋沢らの大物が名前を連ねていようと関係ない。名古屋電力と合併すれば、競合相手がいなくなると同時に、水力発電も手に入る。一石二鳥である。失敗すれば、その時はその時だ。また考え直せばいいだけだ。動く前から、失敗を恐れるな。

私は名古屋電力と合併交渉に入った。競合しても共倒れになる可能性が高いなど、合併の合理性を相手に説明した。

私の信用は、まだ今一つであることが交渉の過程でわかった。相変わらず相場師と見られていたのである。

しかし、それに腹を立てるような私ではない。そんなことは百も承知である。

私の信用の補完をしてくれたのは、福博電気軌道の出資で助けてくれた岩崎久彌である。

久彌は、名古屋電灯の株を買い占める際も、私を資金面で援助してくれた。

私と久彌は、性格などは大きく異なる。私は、目立ちたがり屋であるが、久彌はそうではない。決して表に出ようとしない。

私の事業に関係することで儲けようとか、役員になろうとかそんな要求は一切しない。評判が盤石《ばんじゃく》でない私を支援することで、彼の評価が上がるわけでもないのに、素《す》のままの私を評価してくれる。いくら感謝してもしきれない。

久彌が私を評価してくれるのは、馬場辰猪《ばばたつい》のことがあるからかもしれない。私はアメリカ留学中に不遇《ふぐう》だった辰猪を応援し、一緒に各地を巡業《じゅんぎょう》した。不遇の人物を損得抜きに応援する私を見て、信用出来ると思ってくれたのだろう。

久彌が私の後ろにいることが、そのうち名古屋電力の株主たちに伝わった。実際は、私が伝わるように仕向けたのだが……。

久彌の名前はさすがである。たちまち効果を発揮し、渋沢など大物株主たちが続々と名古屋電灯との合併賛成に回った。

私は名古屋電力一株につき名古屋電灯二株を割り当てることで名古屋電力の株主を納得させ、明治四十三年（一九一〇）七月、名古屋電力を円満に吸収合併したのである。

いよいよ経営の責任者として、名古屋電灯を水力発電に向けて大きく事業転換させる時期が到来したのだ。目標を見つけ、それを実現する会社も手に入れたことで私の事業欲が大きく膨らんだ。

6

名古屋電力を吸収合併し、資本金七百七十五万円の一大電力会社となった名古屋電灯の経営は、順調に軌道に乗るかと思われた。

しかし名古屋という土地柄は想像以上に閉鎖的《へいさてき》というか、気位《きぐらい》の高い土地だった。織田家に仕《つか》えた清洲《きよす》以来の武家、商人がいれば、徳川家に仕えた三河《みかわ》以来という武家、商人たちもいる。彼らはそれぞれが自分たちの由緒《ゆいしよ》に誇りを持ち、反目《はんもく》しあっていた。では私に対する態度はどうかと言えば、株主や重役たちは、結束して徳川御三家《ごさんけ》尾張六十二万石の顔を見せるのである。

私は、貧しい農家の出身である。

名古屋電灯と名古屋電力との合併を円満に成し遂げた私に対する視線は冷たく、厳しい。東京のどこの馬の骨だかわからない男が名古屋で金儲けしようとしてやってきたといった視線なのだ。

福澤桃介という男は相場師ではないか。真面目《まじめ》に経営をする気などありはしない。株価を引き上げて、さっさと売り逃げするつもりだろう。山師《やまし》だ。買い占め屋だ。乗っ取り屋だ。あんな男に経営を任せるわけにはいかない……。

私に対する悪口、中傷が沸々《ふつふつ》と湧き起こってきたのである。これは私の不徳の致すところだが、組織というのはややもするとすぐに弛緩《しかん》し、混乱してしまう。

会社といっても人間が構成している組織である。合併という経営危機ともいうべき状況に際しては統率者《とうそつしゃ》の話に耳を傾け、結束してなんとか乗り切ろうとするのだが、それが去ると、その気持ちは一気に萎《な》え、弛緩し、混乱する。

自分たちで上手くやれると思い、統率者への感謝の気持ちをなくしてしまうのだ。これが多くの会社、あるいは組織の混乱の要因だ。彼らは、私を排除《はいじょ》して自分たちで名古屋電灯を経営しようと考えたのだ。

もう一つの要因は、私のことが恐ろしくなったのだろう。これは自慢しているわけではないが、私が鮮《あざ》やかな手際《てぎわ》の良さで、名古屋電力を吸収合併したのを見せつけられたからだ。このままでは自分たちがどこに連れていかれるかわからない、私にいい様にされてしまうと考えたに違いない。

怯懦《きょうだ》な者たちが陥る陥穽《かんせい》である。ある場所に留まれば、確実に死が待っているのに、そこから動くことが出来ない。私は臆病だが、勇気はある。勇気のある者は、危機を察知すれば動き出し、窮地を脱する。私は、彼らを大きな未来に連れていこうとしているのだが、彼らは、今の場所から動きたくないと言うのだ。

その結果、私の電力にかける意気込みなど、だれも聞く耳を持たなくなった。

私には壮大《そうだい》な夢がある。

名古屋電灯は、名古屋電力を合併したものの名古屋という地方都市の小さな電力会社に過ぎない。

しかし、私はこの会社をいずれ日本一の電力会社に育て上げるつもりである。可能性は十分にある。なにせ木曽川など、電力を無尽蔵に生み出す河川を背後に控えているからだ。そこで発電し、消費地に送電する発送電一体の会社にすれば、港湾に最適な海に面した名古屋地区は、豊富な電力を活用して一大工業地帯に成長することだろう。

そして将来的には松永の経営する九州電気などと合併し、東京電灯をも吸収してしまうほどの大電力会社に育て上げるのだ。

私は彼らに夢を語った。

しかし彼らは私の夢を聞けば聞くほど、私を胡散臭《うさんくさ》い目で見るのである。

私から言わせれば、彼らこそ株の値上がりを期待するだけの卑怯《ひきょう》な連中である。彼らはそれに気づかない。

合併後の株主総会が近づくと、私を排除しようとする彼らの動きは露骨《ろこつ》になった。

私に反対する重役たちは、株主たちを説得し、私の排除に賛成するように委任状《いにんじょう》を集め始めた。

もちろん、私にも味方がいないわけではない。私に経営を任せようとする賛成派重役たちも、委任状集めに奔走した。

反対派、賛成派の対立はさらにエスカレートし、株主総会の当日を迎えた。

両派の対立が血を見るような騒ぎになるのを警戒し、警察官の出動を依頼したほどだった。

株主総会が開かれた。私は議長を務めたが、会場は怒号に満ち、定款改正《ていかん》などの議案も賛成、反対が拮抗《きっこう》し、このまま強行採決すればどのような事態を招くかわからない様相を呈していた。

会場内にはだれが雇ったのか知らないが、明らかにゴロツキと思われる不逞《ふてい》の輩《やから》たちが陣取って、周囲に睨《にら》みを利かせていた。彼らは、椅子に反《そ》り返るようにして座り、議事を進行しようとする私に向かって「乗っ取り屋」「山師」などと大声で叫んだ。

最近、こうしたゴロツキを雇って株主総会を仕切ろうとする経営者がいることは知っている。そんな経営者は失格である。損を出したならば、正直に報告し、その原因を説明すればいいだけだ。それなのにゴロツキを雇って、批判を封じようなどとするのは言語道断《ごんごどうだん》である。

ゴロツキたちは、私の議事進行を妨害《ぼうがい》することで株主総会の成立を阻止《そし》するつもりなのか、あるいは私に株主総会を進行する能力が無いことを証明したいのか、どちらかだろう。

私は、採決を諦め、結論を先送りすることにして株主総会をとりあえず終了した。

議長席を離れる私に向かって、罵声《ばせい》が浴びせかけられた。私は腹立ちを抑え、後ろを振り返らず会場をあとにした。

総会が終わり、ようやく会社内が落ち着きを取り戻したかに見えたが、社内の賛成派、反対派の亀裂《きれつ》は深かった。

明治四十三年（一九一〇）十一月、私は名古屋電灯の経営の責任者である常務取締役を辞任し、一介の平取締役に降りた。後任の常務の席を名古屋電力出身の取締役に譲《ゆず》ったのである。

賛成派、反対派ともに私の突然の辞任に驚いた。しかし反対派たちは、自分たちの勝利に凱歌《がいか》を上げた。当然の成り行きだろうが、勝手にしろというのがその時の私の心境である。

私は、覚悟を決めていた。名古屋電灯が私を真に必要とするかどうかを試そうと思ったのだ。なんの夢も構想もなく会社経営など出来るものか。やれるならやってみろ。

私の方は、わずらわしさから解放され、夢の実現に向けて一歩を踏み出すことにした。

木曽川流域をわらじ履《ば》きで歩き、発電の適地を探査するための行動を起こしたのだ。反対派に常務の座から引きずり降ろされた結果になったが、不思議なことに私の電力への熱意は滅することなく、ますます燃え盛《さか》ってきた。

少し悲しかったのは、妻のふさの態度である。

ふさは、私が家庭も子どもの養育も顧《かえり》みず、名古屋へ頻繁《ひんぱん》に行くことにいい顔をしなかった。

私が電力という生涯《しょうがい》をかける夢を見つけたというのに、全くそれを理解しようとしない。水力発電を日本中に広げる夢は、福澤先生の夢でもあったと説明しても関心を示さない。

私にも反省すべき点が多々あるが、反対派によって常務取締役を辞任せざるを得ない事態を招じたことについても、「自業自得《じごうじとく》」と切り捨てた。

「あなたの今までの行動が招いた結果ではありませんか」と極めてつれない。

ふさに私の夢を理解してほしいとは思わないが、それでも少しは応援してくれないものだろうかと、切ない気持ちになったのも事実である。

私は家庭を追い出され、会社を追い出され、どこにも居場所が無い。だが、私という人間は、居場所が無くなれば無くなるほど、暗く陰鬱《いんうつ》になるのではなく、籠《かご》から飛び出し、自由を得た鳥のように大空を羽ばたくのだ。

私は、水筒と握り飯を腰にぶら下げ、供の者と二人で山に入った。木曽川を眺めていると、私の心から反対派への恨み辛《つら》みなど薄汚いものが流れて消えていく。

「木曽のナー　中乗りさん
木曽の御岳《おんたけ》さんは　ナンジャラホイ……」

供の者が歌う木曽節が耳に心地よい。

「ナンジャラホイだ」

私は力強く山道を踏みしめた。

第九章　木曽川開発

1

私は、再び名古屋電灯《なごやでんとう》の常務取締役、すなわち経営の責任者についた。大正二年（一九一三）一月のことである。

明治四十三年（一九一〇）十一月に常務取締役の座から引きずり下ろされて、二年二カ月後のことだった。

少し長かったというのが実感だが、私はこうなると予測していた。当然の結果と言ってもいい。

自分を買いかぶっているわけではない。私に反対した連中に会社経営など出来るはずがないのは、端《はな》からわかっていた。

武士の商法という言葉があるが、自尊心ばかり高く、そのくせ、金に執着《しゅうちゃく》し、電気を必要としている人のことなどこれっぽっちも考えていない者に電力会社の経営が出来るはずがない。

彼らは、会社経営を持て余し、私に再出馬を依頼してきたのである。

多少の嫌味を言ってやろうかと思ったが、そこは口にせず「頼まれれば越後《えちご》から米つきにも来る、と言いますからな。引き受けざるを得ないでしょう」と言い、名古屋電灯に戻ったのである。

しかし本音《ほんね》を言うと、この機会を待っていた。

このとき政治の世界で水力発電に注目していたのは、逓信《ていしん》大臣の後藤新平男爵《ごとうしんぺいだんしゃく》である。

彼の尽力で、明治四十四年（一九一一）三月に電気事業法が公布され、十月に施行《しこう》となった。

電気事業を民間が行うにあたって、その育成、保護、監督が国としても必要となったからだ。

後藤大臣は、この法律に先立ち、全国の水力発電適地の調査を実施した。日本は急流河川が多く、水力発電に適した国である。しかし河川には水利権があり、すでに事業が行われたり、産業、農業、生活用水としても利用されたりと、多くの関係者がいる。また適当な水量がないにもかかわらず、民間業者が過大な投資をして経営困難に陥《おちい》らないようにすることも必要である。私は、この調査報告書を大いに参考にさせてもらった。

私と後藤大臣とは、注目する河川が同じだった。木曽川《きそがわ》である。

私は木曽川で本格的に水力発電を行う前に、いくつかの電力会社を設立し、社長となった。四国水力電気、浜田《はまだ》電気、野田《のだ》電気などである。しかし、これらは狭い地域の電力需要を満たすだけであり、満足いくものではなかった。

私の本格的な舞台は木曽川だ。名古屋電灯の常務就任で、ついにその時が来たのである。

2

木曽川は、長野県南西部の標高二四四六メートルの鉢盛山《はちもりやま》を源とし、長野県、岐阜《ぎふ》県、愛知県、三重県を流れ、伊勢湾《いせわん》に注《そそ》ぐ全長二二九キロメートルの河川である。

私は、この川を自らの足で探査《たんさ》すればするほど、電力事業への夢が広がっていった。

名古屋電灯は、愛知県下の他の電力会社より規模は大きいものの石炭火力発電であるため、水力発電会社に比べて、電気料金が高いというのが経営上の悩みであった。

名古屋電灯の一〇燭光《しょっこう》（約一二ワット相当）の終夜灯《しゅうやとう》が八十五銭であるのに対し、他の電力会社は六十五銭だった。

石炭は、産業の発展や戦争などの外部要因で価格が高騰《こうとう》することが多く、電気料金競争を勝ち抜くためには水力発電が急務である。

しかし、木曽川の流域で発電し、消費地である名古屋に遠距離送電することは、技術的に困難な状況だった。

ところが、後藤大臣による全国規模での水力発電利用河川調査により、遠方で発電し、消費地に送電するという電力事業が可能になった。

大臣の肝《きも》いりで事業が行われると、技術的な問題は自ずと解決に向かうのである。だから技術的な問題を前にしても諦めてはならない。前向きな構想を打ち出せば、それを克服しようという気運が湧き上がるのだ。人間の力は偉大である。

東京電灯がいち早く実現にこぎつけた。明治四十年（一九〇七）十二月のことだ。

これについては、塾の仲間で中上川彦次郎《なかみがわひこじろう》の娘婿《むこ》である三井《みつい》銀行本店営業部長の池田成彬《いけだせいひん》が支援したらしい。

東京電灯の佐竹作太郎《さたけさくたろう》を介して、池田に百万円の融資《ゆうし》を依頼した。資本金の七分の一という巨額だ。

佐竹は、山梨県桂川《かつらがわ》水系に水力発電の駒橋《こまばし》発電所を造る計画を説明した。出力一万五〇〇〇キロワットを備えた発電所だ。ここから送電電圧五万五〇〇〇ボルトで東京に送電するのだ。

遠隔地《えんかくち》で高電圧を実現し、消費地に送電するという画期的《かつきてき》な計画である。

池田は、佐竹から詳細な説明を聞いたが、電力について理解が深まったわけではなかった。しかし、この計画実現は、我が国の産業発展のためには必要であると判断し、融資を行った。

なかなか大したものだ。池田は人を見て、融資を判断する人物であるとの評価が高い。今回の融資も佐竹の人物を見込んでのことだろう。

名古屋電灯も出力四二〇〇キロワットの長良川《ながらがわ》水力発電所を建設し、また競合の名古屋電力は木曽川流域の岐阜県八百津《やおつ》に出力七五〇〇キロワットの八百津発電所を造ることにしたのだが、工事が難航《なんこう》し、資金難に陥った。そこで私が乗りだし、名古屋電灯と名古屋電力を合併させ、私が責任者である名古屋電灯が継続会社となり、八百津発電所を完成にこぎつけさせた。明治四十四年（一九一一）十二月のことだ。私が、名古屋電灯の常務に返り咲く、約一年前である。

ところで私は、ちょっと寄り道をした。明治四十五年（一九一二）五月の衆議院議員選挙に千葉県から立憲政友会《りつけんせいゆうかい》所属で立候補し、当然、トップ当選したのである。

なぜ国会議員になろうと思ったのかと言えば、仲間からそそのかされて、その気になったということにしておこう。

財産も出来、電力事業にも意欲的に取り組んでいながら政治家になったのだ。

私は、交詢社《こうじゅんしゃ》で塾の仲間からある不愉快な情報を得ていた。政治と経済界の癒着《ゆちゃく》である。これは私の価値観と相容《あいい》れない。正義漢ぶるわけではないが、事業は正々堂々でなければならないと考えている。

学者や経営者たちは経済云々《うんぬん》とご高説を垂《た》れるが、彼らは本質がわかっていない。事業とは倫理道徳の一つである。

桃介は何をおかしなことを言うと思われるかもしれない。

なにせ私は、軽薄《けいはく》で、株式投資で財を成した相場師《そうばし》上がりとの悪評を賜《たまわ》った人間である。そんな私が事業とは倫理道徳の一つであるとは、何を血迷《ちまよ》うたのかと思われる向きもあるだろう。

私の考えを説明しよう。

事業は正、すなわち正直を縦糸に、愛、すなわち親切を横糸に織られた布のようなものである。仏教の慈悲《じひ》もキリスト教の博愛《はくあい》も儒教《じゅきょう》の仁《じん》も同じである。これが事業の本質であり、人生の大いなる道そのものである。すなわち人生と事業は同じなのだ。

現在、事業が不振で経済全体が不況に陥っているのは、戦争景気の失墜《しっつい》などの外部要因を理由に挙《あ》げる人が多い。

事業の成功、経済の興隆《こうりゅう》の秘訣《ひけつ》が正直と親切だなどと愚《おろ》かなことを言うと謗《そし》る人もいるだろう。

しかし人間というものは、成功し始めると、傲慢《ごうまん》になり、何事もヤッツケ主義、小手先《こてさき》主義に陥る。これが事業の躓《つまず》きとなるのだ。

とにかく事業は、馬鹿正直に行い、親切一途《いちず》に行わねばならない。これが順調に行く秘訣である。ごまかし、小細工を弄《ろう》することは断じて許されない。

この考えからすると、事業のために政治家や官僚に賄賂《わいろ》を贈り、便宜《べんぎ》を図ってもらおうとするなどは、ヤッツケ主義、小手先主義の最たるものである。

こんなことを許してはならない。正さなくてはならない。そう決心し、立候補したのだ。

当選後、すぐに政治家の姿勢を正す機会に恵まれた。

大正二年（一九一三）三月のことだ。私は政友会を脱して政友倶楽部《せいゆうクラブ》に所属を変えていたが、企業経営者だから経済に強いだろうということで予算委員会に席を頂いていた。

そこで日本郵船を糾弾《きゅうだん》したのである。日本郵船は莫大《ばくだい》な利益を上げていたにもかかわらず、政府から補助金が支給され、あろうことかそれを多くの政治家、官僚に賄賂として贈っていたのである。これは許されないと怒りに火がついた。

予算委員会の場で、賄賂を贈るという政治家や官僚を腐敗《ふはい》させるようなことに対して、「富者《ふしゃ》に対する貧しき者の恨《うら》みと、不平は免《まぬか》れない。しかるに政府は、日本郵船に特別保護を加え、富める者をして、ますます富ましめ、貧しき者をして、ますます貧しくせしめたならば社会には不満が渦巻き、不安になる」と述べ、「ここに賄賂をもらった者たちの名前が記載《きさい》されている」と小冊子を高く掲げ、振り回した。

議会は大騒ぎだ。その小冊子を公開しろ、いやだめだと蜂の巣をつついたようになった。

小冊子を公開出来るはずがない。実は、たまたまポケットに入っていた東京瓦斯《ガス》の決算書類だったのだ。勢い余ってついポケットから何の関係もない小冊子を取り出し、さも秘密が記載されているメモであるかのように振る舞って見せたのだ。

脛《すね》に傷を持つ連中は、顔が青ざめ、大慌《おおあわ》てだ。面白《おもしろ》いったらありゃしないのだが、始末をどのようにつけるかが大問題になったのである。

結局、この騒ぎは私が折れ、不適切発言だったと頭を下げ、うやむやになった。

だが、これでよかったと思う。というのは日本郵船には知己《ちき》も多い。彼らに迷惑が掛かったり、逮捕《たいほ》されたりするようなことを私は望んでいないからである。ただ政界、官界に不正直、不親切なるものがはびこり、これが経済を悪くしていることに一石を投じたかっただけである。当初の目的が達せられたら、私の引き際は潔《いさぎよ》い。

世間は、私のことを竜頭蛇尾《りゅうとうだび》と批判した。しかし、どんな批判を浴びせられようとも、構うことではない。なにせ私は軽薄な人間なのだから。

しかしもう一度繰り返すが、事業の成功も、一国の経済も、正直親切の道を踏み外してはならない。

さて、政治の世界にも足を突っ込んでみたが、ここは私の住む世界ではない。私は、何者でもない〝桃介《ももすけ》〟という人間になりたいと願って生きてきた。それは政治の世界では実現出来そうにない。総理大臣にでもなればまた違う景色が見えるかもしれないが、実業の世界の方が、桃介としての生き方を見せられ、この世に足跡を残せるのではないかと思ったのだ。

多くの仲間に引き留められたが、衆議院の解散と同時に政治家は辞めた。

やはり私がやるべきは電力である。日本の産業発展のために豊富で安価な電力を供給するのが使命である、と腹を据《す》えた。もう寄り道はしない。

3

私は、名古屋電灯の常務として復帰後、同大正二年（一九一三）九月に社長代理、翌三年十二月には正式に社長就任となった。

請《こ》われて社長になったと言っても、実際は経営に行き詰まって、にっちもさっちもいかなくなり、仕方なく私に助けを求めたというのが実情である。

名古屋財界および名古屋電灯経営陣、社員たちが私を心から歓迎したのではないのは承知《しょうち》している。

彼らは私を恐れている。私は有利であると判断すれば、実行が素早い。名古屋電力を吸収合併した事実がそれを物語っている。また相場師だったことから損得の割り切りが速いとも思われているため、社員たちは馘《くび》を切られるのだろうと考えていた。

私は、「互戒十則」というものを定め、自ら筆を執《と》り、職場に貼った。弛緩《しかん》した社内の空気の引き締め効果を狙ったのである。


一．吾々の享《う》くる幸福は、十万需要家《じゆようか》の賜《たま》ものなり。

二．吾々は寸時も、需要家の恩恵《おんけい》を忘却《ぼうきやく》すべからず。

三．需要家の主張は常に正当なり。懇《ねんご》ろに応接《おうせつ》すべし。

四．故障《こしょう》を絶対に予防し、需要家に満足を与うべし。

五．時間と労力は貴重《きちょう》なり。最も有効に使用すべし。

六．其日《そのひ》になすべき仕事は、翌日に延ばすべからず。

七．細事も忽《ゆるがせ》にする勿《なか》れ。一物も損《そこな》うなかれ。

八．議論と形式は末なり。実益を挙《あ》ぐるを本とせよ。

九．不平と怠慢《たいまん》は健康を害す。職務を愉快に勉《つと》めよ。

十．会社の盛衰《せいすい》は吾々の双肩《そうけん》にあり。協力奮闘《ふんとう》せよ。


私の考えを書いたのだが、当たり前のことだ。需要家、すなわち客のことを大切に思い、事故や無駄《むだ》をなくし、楽しく協力して働けば、自と会社は良くなっていく。

当たり前のことが当たり前に出来ていないから、会社は悪くなっていくのだ。

さて、こんな十則を貼ったものだから、社内にはますます緊張感が漂《ただよ》うことになった。

「これが人員整理のリストであります」

おもむろに人事課長が私にリストを差し出した。

経営を立て直すために、通常、やることは人員整理だと決まっている。

特に名古屋電灯は、かつての武士仲間や地元出身者を安易《あんい》に雇用し、それを整理出来ないまま、今まできていた。

地縁血縁《ちえんけつえん》などが邪魔をして進まなかったことが経営を悪化させていることは、だれの目にも明らかだった。

しかし、それが出来ない。それならば、しがらみのない私にやらせようというのが、経営陣の本音であっただろう。

社員は千三百人。そのうち人員整理対象者は二百人。そのリストが目の前にある。噂では、三百人の馘を切るだろうと言われていた。

私は、無言でそのリストを受け取った。

人事課長は不安そうな表情で私を見つめた。

「いかがいたしましょうか」

「これは預かっておきます」

私はリストを机にしまい込んだ。

何も言わないことが、さらに社内を恐怖に陥れた。秘密であるはずの人員整理対象者名が噂となって社内を駆《か》け巡《めぐ》っていた。社員たちは戦々恐々とし、私を見る目が冷たく、恨みがましい。

しかし私は、そんな空気を全く気にしない。社内や営業所を歩き回り、小言三昧《こごとざんまい》。とにかく「互戒十則」を徹底して守らせ、無駄をなくし、紙一枚の使用にも目を光らせた。

仕事が無いと煙草《タバコ》をくゆらせていた年配社員たちを叱り飛ばし、私自身が仕事を見つけ、資材管理、便所や床掃除《そうじ》、客への謝罪など、何が何でも仕事をさせたのである。

「私が便所を掃除するんですか？」

そう言って、嫌な顔をする。当然だろう。しかし私は、「便所がきれいになれば多くの社員が気持ちよく働けるようになる。これが会社の業績を向上させるのだ。便所の汚い会社は業績も悪い。頑張ってくれ」と彼を励ます。

人というのは面白いものである。役割を明確に与え、認めれば、生き生きとし始める。存在を無視するから、意欲が萎《な》えてくるのである。

また体調が悪そうな年配社員には、「元気で働いてください。辛《つら》ければ休んでも構わない。病気にはならないように。俸給生活者は病気になると大変だからね」といたわりの声をかける。

社員たちに目配りし、小言や励ましを口にしながら、社内などを歩いているうちに、年配社員たちから「互戒十則」を守ろうとお互い声をかけあうようになってきた。

もちろん、彼らは自分が人員整理対象者になっている噂を耳にしているために、余計に必死になっているのである。

また若い者が無駄遣いしていると耳にすると、私は彼らを集め「自分のお金で遊ぶのに文句は言わないが、月給をもらったら、いくらかでも貯金をしなさい。親がいるなら仕送りしてあげなさい」と声をかけ、私自身が病気になった際、貯金があったことでどれだけ救われたかという話を聞かせる。

「病気になるな。会社は君たちの仕事に給料を払っているのだ。もしも病気になり、働けなくなったら、会社としても君たちを守ることが出来なくなる」と説諭《せつゆ》した。

彼らは、私が病気を契機《けいき》に、相場師として名を上げ、今日があるという事実を知っている。私の話は彼らの琴線《きんせん》にかなりの程度、触れたようだ。見違えるように熱心に働き始めた。

こんな注意もしたことがある。

私の住まいに、進物を持って訪ねて来る者がいた。

昇格、昇給を願う者、馘切りを逃《のが》れようとする者たちである。

きっと前経営陣からの習慣だったのだろう。上司に進物を届けることで便宜が図られた事実があったに違いない。

私は怒鳴った。

「君のような貧乏人が私のような金持ちに付け届けをして、なんになるんだ。とっとと持って帰れ！」

怒鳴られた社員は目をぱちぱちと瞬《しばたた》き、ほうほうの体《てい》で進物を抱えて逃げ帰った。この事実が社員の間に知れ渡ると、私のことを見直す空気になった。当然のことながら、こっそり進物を受け取っているような幹部を大いに叱責《しっせき》したから、社内で進物を贈る悪《あ》しき習慣はなくなった。

私が社員を本気で叱ったのは、決算などの報告書の数字が二銭ほど間違っていたときだ。

これについては経理課長を厳しく叱り、減俸《げんぽう》に処した。

需要者から一銭、二銭の料金を頂いて経営しているのが電力会社である。たった二銭如《ごと》き間違ってもたいしたことがないという考えが、会社を傾かせるのだ。このことを社員の骨身に沁《し》みこませねばならない。

「とにかく何度も算盤《そろばん》を入れなさい」

私の厳しい声は、経理課長のみならず他の社員にも聞こえたと思われる。

事業は、正直と親切であると言った。その象徴《しょうちょう》が算盤だと考えている。算盤は、どの国で弾《はじ》こうとも2×3は6である。これが10になったり、20になったりしたら大問題である。故意《こい》に間違えるなどはもってのほかだが、とにかく算盤によって計数を正直に算出するのが親切というものだ。これが経営を立て直す基本となる。

結果、社員を一人も馘にしなかったにもかかわらず、業績はみるみる回復してきたのである。

社員がやる気を起こしたのだ。

私は、「互戒十則」の中で職務を愉快に勉めよと言った。職務が愉快であれば、社員は生き生きと働き、率先《そっせん》して他者と協力するようになるのだ。経営者は、社員が愉快に働ける環境を整備してやることが最も大事な役割なのである。

ところで私は給料も取らず、接待するにも出張するにも自費で行った。私には十分すぎるほどの財産や配当収入があり、業況の悪化した会社から報酬《ほうしゅう》をもらうべきではないと考えたからだ。

加えて本音の話だが、私への報酬を無くすことで経営が早期に立て直せれば、社員を蔑にしなくてもよい。そして私が率先して経費削減を行い、公私混同を止《や》めることで、今まで弛緩していた社内の空気が引き締まることも期待出来る。

私は、真面目《まじめ》に働く社員がいてこそ会社が成り立つと考えている。それを経営者たちは、自分たちのことを棚に上げて、そのような社員たちを蔑にして利益を上げようとする。これは大いなる間違いである。そんなことをするくらいなら私のように無報酬で働けばいい。事業といわず政治経済で最も報《むく》われねばならないのは、正直に真面目に働く人々である。経営者など、上に立つ者ばかりが恵まれるのは許されない。

こんな考えになったのは、私の父母がそうであったからだ。父母は、正直で真面目であった。働き者だった。しかし決してそれに値するほど恵まれたとは言えなかった。現在の社会でも、父母と同様に正直に真面目に働きながら報われない人々がいる。これを正していくのが事業であり、政治経済であると確信している。

弱い立場の人々にも生活があり、家族がいる。彼らを蔑にし、職を奪《うば》い、路頭《ろとう》に迷わせて、経営者たち上に立つ者が贅沢三昧《ぜいたくざんまい》、酒池肉林《しゅちにくりん》に耽《ふけ》っていれば、世の中は悪くなる一方である。

私は、社内や営業所を動きまわり、職場の実態をつぶさに見た結果、若い社員は前線に立たせ、熟練《じゅくれん》社員は後方支援に回すことにした。これによって彼らの職場を奪うことはなくなった。蔑にならないとの安心感を得ることで、彼らは以前とは見違えるほど生き生きと働き始めたのである。それにつれて会社の業績は回復軌道《きどう》に乗り、人員整理するどころか、人員不足となり新たな人材を雇用しなければならなくなった。非常に喜ばしいことだ。

ある時、松永安左エ門《まつながやすざえもん》が人員整理の相談に来た。

私は彼に、社員を馘にするのは止めろと忠告した。

会社にとって無用だと思われている社員を馘にすると、恨まれるだけである。しかし馘を思い留まると、彼らから崇拝《すうはい》され、命令しなくても率先して働くようになり、業績は回復する。

一方、優秀な社員たちは、皆、野心家であり、徳の人より腕の人であり、派閥《はばつ》、学閥を作り、隙《すき》あらば、松永を追い落とそうとするだろう。

存外、会社というものは少々優秀な者が辞め、無能だと思われる者が残ったとしても、その興《こう》亡《ぼう》に影響などない。松永に人望があれば、上手《うま》くいく。とにかく人員整理するのは、止めになさい。その前にやるべきことが多くある。

このような助言をした。

いずれにしても事業が不振になると、人員整理を真っ先に実施《じっし》するような経営者は無能の誹り《そし》を免れない。このような経営者こそ、整理されてしかるべきだ。

人材を生かした例を話そう。これはちょっとした自慢である。

近藤彦太郎という社員の話だ。彼は、大学卒でもなく、電気の知識も無い。名古屋の遊郭《ゆうかく》、福《ふく》岡楼《おかろう》の創業者、角田幸右衛門の息子である。

角田が私に、息子の彦太郎を名古屋電灯の社員にしてほしいと頼んできた。

私は、即座《そくざ》に了承《りょうしょう》し、彦太郎を営業所長に抜擢《ばってき》した。多くの社員は、その人事に驚いた。入社間もない、その上、営業経験も電気の知識も無い人物を営業所長に据えたのだから、驚くのも無理はない。

だが、私には勝算があった。

我が国の電灯は、実は遊郭から広がっていったのである。遊郭は不夜城《ふやじょう》と言われるほど煌々《こうこう》と電灯に照らされている。他の場所の数倍、十数倍もの規模であり、電気料金も莫大で、上得意先なのだ。

角田は遊郭の顔役である。彦太郎は父の顔を使って電力の売り込みを行った。

どの店も「角田さんのご子息、彦太郎さんに頼まれたらしょうがないね」と、迷わず契約する。営業所の成績はうなぎ上《のぼ》り。彦太郎を営業所長に抜擢した人事は大成功となった。これこそ適材適所と言うべき人事であり、その人物が最も能力を発揮出来る場所を見つけることは経営者の役割である。

4

私は、いよいよ本格的に木曽川の水力発電開発に乗り出すことにした。

それまで兼務していた野田電気や四国水力電気などの社長の座を退《しりぞ》き、木曽川開発に全力を投入することにした。

発電部門を独立させた木曽電気製鉄（のちの木曽電気興業）を設立し、社長となった。そして水力発電に理解が深い元逓信《ていしん》大臣の後藤新平男爵の協力を得て、発電水力調査局名古屋支局から技術者を引き抜き、かつ増田次郎《ますだじろう》を名古屋電灯嘱託《しょくたく》に迎えた。

増田は、私と同い年で、静岡県生まれで小学校などの書記を経て、文官《ぶんかん》普通試験に合格し、台《たい》湾樟脳局《わんしょうのう》（のちの台湾総督府専売局《そうとくふせんばい》）に入った。

そこで台湾総督府民政長官だった後藤男爵に見込まれ、長官付き秘書官となった。その後、後藤男爵が南満州《みなみまんしゅう》鉄道総裁、鉄道院総裁に転じた際も秘書として従った。後藤男爵と歩みを共にすることで世に出た人物である。

私が、だれか助けになる良い人材はいないかと後藤男爵に相談を持ちかけると「増田というこまめな男が遊んでいるから、それを使ったらどうか」と紹介されたのだ。

増田が私を訪ねてきた。

私は、彼を一目で気に入った。経歴から判断して、苦労して今日の地位を築いたのだろうとわかったからだ。私とどこか似てなくもない。この人物なら仕事が出来るだろう。

「よく来てくれた。仕事を手伝ってくれ。手当は月百円だ」と、私は伝えた。

増田は、私の即決振りに驚いた顔をしたが、「承知《しょうち》しました」と入社を決めてくれた。

「私は本気で電力事業をやりたい。これを一生の仕事に決めた。君が後藤さんのお蔭で世に出られたように、私は福澤《ふくざわ》先生のお蔭で今日がある。先生の意には沿わなかったが、株式投資で財産を築いた。金持ちになることが、貧しかった子どもの頃からの夢だった。しかし、実際に金持ちになってみると、これでいいのかと思うようになったのだ。人の一生は短く、虚《むな》しい。桃介という人間がいたことなど、すぐに忘れられてしまうだろう。それはそれで構わない。だが、桃介とは何者であったのかというのを後世に残したいと思うようになった。それが電力なのだ」

私の電力への気持ちを、増田は黙って聞いてくれている。

「紡績業《ぼうせきぎょう》をやったこともある。しかし女工《じょこう》を酷使《こくし》したり、生き物を殺《あや》める仕事には耐えがたい苦痛を感じた。その点、電力、特に水力発電は、水が相手だ。また掘り返すのは岩石や土である。全てが無機物である。殺生《せっしょう》しなくてもいい。無機物から人々の暮らしを快適にし、この国の発展に資する水力発電は私の天職なのだと思うに至った」

「一緒に働かせていただきます」

増田は力強く言った。

私は、自分の人生を重ね合わせた水力発電への思いを語りながらも、同時に水力発電の採算を考えていた。

火力発電に比べると、水力発電は初期投資は大きくなるが、石炭の価格が不安定であることなどを考えると、運用コストが少なくて済む。利用するのは日本に豊富にある水であるからだ。それにもまして水力発電の発展は、先生の夢を実現することでもあった。

「発電所の候補地は、福島町、駒ケ根《こまがね》村、大桑《おおくわ》村、読書《よみかき》村、山田村、そして賤母《しずも》だ。これは今のところだがね。もっともっと造る」

私は木曽川の地図を広げて増田に説明した。

「まず、第一候補はどちらですか」

「ここだよ」

私は賤母を指さした。

御嶽山《おんたけさん》や木曽駒ケ岳から流れ出た木曽川は賤母で大きく西に蛇行《だこう》し、中津川《なかつがわ》へと向かう。そこより上流は深い谷で水力発電には最適の急流である。

「この場所はツツジや山桜が咲き、クヌギや楢《なら》、楓《かえで》などの落葉樹が多い、春は花、秋は紅葉《こうよう》と見事な景観なのだよ。ここに発電所を造りたい。ついては地元対策を君に頼みたいのだ。このあたりは皇室の御料林《ごりようりん》があり、伐採《ばつさい》の許可がいる。また川狩《かわがり》に従事する者たちを説得しなくてはならない。これがやっかいだ」

川狩とは、御料林から伐りだされる木材を筏《いかだ》にし、木曽川を使って下流の白鳥《しろとり》貯木場まで運搬《うんぱん》する方法のことである。

「木曽節を歌いながら檜《ひのき》と共に川を下っていく者たちですね」

「そうだ。彼らは江戸時代以前から木曽檜をその方法で運んでいる。伝統があり、誇りもある。水力発電のダムが出来れば、川狩の仕事は無くなってしまうから、抵抗するに違いない。まずは、帝室林野局《ていしつりんやきよく》山林課の許可をもらってくれ。私には森林鉄道を敷設《ふせつ》して木材を運ぶという計画があるんだ。それで説得してくれたまえ」

明治四十四年（一九一一）五月、中央線が全線開通した。林野局としてもいずれは川狩を廃止《はいし》して、陸上輸送に変えたいと考えていた。

というのは、川狩による輸送は年間五・六立方メートルが限度と言われているが、そのうちの五パーセント程度が流失、破損《はそん》、盗難などで失われていた。林野局とすれば、川狩ではなく、陸送が長年の悲願であった。そのことを私は理解していたので、中央線へと繋がる森林鉄道を敷設することを約束すれば、御料林の開発に許可が出るのではないかと考えていた。

増田は、期待に背《そむ》かず即座に動いた。そして帝室林野局山林課との協議をまとめ、森林鉄道を敷設することで合意に達したのである。

ついに、檜を伐採する山深い現場と中央線が結ばれることになったのだ。

軽薄《けいはく》であるが慎重《しんちょう》だというのが、私の特性である。相場師であるときは、儲《もう》かると思えば投資をし、少しでも危ないと思えば、速《すみ》やかに手を引いた。全てが一気呵成《いっきかせい》。だれよりも速い。お蔭で財を築き、電力事業へと取り組むことが出来た。

林野局との問題が解決すると、私はすぐに発電所建設に着手した。

相場師時代の勢いで、一河川一企業の構想に基づき、木曽川は私が全て牛耳《ぎゅうじ》る考えである。発電所建設候補地全ての水利権取得に動き、他社が持っている水利権は、どれほど資金がかかろうと買収を命じた。あまりに急《せ》かすので社員たちは驚き、必死の形相《ぎょうそう》で権利者の間を交渉に走り回った。

何事にも「時」があると言うではないか。攻める時に躊躇《ちゅうちょ》していれば、折角《せっかく》の「時」を逃してしまう。

第一号発電所を賤母に決めた際、地元から景観を破壊すると反対の声が上がった。

予想していたことだから、慌てはしない。すぐに増田を派遣し、交渉にあたらせた。素晴らしい景観を残しつつ、そこに近代的ダムを配置する。ダムが完成した後の美観を想像してほしい。必ず新たな観光資源となるだろう。

増田は、私の環境を守る構想を携《たずさ》えて長野県知事の説得にあたった。

知事は、私の考えに賛同し、「自然環境を壊さないと約束してほしい。そしてこの風光明媚《ふうこうめいび》な地域に新たな魅力を加えていただきたい」と答えてくれたのだ。

いよいよ大正六年（一九一七）三月、賤母発電所が着工したのである。私の夢への大きな第一歩だ。

5

賤母発電所は、長野県西筑摩郡吾妻村茅ケ崎《にしちくまぐんあづまむらちがさき》に取水口を設け、総延長四・九キロメートルの導水路を経て、同所山口村麻生の放水口から落下させ、発電を行う。

水量は毎秒約一三〇〇立方尺（約三六・一立方メートル）、落差は一五三尺（約四六・四メートル）、年間の総発電量は一万二六〇〇キロワットである。

しかし、夢の実現はなかなか容易にはいかない。第一次世界大戦である。私の初の発電所建設は、戦争の最中《さなか》に着工することになったのだ。

株式投資なら、とっくに手を引いているのだが、今回はそういうわけにはいかない。資材の高騰や不足に加え、労働者も集まらない状況になった。請負《うけおい》業者の中には、労賃の値上げを要求してくる者もいる。こちらもなんとかしたいが、工事費の上昇は抑えねばならない。

しかし中には、殊勝《しゅしょう》な業者もいた。北陸から来た飛島文吉《とびしまぶんきち》とその社員の熊谷三太郎《くまがいさんたろう》である。彼らは、「今の労賃のままでやります」と導水路《どうすいろ》の工事を進めてくれた。私は、その心意気に惚《ほ》れ、彼らを信頼して仕事を任せた。

彼らは、その後、飛島組（現・飛島建設）、熊谷組として大きく成長するのである。何事も引き受けた以上は、身を切る覚悟で仕事に臨《のぞ》めば、飛躍出来るということだ。

送電用の鉄塔の鋼材《こうざい》は異常な値上がりで、一トン当たり二百円が七百円にもなった。仕方なく鋼材の代わりに木材を使わざるを得なくなった。

さらに困ったのは、機械類の到着遅れだ。

発電用水車は、ボービング社のスウェーデン工場で製作され、そこからノルウェー、イギリスを経て、アフリカ喜望峰《きぼうほう》回りで到着する予定だったのだが、船積みの連絡があっただけで情報が途絶えてしまったのだ。

連絡を待つ間に、ドイツの潜水艦に日本の平野丸《ひらのまる》が沈められたという情報が入った。まさかこの船に積まれていたのではないだろうか、と気を揉《も》んだ。

心配が嵩《こう》じて他社に別の発電用水車を注文したのだが、ようやく大正七年（一九一八）十二月に、鎌倉丸《かまくらまる》に乗せられた水車が無事、神戸《こうべ》港に到着したとの報告を受けた時は、さすがの私も安《あん》堵《ど》した。工事の遅れは工事費の肥大化に直結してしまうからだ。

全ての機械が到着したことで、私は工事関係者に発破《はっぱ》をかけた。急げ、急げというわけだ。

そして大正八年（一九一九）十月に賤母発電所が竣工した。工期は二年半。これだけの短期間でよくぞ完成にこぎつけたものだと思う。工事の最盛期には、労働者やその家族合わせて約二千名もが賤母に在住していた。

運転開始のボタンを押すと、電気は名古屋へと送られていく。

発電所工事は、今まで林業に従事するしかなく、貧乏暮らしを強《し》いられてきた木曽谷の人々に豊かさをもたらした。

土地や水利権を売り渡した者は、成金《なりきん》となった。労働者たちのための部屋を提供した者は、畳一枚程度の広さの部屋で一円五十銭から二円もの料金を徴収《ちようしゆう》した。言葉は悪いが、だれも彼もがぼろ儲けという状態だったのである。さらに、名古屋電灯は駒ケ根村などに大金を寄付した

電力によって多くの人に喜びを与えることが出来、生涯の仕事にして良かったと思ったのだが……。

意外な抵抗勢力が現れたのである。

6

私は、発電所工事を次々と進めていく。賤母発電所は、まだ完成していなかったが、大正七年（一九一八）四月にはその上流に大桑発電所工事を着工したのである。この他にも発電所工事に取り掛かるべく、部下に命じていた。

ところが、そんな私に真正面《ましょうめん》から抵抗してきた男がいる。島崎広助《しまざきひろすけ》だ。広助は、有名な作家、島崎藤村《とうそん》の兄である。

彼は、私が今まであまり出会ったことがないタイプの人物だ。損得を考えず、自分の身代《しんだい》を賭《と》して木曽の人々のために戦う。

木曽は山に囲まれ、耕地が少なく、昔から人々は貧しい生活を強いられていた。それは木曽の木材を住民が自由に伐採し、売却出来なかったからだ。

明治維新前の尾張《おわり》藩は木曽の山を厳しい規制、監視下に置き、住民が勝手に木を伐れば死罪などの厳罰に処していた。

そのうちに幕府が倒れ、明治の新しい時代になった。木曽の人々は、暮らしがよくなるのではないかと大いに期待した。

ところが、木曽の山は住民に下賜《かし》されるどころか、全てが官有の御料林になってしまい、住民は、再び貧しい暮らしを強いられることになったのだ。

この状況を変えようと立ち上がったのが、馬籠本陣《まごめほんじん》の当主であり広助の父、正樹《まさき》だ。しかしその行動は明治政府の厚い壁に阻《はば》まれ、挫折《ざせつ》してしまう。それを引きついだのが広助である。

広助は木曽の人々の利益のために私財をなげうち、無報酬で働いた。何度も政府に陳情し、解決を図った。その結果、二十四年にわたって木曽十六カ町村に毎年一万円が下賜されることとなったのである。広助は、木曽の人々を生活苦から救った英雄となった。

こんな男が、私の発電所建設に待ったをかけた。

言い訳をするわけではないが、私だって電力事業を金儲けのためだけにやろうとしているのではない。木曽ばかりではなくこの国を発展させ、人々を幸福にするために電力事業を推《お》し進めようと考えている。金儲けだけのためなら、以前のまま株式投資をやり、相場師を生業《なりわい》にしたほうがずっと楽である。

私は、木曽川に発電所を建設するにあたって森林鉄道を敷設し、かつ発電所を建設する西筑摩郡に三万円もの大金を寄付していた。これで十分だろうと思っていた。

ところが広助は、郡下の町村長を集め、「今こそ、百年の大計に立って考えねばならない」と呼びかけたのだ。

名古屋電灯はたった三万円を地元に寄付しただけで、木曽谷を破壊し、先祖伝来の川狩の仕事を奪い、暴利をむさぼろうとしている。今こそ、木曽谷の住民は結束して、名古屋電灯から補《ほ》償《しょう》を勝ち取らねばならない。これが広助の主張で、私が木曽川の水利権を取得しているにもかかわらず、そんなことお構いなしに駒ケ根村を除く木曽谷の町村長から名古屋電灯との補償交渉の一任を取り付けたのである。

大型の工事を始めると、補償交渉を代理するといって出てくる輩《やから》がいる。当然、金が目当てだ。そんなこすっからい輩は、札束で頬を叩《たた》けば、住民を裏切り、札束を懐《ふところ》に消えてしまう。

私は、広助もそんな輩の一人だと考えていた。そこで増田に、どんなことをしても広助を排除しろと命じたのである。

私は間違っていた。広助は、実家の財産を費やして御料林問題を解決した地元の英雄だった。

損得抜きに地元のために戦う男が起こした補償交渉だから、地元が結束したのだ。

私は、損得抜きで向かってくる者を相手にするのが苦手《にがて》である。欲得に塗《まみ》れた者の隙をつくのは得意だが、死に物狂いで、正義を振りかざして立ち向かってくる者からは逃げるしかない。卑怯者《ひきょうもの》と誇《そし》られようと、私は広助との対峙《たいじ》をさけ、全てを増田に任せた。それがよくなかった。私はすっかり悪者になってしまった。私が直接出向いて、広助と話し合っていればよかったと今となっては反省している。

広助は、御料林問題で信用を勝ち得ていたから、名古屋電灯の非を宮内庁《くないちょう》や新聞社などに訴え続けた。

発電所建設工事によって木曽谷の環境が破壊され、自分たちの生活が脅《おびや》かされると訴える広助を、ついに農民一揆《いっき》の英雄として名高い佐倉惣五郎《さくらそうごろう》と同一視する新聞社まで現れたのである。

良かれと思って電力事業に身を投じたのに、どうしてこんな男に私の夢を阻まれねばならないのか。私は腹立たしくてたまらなかった。私は増田に、長野県議会を動かし、広助と地元町村長との離反《りはん》を図るように命じた。増田が、どんな手を使ったのかはわからない。恐らく慶應義塾《けいおうぎじゅく》の人脈も利用したのではないだろうか。

それらが功を奏《そう》したのか、広助から離反する町村長が出てきた。しかし、実際のところは広助自身が無報酬で活動しているために資金不足で活動が鈍《にぶ》ってきたことが主因ではないだろうか。

広助が反対運動から手を引いた結果、私は長野県との間で大正十一年（一九二二）以降二十六年間、毎年三万円を西筑摩郡に支払うことで妥結《だけつ》したのである。

増田は、問題解決に暴力を使ったらしい。私のあずかり知らないこととは言え、責任者は私である。地元では私を殺すと叫ぶ者もいたと聞いた。目的のために手段を選ばぬ者と思われたことは、不徳の致すところだ。

地元の反対という面では広助ばかりではない。私のことを相場師として軽蔑《けいべつ》する名古屋の財界人は、相変わらず多かった。

私が、次々に事業を拡大していくのを面白くないと思っていたのに加えて、広助の反対運動も原因したのだろうが、私のことを敵視し、悪し様《あざま》に言う声を耳にした。私は、名古屋に骨をうずめるつもりであったのに、その思いが伝わらない。

名古屋の財界人は極めて狭量《きようりよう》である。こんなところで大きな仕事は出来ない。私は、周囲に不満を漏《も》らすようになった。

人というのは、才能があるなら制約を設《もう》けず思う存分に働かせるべきなのである。そうすれば期待以上の成果が生まれるだろう。

これは子育てや教育にも言えることだが、事業も同じだ。

私という人間は、制約されることを最も厭《いと》う。自由にやらせてくれる天地はないのか。

私は必死で考えた。これからは名古屋よりも大阪の方が発展するだろう。大阪は火力発電に頼っている。木曽川で生み出した豊富で安価な水力発電を大阪で消費してもらおう。

木曽川で発電し、大阪まで二三八・七キロメートルの遠距離を送電するのである。これは名古屋という限定された地域での事業を大いに発展、拡大させるに違いない。私の構想は、周囲から無謀《むぼう》である、実現出来ないと言われたが、そのように言われれば言われるほど力がみなぎってきた。

紆余《うよ》曲折《きよくせつ》はあったものの、木曽電気興業と大阪送電、大阪電灯を母体とする日本水力とを合併させ、大同《だいどう》電力を発足させ、私が社長に就任した。

この合併は、私の電力事業への大きな一歩となったのである。

第十章　桃介流に愉快に生きる

1

私は出世してしまった。それも大方の人が想像もつかなかったほどに。福澤《ふくざわ》先生の門下生の中で私ほど出世した者、事業で成功した者はいないといっても過言ではないだろう。

それは全て、電力事業に全力を注《そそ》いだ結果である。私は、相場師《そうばし》から実業家への転身に見事、成功してみせた。

私のような軽薄《けいはく》で、根無し草のような男でも実業家として成功することが出来たのは、電力事業が多くの人に必要とされていたからだ。私は、電力事業と出合い、これを一生の仕事であると思い定めた。それが成功に導いてくれた。

大正六年（一九一七）、木曽川《きそがわ》の賤母《しずも》発電所建設に着手して以来、大正十五年（一九二六）までに大桑《おおくわ》、須原《すはら》、大井《おおい》、読書《よみかき》、桃山《ももやま》、落合《おちあい》と立て続けに七つもの発電所を建設した。

その間にも、大正十年（一九二一）には木曽山脈南部から三河湾《みかわわん》に流れ込む矢作川《やはぎがわ》上流の串原《くしはら》発電所を竣工《しゅんこう》させた。ここを運営する矢作水力の社長には、北海道炭礦《たんこう》鉄道で世話になった井上に就任してもらったのである。丸三《まるさん》商会が破綻《はたん》し、信用失墜《しっつい》した私を引き上げてくれた井上へのささやかな恩返しのつもりだった。

これらの発電所建設の中で白眉《はくび》は、なんといっても大正十年着工、同十三年（一九二四）に竣工した大井発電所である。これの成功が私のその後の運命を決めた。

これは本邦初の高堰堤《こうえんてい》、すなわち木曽川を堰《せ》き止めてダムを造り、その貯めた水を落とす高低差で発電する発電所である。

当時、ダムなどという言葉をだれも聞いたことがなかった。また暴《あば》れ川として名高い木曽川を堰き止めることが出来るなど、想像する者はいなかった。

木曽節にも「男なかのりさん　男伊達《だて》なら　あの木曽川の　流れくる　水止めてみよ」などとうたわれているほどであった。

それまでの発電所は水路式や流れ込み式といわれるもので、河川から水路に水を流し、落差の激しい箇所に発電所を建設するのが一般的だった。だが、大井発電所を建設する予定の恵那峡《えなきょう》では落差があまりなかったため、高堰堤式が相応《ふさわ》しいということになった。

しかし、なにせ本邦初である。さらに私が木曽川を堰き止めるという情報が流れると、灌漑用《かんがいよう》水《すい》が使えなくなるとか、川が干上《ひあ》がるといった噂を流布《るふ》する者が現れ、反対の声が大きくなった。まずはこうした声を抑えなくてはならない。私は、灌漑用水に支障《ししょう》が出れば、必ず十分な補《ほ》償《しょう》をすると言い、またダムで貯水《ちょすい》することで渇水《かっすい》期にも灌漑用水が確保出来、不利益ばかりではないと反対する者たちを説得した。

しかしなかなか納得しない者たちは、「ダムが壊れたらどうするんだ。俺たち下流の村は全滅するじゃないか」と主張し、岐阜《ぎふ》、愛知両県議会に反対陳情を行ったのである。

私は、県議会議員や反対派に対して発電所建設の必要性を訴えると共に、世界最高のアメリカの技術を使って完璧《かんぺき》なダムを建設するから安全であると熱弁し、なんとか反対派を説得した。

こうして、ようやく着手にこぎつけたものの、難問が次々と私を苦しめた。

発電所建設所長として頼りにしていた、堰堤工事では当代随一《ずいいち》と言われる佐野藤次郎《さのとうじろう》工学博士が、コンクリート用に山砂か川砂のどちらを使用するかという問題で社内の合意が得られず責任者を辞任してしまった。途方にくれたが、私は人の運に恵まれていた。アメリカに高堰堤の調査のために派遣《はけん》していた石川栄次郎《いしかわえいじろう》が帰国し、後釜として思いのほか頑張ってくれたのだ。

実は、工事現場ではアメリカの技術顧問団《こもんだん》と日本の請負業者とのそりが合わず、トラブルが続いていたのである。

石川が、顧問団の引き揚げを提案してきた。私は大丈夫なのかと懸念《けねん》を口にしたが、石川は、「トラブルは感情的な問題にまでなっています。関係修復は難しいでしょう。幸い最新鋭の機械が導入されており、これを使いこなせばアメリカ人がいなくても工事は進められます」と答える。そこまで言うならと、アメリカ人の電気機械の技師を一人だけ残して顧問団には帰国してもらった。その結果、ようやく請負《うけおい》業者の間に自分たちがやらねばならないとの気運が盛り上がり、工事が順調に進み始めた。

今回のことで私は、石川のリーダーシップに感心した。問題を解決するには、リスクはあっても身を切るような大胆な決断が必要なのだ。

工事は、その後も台風や洪水《こうずい》などでたびたび中断を余儀《よぎ》なくされたが、それでもなんとか前進していた。

だが最悪の事態が襲ってきた。関東大震災である。

大正十二年（一九二三）九月一日、東京および南関東を巨大な地震が襲った。死者、行方不明者は約十万人という大地震であった。

その際、被害の大きかった東京では朝鮮人が井戸に毒を投げ込んだなどの流言飛語《りゅうげんひご》が飛び交い、各地で暴動や残虐《ざんぎゃく》な行為が発生した。

騒然《そうぜん》とした空気は、工事現場にもただちに流れ込み、火薬庫が襲撃《しゅうげき》されるという情報が入った。現場では銃を装備《そうび》した警備員を配置し、警戒《けいかい》に当たっていたが、ある時、非常ベルが現場一帯にけたたましく鳴り響いた。

これはあとで間違いだとわかったのだが、夕食時に酒が入り、酔っぱらっていた現場作業員たちが、すわ、一大事と火薬庫に集まり、騒ぎ出した。これに驚いた警備員が発砲し、騒ぎに火をつけてしまったのである。作業員と警備員が興奮《こうふん》して睨み合い、一触即発《いっしょくそくはつ》状態となった。

なんとか両者の激突《げきとつ》は回避出来たものの、非常ベルを押した者を探し出せと作業員たちは日本刀など凶器《きょうき》を振りかざし、変電所に押し寄せる事態となった。非常ベルを誤って押した担当者は、命からがら裏山に逃げるはめになった。

この騒ぎは、作業員たちの酔いが醒《さ》めると収まったが、なんともならないのは資金不足だった。

関東大震災は首都東京を直撃したため、その経済的影響は全国に及んだ。多くの企業が壊滅的《かいめつてき》被害を受け、振り出した手形が決済出来なくなってしまった。その額、約二十一億円（現在の価値で八兆円以上）。いわゆる震災手形問題である。

大蔵大臣井上準之助《いのうえじゅんのすけ》は、ただちに支払い猶予令《ゆうよれい》（モラトリアム）を発し、手形決済の猶予を命じた。

その後、震災手形割引損失補償令《そんしつほしょうれい》を施行《しこう》した。

これは決済困難になった手形を市中銀行から日銀に持ち込み、再割引させるというもので、政府が一億円を限度に補償するという。その結果、約四億三千万円の手形が持ち込まれた。その中には震災とは無関係の手形も多くあったらしい。

こうした金融混乱は、後に昭和金融恐慌《きょうこう》を引き起こすことになるのだが、当然、電力需要は壊滅的に減少した。さらに金融逼迫《ひっぱく》を見越して多くの企業が資金調達《ちょうたつ》に走ったため、社債金利が年利八パーセントから一〇パーセント近くにまで上昇してしまった。たとえ資金調達出来たとしてもこんな高利を支払っていたら、経営は成り立たない。

私は、工事を中断しなくてはならないと思った。しかしそれでは投資した約一千万円が無駄《むだ》になってしまう。

なおかつ、大同《だいどう》電力が破綻し、一生の仕事と思い定めた電力事業が頓挫《とんざ》することが大問題だ。

電力事業の頓挫は、何者でもない、福澤桃介《ももすけ》になりたいと希求《ききゅう》してここまで走ってきた私の人生が終わってしまう。

私は、この時ほど必死に頭を巡《めぐ》らせたことはない。そして閃《ひらめ》いたのは「外債《がいさい》」である。

第一次世界大戦で戦勝国となったアメリカには、過剰ともいえるほどの資金が余っていた。そこで日本の銀行に頭を下げるより、アメリカで資金調達しようと思い至ったのだ。

しかしアメリカには排日的《はいにちてき》な黄禍論《おうかろん》が広がっている。日本は日露戦争に勝利し、第一次世界大戦でも勝ち組につき、漁夫《ぎょふ》の利《り》とでも評すべき戦果を挙げた。今まで極東《きょくとう》の小国と侮《あなど》っていた日本を、アメリカは脅威《きょうい》に感じ始めたのである。

また多くの日本人移民が、ハワイやアメリカ大陸に押し寄せていたため、アメリカ国民は、日本人に仕事を奪われるのではないかという恐怖心に駆《か》られていた。

日本に危機感を抱いたアメリカは、大正十二年（一九二三）にいわゆる排日移民法を連邦議会に提出し、翌年には成立させた。

しかし、アメリカは面白《おもしろ》い国である。黄禍論の高まりの中にあっても、関東大震災に際してカルビン・クーリッジ大統領は、軍に命じていち早く救援物資を届けてくれたばかりではなく、国内に義援金《ぎえんきん》募集を呼び掛けた。そして、なんと約八百万ドルを集め、日本に贈ってくれたのである。もちろん、最大の支援国となった。

アメリカなら資金調達が可能ではないか。

私は、外債発行の経験は初めてではない。北海道炭礦鉄道で井上を説得し、英国外債百万ポンドの発行に成功したことがある。

私は外債導入を決断した。金額は二千五百万ドルと巨額である。

その決断を聞いた者たちは、「外債は外災である。アメリカに支配されてもいいのか」と批判したり、「排日を煽《あお》るアメリカに頭を下げて金を借りる桃介に天誅《てんちゅう》を下《くだ》す」と騒いだりと、物騒《ぶっそう》な状況となった。

ある大物財界人からは「狂気の沙汰《さた》だ。桃介の命運《めいうん》も尽きたな。電力事業とかなんとか言っていたが、木曽川を掘りまくっただけではないか」と嘲笑《ちょうしょう》された。

しかし、そんなことには構っていられない。私のいいところは、決断が速く、躊躇《ちゅうちょ》しないところだ。

世間一般の経営者であれば、アメリカから相手にされなければ恥をかくとか、失敗したら信用失墜するとか、迷った挙句《あげく》に決断をせず、事業縮小ないしは撤退《すいたい》を選択するのではないだろうか。これでは坐《ざ》して死を待つのと同義である。

だが私は違う。一度は、どん底まで落ちた人間である。もしここで再び信用失墜しても、大したことはない。失ったものはまた取り戻せばいいのだ。

大震災後で最悪の景気だが、必ず復興《ふっこう》需要が起き、その時はかつてないほどの電力が必要になるだろう。私には電力事業の未来への強い確信があった。

外債発行計画を知ったアメリカの財閥ジロンリード商会が、関心を持ってくれた。しかし日本とアメリカはあまりにも遠い。やはり直接会って相談しなければ埒《らち》が明かない。私はアメリカへと旅立つことを決意した。絶対に資金調達に成功してやる、と強い決意を抱きつつ……。

2

私はアメリカで暮らした経験がある。そのため、いささかでもアメリカ人の気風を理解しているつもりだ。

アメリカ人はたとえ黄禍論が吹き荒れていたとしても、私が堂々と発電所計画を説明し、それに妙味《みようみ》があると判断すれば、競って投資してくれるはずだ。

大正十三年（一九二四）五月十三日、私は秘書の師尾誠治《もろおせいじ》を伴《ともな》ってプレジデント・グラント号に乗り込んだ。

私が持参したのは、越中《えつちゆう》ふんどし五十本、太いマニラロープ一本、二十円金貨二百五十枚である。

大量のふんどしは、汚れた下着は恥なので毎日使い捨てするため、マニラロープは高層ホテルでの宿泊時に、万一、火災に遭《あ》った際の避難用、金貨は、黄金好きのアメリカ人を信用させるためである。

同年五月三十一日、ジロンリード商会本社のあるニューヨークに到着した。宿泊はプラザホテルだ。

旅装を解《と》き、窓の外に目をやると教会が見えた。私は、師尾を連れて礼拝に出かけた。

西海岸と違って東海岸のニューヨークでは日本人は珍しい。その日本人が教会にやってきたと評判になった。

私はキリスト教徒ではないが、郷《ごう》に入《い》れば郷に従えと言うではないか。私の行動は、ホテルに出迎えにきたジロンリード商会の幹部たちにも非常に好印象を与えたのだ。

しかし外債交渉は遅々《ちち》として進まない。これは予想外だった。大同電力の事業内容、大井発電所の工事現場の写真など、資料を駆使《くし》して幹部たちに説明するのだが、日本という国を知らない者たちは、私が作成した資料を信じない。これにには困った。

一月《ひと》、二月《ふた》と無駄に過ごすことになった。絶体絶命である。なんとかしなければと焦《あせ》ったが、どうしようもない。

私はホテルのバスルームで越中ふんどしを洗い、干していた。毎日取り換えるふんどしを捨てるにしても、汚いまま捨てるのは日本人の恥だと思い、洗っていたのだが、ニューヨークは美しい街でふんどしを捨てる場所がない。毎日洗濯しては、それを干し、新聞紙に包んで持ち歩いていた。

日本を出て、早や二カ月。今のところ何の成果もない。日本では私のことをあざ笑っていることだろう。やはり無謀《むぼう》だったのだ。アメリカが日本に金を貸すなどというのは夢物語だ。私を批判する声が聞こえてくる。しかし、無心でふんどしを洗っていると、不思議に心が落ち着いてくる。

帰国後に聞いた話だが、作業員の手配などで世話になっている名古屋の侠客《きようきやく》、宇野安太郎が、大同電力の社員を殴《なぐ》り倒したらしい。

宇野は、さっぱりとした男気のある人物で日頃から親しくつき合っている。

今回のアメリカ行きについても、外国の金で日本を強くしようとしていると、高く評価してくれていた。私の行動を批判する財界人なんかより、よほど大局観がある。

なぜ社員を殴ったかというと、宇野が汽車に乗っているときに、数人の大同電力の社員が、私の悪口を言っていたらしい。アメリカに金を借りに行くなんて馬鹿だとか、大同電力もこれで終わりだ、転職を考えようなどとでも話していたのだろう。

それを聞きつけた宇野は、「貴様ら、ご主人の悪口を言うのか。親の心、子知らずとはこのことだ」と怒鳴り、社員を懲《こ》らしめたという。

その社員は優秀で将来を期待されていた者たちだが、宇野に土下座《どげざ》して謝った。

愉快《ゆかい》ではないか。私は以前、松永安左エ門《まつながやすざえもん》に言ったことがあるが、どうしても人員整理をせざるを得ないときには優秀な社員から馘《くび》にするべきとの考えを持っている。

彼らは会社の業績が悪くなったら、すぐに逃げ出す。能力に自信があり、もっと良い会社に移れるからだ。ところがあまり期待されていない社員は、そういう訳にはいかない。馘になったら、その日から路頭《ろとう》に迷う。彼らは、必死で会社を立て直そうとするだろう。それが自分たちが生き残る道だからだ。

今回の宇野の話を聞いて、私の考えが正しいとわかった。だれが、私同様に、あるいは私以上に会社を愛してくれているのか、よく見極《みきわ》めねばならない。

このままなんの成果もなく帰国する訳にはいかない。その時、ジロンリード商会の総帥《そうすい》であるジロンリード氏が、ロンドン出張から八月初めに帰国するとの情報が舞い込んできた。

「師尾、これで決めるぞ」

私は、ジロンリード氏との直接会談で、外債交渉を決着させると決意した。まさにふんどしを締めて会談に臨《のぞ》むことにした。これでだめなら持参したマニラロープで首をくくらねばならない。

会談当日、私は、ジロンリード氏と向き合った。そして日本および大同電力が投資先として如《い》何《か》に相応しいかを熱弁した。留学で鍛《きた》えた私の流暢《りゅうちょう》な英語に、ジロンリード氏は驚いていた。この時ほど、私をアメリカに留学させてくださった先生に感謝したことはない。

先生の持論であった、本格的な水力発電の夢が叶《かな》うかどうかの胸突《むなつ》き八丁である。きっと私に先生が乗り移ったのだろう。

私の説明を聞いていたジロンリード氏は「オーケイ」と言い、笑顔で握手《あくしゅ》を求めてきた。私は、全身の力が抜けるほど安堵《あんど》した。

「最初から二千五百万ドルは無理だが、第一回で千五百万ドル。残りはその結果を見て来年ということで、どうですか」

ジロンリード氏は言った。

「それで結構です」

私は答えた。

大筋が決定され、返済条件などの細部の詰めになった。

ジロンリード商会側は、将来の貨幣法の変更の如何《いかん》にかかわらず、現在のアメリカの貨幣法に基づく一ドルの金の純度と量目《りようもく》を基準にするという条件を提示し、「それでよろしいですか?」と聞いてきた。

私は、即座《そくざ》に「大丈夫です。日本も貴国と同じ金本位制を採用しております」と答え、「ほら、この通り、金貨が流通しております」とポケットから金貨を摑んで出して見せた。

「お前もお見せしなさい」

私は隣に座る師尾に言った。師尾は私に促《うなが》され、ポケットから金貨をテーブルに出した。その総数二百五十枚。

ジロンリード氏はもちろんのこと、幹部たちも皆、テーブルの上に積み上げられた金貨に驚いた。

私ばかりではなく、秘書の師尾までが大量の金貨を所持していたことに驚いたのだ。

ジロンリード氏は、金貨を手に取って、その細工《さいく》の見事さに感嘆していた。

表には菊花《きくか》の紋、裏は桐《きり》の紋などが彫刻されている。正直に言って、鷲《わし》やインディアンの横顔が彫刻されたアメリカの金貨よりも細工が細かく美しい。

ジロンリード商会の人たちは、日本ではこんな美しい金貨が普通に流通していると思ったのではないか。

明治新政府は、大隈重信《おおくましげのぶ》が中心となって新しい貨幣《かへい》制度をイギリスに倣《なら》って銀本位制に決めようとしていたが、貨幣制度などの調査のためにアメリカに行っていた伊藤博文《いとうひろぶみ》から待ったがかかった。伊藤は、世界の趨勢《すうせい》は金本位制であると主張したのだ。

そこで大隈は、伊藤の強い意見をいれて金本位制を採用することを建言《けんげん》した。

そして明治四年（一八七一）、金本位制の新貨条例を布告《ふこく》したのである。その後、明治三十年（一八九七）に貨幣法が施行《しこう》された。私がテーブルに出した二十円金貨は、その法律に基づく金貨である。

「日本ではこんな素晴らしい金貨が流通しているのか」

ジロンリード氏が聞いた。

「はい、国民はだれでもこのような金貨を使用しております」

私は、笑みを浮かべながら答え、師尾にも「そうだな」と念を押した。師尾は少し慌《あわ》てた様子で、「その通りでございます」と答えた。

実際には、だれもが金貨を持っている訳ではないのでかなり誇張したが、嘘というほどではない。

金貨はアメリカ人の信用を得るために役立つとは思っていたが、これほどだとは思わなかった。

千五百万ドルの外債は年利七パーセント、償還《しょうかん》期間二十年で発行され、即日完売という人気振りだった。黄禍論はどこかに吹っ飛んでしまったのである。

残り一千万ドルは翌年、年利六・五パーセント、償還期間二十五年で発行出来た。これも大人気で完売となった。

大型外債を発行することが出来たお蔭で、大同電力の経営危機は去った。私は、賭《か》けに勝った。日本で私の失敗を望んでいた連中に、「ざまあみろ」と叫んでやりたい気持ちだった。

私は帰国に際してプラザホテルの大広間を借りきって、関係者を招待するパーティを催した。ジロンリード氏、ジロンリード商会の幹部とその妻たち、第二十七代大統領ウィリアム・タフト氏、モルガン財閥《ざいばつ》大幹部トマス・ラモント氏、上院議員など政財界の大物たちばかりである。三十数年前の留学時代の友人たちも招待した。

私は彼らの前で、「アメリカは、今や世界最大の富強《ふきょう》を誇っておられます。連邦準備銀行の金の保有額は百二十億ドルに及ぶと承《うけたまわ》ります。その工業は、広汎《こうはん》な国土と、極めて豊富な天然資源を擁《よう》して、世界に覇《は》を称えられることは誠に慶賀《けいが》の至りと存じます。しかし、アメリカは黄金の毒素によって、今にローマのように衰亡《すいぼう》する道を歩いているのではあるまいか。そのアメリカから金の毒を、わずかながら取り出してやろうとする私は、実はアメリカから感謝されていいはずであります」と挨拶《あいさつ》した。

さらに加えて、次回はアメリカに金を貸しに参ると言い、モルガン財閥のラモント氏に「私の言ったことをしっかり覚えておいてください」と名指ししたのである。

ラモント氏は、苦笑《くしょう》していた。

私は、アメリカに借金をするために来たのであるが、頭を下げるような卑屈《ひくつ》な振る舞いはしない。

堂々とした態度とスピーチは、パーティの参加者に大好評で、大きな拍手《はくしゅ》に包まれた。アメリカ人は卑屈な人間より、威厳《いげん》を持ち、堂々と自分の意見を開陳《かいちん》する人物を評価する。私は、そうしたアメリカ人気質を承知していた。

アメリカでの外債発行成功で、大正十三年（一九二四）に大井発電所、大正十五年（一九二六）に落合発電所が完成し、私の電力業界での地位は確立された。

前に述べたとおり大正九年（一九二〇）に木曽電気興業、日本水力、大阪送電を苦労の末に合併し、大同電力を発足させた。私は、その社長であったが、それに加えて東邦《とうほう》電力の取締役であり、さらに長男駒吉《こまきち》が、井上の跡を継いで経営する矢作水力などを実質的に支配していた。私が関与する電力は、一四〇万キロワットにも上った。

日本の五大電力会社と言えば大同電力、東邦電力、東京電灯、宇治川《うじがわ》電気、日本電力であるが、一四〇万キロワットは五大電力の総発電量の約四五パーセントである。

私はついに、「電力王」と言われるようになったのである。

軽薄で、目立ちたがり屋で、なかなか一カ所に腰を落ち着けることが出来ない私だったが、電力事業と出合い、これを一生の仕事と思い定めたことで、ついに頂点を極めることが出来た。

私に実力があったからではない。今ならはっきりとわかる。「運《うん》、鈍《どん》、根《こん》」が重要である。好運に恵まれ、鋭《するど》すぎず、才走《さいばし》らず、根気よく仕事を続けることである。幾多《いくた》の危機を乗り越えてこられたのは、この「運、鈍、根」のお蔭だ。

しかし、これだけでは不足である。これに付け加えて、次の二つである。

一つは、自分のことを「世界で一番偉い」と思うこと、もう一つは「世界で一番幸福者」であると思うこと。

なんという無邪気《むじやき》で理屈に合わないことを言うのかと嘲笑する人もいるだろう。桃介はやはり傲岸不遜《ごうがんふそん》、謙虚《けんきょ》さの欠片《かけら》もないと批判する人もいるだろう。

だが、これは私が絶望の中で実感したことである。

私は、丸三商会の破綻で信用失墜し、どん底に落ちてしまった。先生の門下生の面汚《つらよご》しとまで非難され、友人たちの多くが去っていった。

その時、私は本気で死を意識するほど絶望した。だれでも人生において絶望の淵《ふち》に落とされることがある。そのような時、自分のことを「世界で一番偉い」と思えば、腹が立ったり、卑屈になったりすることが無くなる。嘲笑したり、批判する者たちが馬鹿なのだから、相手にしても仕方がない。自分の本分を忘れず、黙々と仕事をし、秘《ひそ》かに掲げた自分の目標への歩みを続ければいいのだ。

もう一つの「世界で一番幸福者」も同じである。私は、仕事に脂《あぶら》が乗り切っていた頃、病《やまい》に倒れた。結婚し、子どもも授《さず》かっていた時だった。将来に暗澹《あんたん》たる雲が覆《おお》い、失意に胸を痛めた。

働き盛りで病を得ることも、自分の勤めている会社が倒産し仕事を失うことも、他人に騙《だま》され、金を奪われ、貧乏になることも、決して他人事《ひとごと》ではない。いつ自分に降りかかるかもしれない不幸だ。

しかし、自分を「世界で一番不幸者」だと思ったら、絶対に立ち直れない。

これらの不幸は自分を幸福者にするための試練《しれん》であると思うのだ。こんな試練に遭う自分は「世界で一番幸福者」であるからだと思い、歩み続けるのだ。気づくと、いつの間にか本当に幸福者になっている。

ここまで言っても、成功したから勝手なことを言えるのだと文句を言う人もいるだろう。

実際、その通りで、私も失意の時や病に倒れた時は、なんという馬鹿者で、なんという不幸者かと自分を責めたことも事実である。

しかし馬鹿者だ、不幸者だと言ってもなんにもならない。私の脳裏に浮かんだのは先生の「独立自尊」という言葉である。先生はいつも私たちに口をすっぱくして「独立自尊」を説かれた。

これは釈迦《しやか》の「天上天下唯我独尊《てんじようてんげゆいがどくそん》」に通じる言葉である。

釈迦は、過去未来、宇宙全体を通じて自分が一番偉い、一番幸福者であり、唯一無二《ゆいいつむに》の存在であると言っているのだ。先生の「独立自尊」も同じ意味である。

どんな境遇《きようぐう》にあろうとも、一番偉い、一番幸福者、そして唯一無二の存在であるとの信念を抱けば、希望を持って歩くことが出来る。騙されたと思って実践《じつせん》してもらいたい。

3

さて、私の私的な生活について少し話そうと思う。

私の人生には、母を除いて二人の女性が深く影響している。

一人は妻のふさである。彼女は私の人生をここまで導いてくれた。ふさは先生の次女であり、私は義母《はは》のきん様に見初《みそ》められて彼女と結婚し、福澤家の養子となった。その結果、先生にアメリカ留学をさせていただき、北海道炭礦鉄道で社会人として出発することが出来た。

人生は因果応報、すなわち原因と結果で連続していると仮定するなら、ふさと結婚していなければ、いったいどうなっていただろうか。

貧しい農家の息子である私が、ここまで出世出来たかどうかわからない。右も左もわからない子どもの頃に、他の子どもより優秀だったということで、慶應義塾《けいおうぎじゅく》に入塾することが出来た。

決して品行方正《ひんこうほうせい》な塾生ではなかったが、先生と出会い、ふさと結婚し、岩崎《いわさき》姓を捨てた。そして福澤桃介としての人生が始まった。

これらは全て偶然なのだろうか。そうではないと思うが、はっきりと断言出来ない。人生は、絶えずY字路に立っている状態である。右か左か、どちらかを選択しなければならない。選んだ道次第で運命が変わる。

私もふさと結婚しなければ運命が変わっていただろう。しかしどんな道を選んだとしても結局、電力事業で活躍する道を見いだしていたかもしれない。それはだれにもわからない。

私の運命を導いてくれた女性であるにもかかわらず、私はふさの夫としては十分ではないと思う。ふさは私を夫として選ばなかったら、もっと幸せだったかもしれない。

正直に言って、ふさに対しては後悔《こうかい》と反省の念を抱いている。愛していないわけではない。しかしふさは、私以上に先生を愛し、尊敬していたのではないだろうか。

ふさは今、渋谷《しぶや》の豪壮《ごうそう》な本邸に住んでいる。趣味を楽しみながら、何不自由なく暮らしている。

しかし私の事業には全く関心が無い。かたくななまでに私を無視し続けている。先生は、きん様を愛し、また非常に子煩悩《こぼんのう》だった。ふさにとっては、夫や父親のモデルは先生なのである。

私はふさを愛し、駒吉、辰三《たつぞう》という二人の息子を愛している。しかし、その愛し方は先生と違っていたのだろう。

株式投資で資金を貯めたり、新しい事業を始めては成功と失敗を繰りかえしたり、ふさや子どもたちよりも自分のやりたいことを優先《ゆうせん》してしまった。

私は、これらはふさや子どもたちを路頭に迷わせないためだとの思いで頑張っていたのだが、ふさにとっては事業で成功する夫よりも、自分のことを第一に考えてくれる人を求めていたのである。

ふさは、いつまでも福澤諭吉《ゆきち》の娘だった。ふさにとって先生以上の男性はいなかった。私が事業に成功し、どんなに大金持ちになろうと、渋谷に福澤山と言われるほどの土地を買い、邸宅を建てようとも、その評価は変わることがなかった。

ふさの立場で考えてみれば、彼女は事業に邁進《まいしん》する私をどのように支えたらいいかわからなかったのではないだろうか。

私は、家庭で孤独だった。仕事を終えて邸宅に帰ってもふさが出迎えることはなかった。お疲れ様の一言もない。これは私の不徳の致すところなのだが……。

言い訳をするわけではないが、これではふさの住む本宅から足が遠ざかるのも仕方がない。

ふさとの結婚の際、「男尊女卑の旧弊《きゅうへい》を払い、貴婦人・紳士の資格を維持《いじ》し、相互に礼を尽くして、もって一家の身を致すのみならず、広く世間の模範たるように致すべきこと」という誓約書を先生に提出した。そして先生から直々《じきじき》に、「ふさを悲しませることだけはしないでくれ」と頼まれた。その約束を果たせていないことには忸怩《じくじ》たる思いがある。

ふさの、私への無関心には、他にも原因がある。

それは私の人生に影響しているもう一人の女性、貞奴《さだやっこ》だ。

貞奴とは、塾生の頃に出会った。当時、彼女は葭町《よしちょう》の半玉《はんぎょく》で小奴《こやっこ》と名乗っていたが、私たちはすぐに親しくなった。

本音《ほんね》を言えば、貞奴と夫婦になりたいと思っていた。ファム・ファタール、運命の女と確信したのだ。彼女とは一生、関わり合うことになるだろうという予感がした。

しかし、当時は学生の身である。野心もあった。私は、彼女に何も話すことなくふさと婚約し、福澤家の養子になった。

この事実を知った貞奴は、驚き、怒りを覚えたことだろう。私が留学のためにアメリカ行きの船に乗り込もうとする時、見送りに来た。

「お知り合いなの？」

ふさは私に聞いた。その怪訝《けげん》な、不安に満ちた表情を今も忘れることは出来ない。私は言い訳をし、その場を繕《つくろ》ったのだが、明らかに動揺していた。

それ以来、ふさは、私の背後に貞奴の影を見るようになった。

先生は、きん様一筋で他の女性に心を奪われるということはなかった。夫婦というのは、それが当然のことだと思ってふさは育ってきた。

ふさは私のことを、女性にふしだらな男性だと疑ったのだろう。

貞奴は私と別れた後、葭町の名妓《めいぎ》となり、そして川上音二郎《かわかみおとじろう》という壮士芝居《そうししばい》の役者と結婚し、芸者の世界から足を洗った。

結婚に際して、貞奴は音二郎を男にすると言ったという。福澤諭吉の養子になり、出世のレールに乗ったかに見えた私への当てつけと考えるのは、うぬぼれだろうか。

結婚生活は波瀾万丈《はらんばんじょう》だったようだ。

音二郎は、貞奴の援助でヨーロッパに留学し、帰国後、歌舞伎《かぶき》座を借り切るくらいの人気役者となった。乗りに乗った音二郎は、貞奴に支援してもらい自前の劇場まで作ってしまったのである。しかし上手《うま》くいかず、劇場はたちまち人手に渡ってしまう。

音二郎が次に挑んだのは衆議院選挙。役者だけでは満足しなかったのか、政治家になろうとしたのである。ところがあえなく落選。劇場建設、選挙出馬で大いに借金が嵩《かさ》んでしまった。

一方、家庭生活では、貞奴との結婚前から別の女性と関係し、子どもをもうけていたことが発覚した。

音二郎に翻弄《ほんろう》され続ける貞奴は、離婚しようと思っただろうが、生来《せいらい》、勝気《かちき》な女性である。このままではいけないと覚悟を決め、なんと二人で小舟に乗り込み、日本脱出という無謀なことに挑んだ。

だが、そんなことが出来るはずがなく、二人は遭難《そうなん》し、散々な目に遭った。九死に一生を得た二人は、後援者を得て、「川上一座欧米巡行団《おうべいじゅんこう》」を結成し、一旗揚げるとの企《くわだ》てを決行した。貞奴と音二郎は、アメリカに渡った。

この欧米巡業が、貞奴の運命を劇的に変えた。

劇場主の意向で、貞奴はやむを得ず舞台に上がることになった。

この時、貞奴は芸名を「サダヤッコ」とし、『道成寺《どうじょうじ》』を踊った。これが大評判となり、アメリカのみならずヨーロッパまで興行《こうぎょう》の足を延ばすこととなったのである。

明治三十四年（一九〇一）一月、貞奴と音二郎は神戸《こうべ》港に凱旋《がいせん》帰国。埠頭《ふとう》には、女優貞奴を一目見ようと群衆が押し寄せた。

その頃、私は丸三《まるさん》商会を倒産させ、信用絶無の状態に陥《おちい》っていたばかりでなく、肺結核が再発し、人生最悪の状況だった。

最悪の状況はこれだけではない。その年の二月に先生が亡くなってしまった。福澤家にとっても大きな悲劇だったが、私の転機ともなったのである。

貞奴は、その後も女優として大活躍した。私の方も先生亡き後、心機一転、株式投資や電力事業で実業家として成功した。

有名女優となった貞奴と財界のパーティなどで顔を合わすことがあったが、私は節度を守って、なれなれしくはしなかった。顔を合わせても笑顔で「元気か?」「元気です」と言葉少なに交わす程度だった。

人気女優は、国民の財産のようなものである。私は近づくことを遠慮していた。

しかし、ふさは依然《いぜん》として疑いを抱いていたようだ。貞奴の人気が上がるにつれ、私への態度がさらに冷え冷えとしてきたからだ。

だが、女優という人気商売もいずれ下《くだ》り坂になってくる。それは仕方がないことだ。

明治四十四年（一九一一）十一月十一日、音二郎が腹膜炎《ふくまくえん》を患《わずら》い、亡くなってしまう。

貞奴は勝気で負けず嫌いである。しかし音二郎亡きあと、劇団を率いるのは困難を極め、私は彼女に女優引退を勧めた。

貞奴は抵抗していたが、ついに大正七年（一九一八）十一月、大阪中座の公演を最後に二十年間の女優生活に終わりを告げたのである。

私が女優を辞めるように説得した理由は、私の事業上のパートナーになってほしいというものだった。

愛人になれというのであれば拒否すると、貞奴は言った。音二郎は亡くなったが、自分は生涯、音二郎の妻であるからだと言う。

私は、貞奴の性格をよく知っている。勝気で、決して媚《こ》びたりしない。成功者である私に頼って生きようとはしない。

貞奴は、私のファム・ファタールである。私、五十一歳。貞奴、四十八歳。ようやく運命の糸が交錯《こうさく》したのである。

貞奴には、まだまだ女性としての魅力がある。それに人気が下降したとは言え、有名女優だった。そんな彼女をパートナーにすれば、たとえ事業上であると言っても、世間は愛人だと騒ぎ立てるに違いない。

さらに言えば、ふさの心を大いに乱し、福澤家の人たちからも、私の不道徳さに非難が集まるのは自明である。

しかし、構わない。この機を逃《のが》したら、再び運命の糸は断ち切られてしまう。

「事業上のパートナーっていうのはどういうことなの？」

貞奴が聞いた。

「私は、今、愛知県の木曽川流域で発電所を造り、電力事業を行っている。これは私にとって天命だと思っている。この事業には多くの財界人や欧米諸国の人たちが関係し、かつ関心を寄せている。そこで君に頼みたいのは、君の社交性で、こうした人たちを惹《ひ》きつけてもらいたいんだ。それが事業の成功に繋がると信じている。だから事業上のパートナーなんだ。私は君のために屋敷を造る。そこで彼らをもてなしてほしい」

「あなたの居場所も作るの？」

「そう願いたい。私もその屋敷の片隅に住まわせてほしい。もちろん、屋敷の名義は君だ。君が主人だ」

「一つ屋根の下に私とあなたが一緒に住むのね」

「そういうことになる。だけど男と女の関係にはならない。あくまで事業上のパートナーだよ」

「それで本当にいいの？」

「ああ、いい。私にはふさという妻がいるからね」

「わかりました。私はあなたの事業が順調に行くよう、最大限の努力を惜《お》しまないことを誓います」

貞奴はにこやかに言った。

「でも世間は、君のことを愛人だとか、妾《めかけ》だとか言うに違いない。それでもいいのか？」

「構いません。今までも世間の中傷《ちゅうしょう》に耐えてきましたから。どんなことがあっても私は、今も、これからも川上音二郎の妻です」

「それでいい。正直に言うと、私の結婚生活には問題がある。妻のふさが、私に全く関心が無い。だから本宅に戻っても心が休まることがない。今、君と話をしていてとても落ち着く。心が穏《おだ》やかになる。この気持ちを大事にしたい。人生なんてこの先、どうなるかわからない。朝《あした》に道を聞かば、夕べに死すとも可なり、という言葉もあるだろう？　だから後悔したくない。君と一緒の時間を過ごすことで安らぎを得たいんだ」

私は、わずかに表情を曇らせた。貞奴は、悲しみとも笑みとも判然としない複雑な表情を浮かべ、私を見つめた。

「末永くお世話になります」

貞奴は頭を下げた。

4

私は、名古屋の東二葉町《ひがしふたばちょう》に二葉居を造り、その管理運営を貞奴に任せた。

敷地面積二千坪。かつては武家屋敷が建ち並んでいた高台の地である。

赤瓦《あかがわら》のコンクリート製の塀《へい》がぐるりを囲み、石の門柱をくぐると、玉砂利《たまじゃり》の道が続く。

屋敷は、赤瓦葺《ぶき》の二階建て。屋根には高い煙突《えんとつ》があり、洋風となっている。

内部は応接間、宴会場、茶室、書生部屋、女中部屋、執務室などを備え、使用人は執事《しつじ》、行儀見習いを含めて女中が十人ほど。書生、コック、ウエイター、植木職人などがいる。

彼らは、貞奴の指揮の下で、私のところに来る客たちを心から満足させるもてなしを供《きょう》したのである。

貞奴は、私の健康管理にも気づかい、宴会があっても私を早めに休ませるなどした。客たちも私の接待より、元有名女優貞奴の方を喜んだ。

「ここの居候《いそうろう》ですから」と私が自虐《じぎゃくてき》的に言うと、客たちは大いに笑った。

私は、ようやく自分の居場所を得ることが出来、仕事にもますます身を入れ始めた。

世間は、事業で成功した私が貞奴の色香《いろか》に迷って、鼻の下を伸ばしていると揶揄《やゆ》し、そんな噂も聞こえてきたが、私も貞奴も気に留めない。わざと人前では親しげな様子を見せ、噂の火を燃え上がらせて、面白がっていた。

私と貞奴との関係は、普通の人間には理解出来ないだろう。男と女が一つ屋根の下に暮らし、男女の生臭い関係が一切ないのだから。信じろと言っても信じられないのが当然だ。

貞奴は、あくまで亡くなった音二郎の妻であり、私とは事業上のパートナーである。

この関係は、ふさばかりではなく、福澤家の人たちにも理解はされなかった。ある日、義兄《あに》の捨次郎《すてじろう》が私の行動に苦言《くげん》を呈するためにやって来た。

私は、貞奴を紹介し、世間でいう愛人ではないとの理解を得るために説明したが、疑いは晴れなかったに違いない。

ふさのことを気に掛けないわけではない。しかし時々、渋谷の本宅に戻っても、一人で冷たくなった食事をするだけで、ふさと会話を交わすことはない。冷え切った部屋の空気に身を震わせるばかりだった。それでもふさを責めたり、詰《なじ》ったりはしない。全ては自分が蒔《ま》いた種である。

貞奴が事業上のパートナーであると実感したエピソードがある。

大井発電所の建設現場での出来事だ。工事は難航を極めていた上に、現場では作業員たちが待遇に不満を漏《も》らし、倦怠《けんたい》気分が横溢《おういつ》していた。

私が作業員たちの士気を高めようと現場に向かおうとすると、貞奴が同行すると言う。男ばかりの荒々しい現場だと伝えたのだが、どうしても行くと聞かない。仕方なく貞奴を同伴《どうはん》して現場に向かった。

ダム建設現場は崖《がけ》の下である。はるか谷底を覗《のぞ》き見ると、作業員たちが小さな人形くらいにしか見えない。地獄に吸い込まれるような恐怖心で足がすくむ。

工事現場には谷底に向かって直径約一五センチメートルもの太いケーブルが張られ、それにゴンドラが吊り下げられている。機材などを谷底に降ろすためだ。

私は、足の震えを抑え、崖の際《きわ》に立った。眼下で作業員たちが仕事をせずにたむろし、こちらを見上げている。

あまりにも離れているため彼らの表情は判然《はんぜん》とせず、声も聞こえないが、「偉いさんが来て、何をしようというのかね」との意地の悪いことを言い合っている様子が察せられる。

こういう時は、外連味《けれんみ》のある行動であっと言わせるに限ると思い、私は、「あのケーブルで下に降りられるか」とゴンドラを指さした。ゴンドラに乗り、谷底に降りられるかということだ。

「緊急の場合に人が乗ることはありますが……。人間を乗せるものではありません」

現場責任者が困惑気味《こんわくぎみ》に答えた。

「あれに乗って下にいる作業員たちの陣中《じんちゆう》見舞いに行こう」

私は言った。

「社長、絶対にお止《や》めください。もし突風でも吹こうものなら崖に激突して木端微塵《こっぱみじん》になってしまいます。またケーブルが切れたり、外れたりしたら、六〇メートル下の谷底に落ちて、命はありません」

現場責任者は真面目《まじめ》な顔で言った。

「構わん。工事を順調に進めるためだ。私自らが作業員たちを励ますのが一番効果的だ」

「社長、無謀なことはしないでください。お命にかかわります」

同行した重役たちも引き留める。

「行くぞ」

引き止める声を無視して、ゴンドラに乗り込んだ。「だれか一緒に行く者はいないのか」

私は、重役たちに声をかけた。しかし、だれからも返事がない。お互い、顔を見合わせるだけで、尻込《しりご》みしている。中には、その場にしゃがみ込む者もいた。恐怖心のためか、それとも断じてゴンドラには乗らないとの意思表示のためか。

その時だ。

「私がご一緒致しましょう」

貞奴がゴンドラに乗り込んできた。

これには私が慌てた。重役たちが尻込みする危険なゴンドラに貞奴を乗せる訳にはいかない。本音を言えば、私だって乗りたくはない。怠業《たいぎょう》気味の作業員たちに活《かつ》を入れるために、やむを得ず私一流の派手《はで》なことをやろうとしているだけなのだ
「さあさん」私は貞奴のことを「さあさん」と呼ぶ。「君は乗せられないよ」

「構いません」貞奴は私の隣に座ると、係員に「動かしなさい」と命じた。

係員は、怯《おび》えた表情でゴンドラを動かすスイッチを押した。

私は、ゴンドラの鉄枠をしっかりと握《にぎ》る。貞奴は、膝《ひざ》に手を置き、微動だにしない。

ゴンドラはゆっくりと谷底に降りていく。時折、風に揺られてぐらりとすることがあり、声を上げそうになるが、貞奴は全く動じる風がない。

長い時間が経ったような気がしたが、さほどではないのだろう。無事に谷底に着いた。私と貞奴がゴンドラを降り、笑顔で作業員たちに手を振ると、息を呑んで見ていた崖上の重役たちや現場責任者から歓声《かんせい》が沸《わ》き起こり、現場の作業員たちが拍手で出迎えてくれた。

荒くれ男ばかりの作業現場に、突然、美人の誉《ほま》れ高い元有名女優がやって来たのである。男たちは興奮《こうふん》した。

私が作業員たちを励ますスピーチをしている間、貞奴は飯場《はんば》に入り、昼食の準備に取り掛かった。私は、貞奴の行動に感心した。女優であったことをひけらかすのではなく、すぐに昼食作りという裏方に回ったからである。

その後、私と貞奴は現場の作業員たちと車座になり、貞奴が握った握り飯を食べた。それ以来、男たちの士気は大いに高まり、作業は順調に進むようになったのである。

私は、作業員たちとなんのてらいもなく談笑《だんしょう》する貞奴を横目で見ながら、幸せを実感していた。最高の事業上のパートナーを得たとの確信を持ったからである。

大井発電所や大桑発電所が無事完成し、電力事業が成功したのは貞奴の助力が大いに与《あずか》ったことは言《げん》を俟《ま》たない。

妻のふさと事業上のパートナーの貞奴という二人の女性が、私の運命に深く関与していることをわかっていただけたと思う。

ふさと結婚しなければ、私は世に出られなかった。そのことには感謝し、ふさのことを愛している。しかし私の不徳の致すところではあるのだが、妻としては寂しい思いをさせてしまっている。

もちろん、福澤諭吉の娘としての体面《たいめん》が守られるように生活費は潤沢《じゅんたく》に渡しているが、夫婦としては形だけになってしまった。

貞奴とは、他の人には理解出来ない不思議な関係である。貞奴は亡くなった川上音二郎の妻であり、私の愛人ではない。音二郎に対する嫉妬心《しっとしん》が全く無いとは言わないが、私には貞奴は絶対に必要な女性である。

二葉居で、客たちが帰ったあと、私と貞奴はたわいもない話をする。たいていは若い頃の思い出だ。一緒に浅草《あさくさ》に行った時のことなどを話していると、たちまち若き慶應義塾の塾生となる。この時ほど、安らぐことはない。いつの間にか、貞奴の膝を枕に深い眠りに落ちてしまう。

電力王と呼ばれようと、有り余る財産を得ようと、全てが虚《むな》しく感じる時がある。いずれは全て死によって消えてしまうからだ。

私は貧乏な生まれから抜け出そうと裕福になりたいと願い、他の何者でもない福澤桃介になるのだと決意し、走りに走ってきた。

そして思いのほか、遠くまで来てしまったのだが、今は貞奴の膝の上という小さな小さな世界が一番得難く、貴重《きちょう》なのである。私は、これを求めるために走ってきたのだろう。そのことに気づくのに遅すぎたわけではないと思いたい。

5

さて、私の人生も終わりに近づいてきた。先生がお亡くなりになった年齢を過ぎてしまった。今では、多くの会社の役員や公職からも引退し、隠居《いんきょ》の身である。

私は、自分の始末を考える年齢になり、静かに人生を終えたいのだが、なかなかそうは行かないようだ。というのは、我が国が危うい時に差し掛かっていると思うからである。

昭和六年（一九三一）に満州事変《まんしゅうじへん》が起きた。これを契機《けいき》に軍部の勢いが増し、翌七年には中国大陸に満州国を成立させてしまった。

国内は不景気が深刻化し、国民の間には一発逆転を求める空気が横溢《おういつ》している。そのため満州国の成立に、我が国の発展の未来を見ているようだが、私は国際的な孤立を招いているのではないかと危惧《きぐ》せざるを得ない。

昭和十一年（一九三六）二月二十六日には、軍部の一部が反乱を起こし、帝都を混乱に陥《おとしい》れた。高橋是清《たかはしこれきよ》蔵相などが凶弾《きょうだん》に斃《たお》れるという信じられない悲劇的な事件が起きた。

反乱は抑えられたものの、これ以降、軍部の力が今まで以上に強く、大きくなってしまった。世の中は、加速度的に戦争に向かっている気配が濃厚である。

同じ年に、我が国の産業を国家の統制下に置く国家総動員法が準備され、それと並んで電力国家管理法も上程《じょうてい》される予定である。軍部によって全てが戦争に向けられる体制が作られようとしている。

私が心血を注いで築き上げてきた電力事業も、全て国に取り上げられてしまう。なんという馬鹿げた時代になろうとしているのか。軍部の力を強め、戦争を引き起こし、景気が良くなるはずがない。人々が幸福になるわけがない。

我が国は、明治維新以来、日清戦争、日露戦争、第一次世界大戦と対外戦争を戦ってきた。それらは勝利したものの、多くの尊い犠牲《ぎせい》を払った。それで景気が良くなったか。そんなことはない。一時的な需要拡大や株価高騰《こうとう》で、景気が良くなったように見えただけだ。やはり平和で、私のような民間人が自由に活躍しなければ、本当の景気回復はない。

世間に対する批判はこれくらいにしよう。愚痴《ぐち》っぽくなっていけない。

さて、私は貧しい農家の出身である。そんな生まれの私が世に出ることが出来たのは、私を見いだしてくれる人がいたからである。

富貴顕官《ふうきけんかん》の親の下に生まれてこなかったことを悔《くや》しいと思ったこともあった。出生の段階から人生に差がついていることを許せなかった。

だれでも努力すれば出世出来ると、軽々に言う人がいるが、それは嘘である。

やはり富貴顕官の家に生まれた者とそうではない者とには、歴然《れきぜん》とした差がある。貧しく名も無き家に生まれた者は、そうでない者の何倍も努力しなければ出世出来ない。ところが実際は、何倍もの努力をしても出世出来ないことの方が多い。そのうちに努力に疲れ果て、人生の波に吞まれて海の底深くに沈んでしまう。私のように出世出来た者は確率的には稀《まれ》だろう。

運が良かっただけだと言われるかもしれないが、私の生き方が支援してくれる人を惹きつけたと言えば、傲慢《ごうまん》だろうか？

私の生き方の根本はなんであろうか。それは正直ということだ。

私は、軽薄であると何度も言ってきた。しかし慎重《しんちょう》であるとも。軽薄であるから失敗もし、慎重であるから、株式投資で成功した。それらを根本で支えているのは、正直であるということだ。

私は、自分にも他人にも正直である。そうあろうと努めてきた。

これが行動などにいろいろと問題を生じさせたかもしれないが、私が人を惹きつけてきた理由だろうと考えている。

この正直というのは、会社経営にも大事である。私は、会社経営において嘘は絶対に許さない。算盤《そろばん》をきっちりと弾《はじ》き、一銭、一厘《りん》のごまかしも許さない。

私の持論は、正直な経営をしていれば会社は必ず発展するということだ。

今日、不景気なのは不正直な経営がまかり通り、多くの人が会社を信じていないからである。

正直であることでなぜ会社が発展するのか。その理由を話そう。

事業を拡大するには、多くの資金が必要になる。とても一人では賄《まかな》いきれない。

私は、国内外を問わず膨大《ぼうだい》な借金をした。借金王《キング》であるとも自認している。

ではなぜ、そんなに借金が出来たのか。それは私が正直だからである。

こんなことがあった。私は事業拡大のために、十五《じゅうご》銀行などから四百万円の借金をした。頭取は、私の個人保証を要求してきた。それが銀行の慣例だからである。

私の財産はせいぜい二百万円か二百五十万円。そのうち、当該《とうがい》会社の株が七十万円ほど。実質は百三十万円か百八十万円である。私は正直に全財産を開示した。

「頭取。私の全財産をもってしても四百万円の返済は困難である。しかし、もし万が一のことがあれば、私の全財産の範囲内で弁済《べんさい》する。その条件なら保証書にサインするが、どうか」

私の提案に、頭取は「それでいいです」と同意し、財産の範囲内で弁済するという異例の保証を行ったのである。頭取は、全財産を開示するという私の正直さに、事業の発展と弁済の安全性を理解したのだ。

たいていの銀行は、相手の弁済能力や弁済意思とは無関係に、ただただ事務的に社長や重役たちから保証を徴求《ちようきゆう》する。これは全く無意味である。いざという段になっても、保証した重役たちは責任を取ろうとはしない。貸した銀行と借りた会社、保証した重役たちの間で見苦しい醜態《しゆうたい》が演じられることが多い。

その点、私は違う。正直に自分の財産や弁済への覚悟を開示することで、相手が「桃介は信用出来る」と思ってくれるから、借金が可能になるのだ。これは外国の投資家相手でも同じである。

不景気だと騒ぎながら、株主が高配当を貪《むさぼ》ったり、社長や重役だけが高い報酬《ほうしゆう》を受け取ったりしている会社がある。こんな会社が発展するわけがない。

また社長や重役たちが経営悪化の責任を免《まぬか》れるために、事業上の数字をごまかす会社がある。好決算、高配当を偽装《ぎそう》するのである。当然、自分たちの報酬もたっぷりと懐《ふところ》に入れる。

こんな会社が発展するわけがない。不正が発覚すれば社長や重役たちは背任罪《はいにんざい》で刑に服することになるが、それを恐れてさらにごまかしが大きくなる。最初は小さな不正直が、みるみる大きな不正直になるのである。

また、政府頼みでも正直経営でなければ破綻する。台湾銀行がいい例だ。政府の管理下にあるからいい加減な経営でも潰《つぶ》れないと思っていたのだろう。昭和二年（一九二七）の恐慌で経営が破綻した。鈴木《すずき》商店など二、三の特定の会社に融資《ゆうし》を偏《かたよ》らせていたからだ。

政府の手で、減資《げんし》などの手段を講じることで清算は免れたのだが、政府頼みの経営ではいけないという教訓にすべきだろう。

正直は、社長だけではいけない。重役たちも社員たちも皆、正直であるべきだ。そのためには社長が監視の目を光らせ、正直な社員を褒《ほ》め、不正直な社員を愛情を持って叱らねばならない。

特に社員たちは、業績向上が自分たちの給料に反映されるとなると、不正直なことをしてでも業績を上げようとする誘惑《ゆうわく》に駆られてしまう。

これは社長が悪いのだ。社長が社員たちの気持ちを忖度《そんたく》しないで、発破《はっぱ》をかけるからである。

不正直な事態を社長が知らなかったでは済まされない。

社長は、自分の足で社員たちの間を歩き、正直が一番である、たとえ業績が落ちることがあっても正直を評価すると言い続けなければならない。

さて、我が国の景気を向上させる最上策はなんであろうか。

それは外国資本の活用である。

近時、政府は国際観光協会などという機関を設置して外国人観光客の誘致《ゆうち》に努めているようだが、くだらない思い付きだ。

風光明媚《ふうこうめいび》を売り物にするのもいいが、さほど珍しいものでもない。貧乏詩人でも呼ぶ気なのかもしれないが、小金を落としていくような観光客には、景色よりも日本の庶民の生きた暮らしを体験させる方が楽しいのではないか。

生活様式が違う日本に来て、狭く窮屈《きゅうくつ》なホテルに宿泊して高い料金を支払わされて夜の銀座を歩いても、パリやニューヨークに勝てるはずがない。

ケチ臭いといってはなんだが、観光客誘致よりも外資を日本に投資してもらうのだ。その方が、よほど景気が良くなる。

そのためには外国の資本家に日本を信用、信頼してもらわねばならない。桃介は日本を外国に売る気なのか、などと目くじらを立てないでもらいたい。外資を積極的に日本へ投資してもらうことが、経済立て直しの第一歩である。

では、どうしたら外資は我が国に投資してくれるのだろうか。

それは第一義に、当然のことながら産業立国として立ち上がるように国民が一致団結することである。労働条件が悪い、経営者は悪だなどと言い合っている暇はない。

外資に資金が余っているからといって、おいそれと投資してくれるわけではない。日本に投資の妙味がないといけない。

そのためには金融政策も考えないといけない。外資が流れ込んでくるような金融政策を採用すべきである。我が国の財政が健全化し、多くの会社の内部資本が充実すれば、自ずと我が国の信用は高まり、我が国への投資に魅力を感じるようになるだろう。

ここで再度、繰り返しになるが、外国の資本家の信用を得るにも正直の道しかない。我が国の経営者が、自らを省みて、事業の本来的使命に覚醒《かくせい》し、正直な経営に努めれば我が国の信用は必ず向上するだろう。

孫子《そんし》の兵法に「迂直《うちょく》の計」というのがある。いわゆる「急がば回れ」と同義である。

我が国は、明治維新以来、国民が頑張り、欧米各国と肩を並べるほどになった。

しかし慢心《まんしん》してはいけない。「満《まん》は損を招き、謙《けん》は益を受《う》く」と故事にもあるように、慢心すれば滅びが待っているだけである。

今、我が国が不況に陥っているとすれば、それは慢心の報《むく》いであろう。もう一度、初心に返って、産業立国たる我が国の再興を国民一丸となって目指そうではないか。

最後になって、軽薄な私らしくないことを口走ってしまった。

恥ずかしさが込み上げてくるが、私らしく軽薄なことを言わせてもらえば、私の人生は福澤諭吉先生の「独立自尊」の追求だった。私の独立が我が国の独立になる。私たち一人一人が自立することで我が国は豊かな国となる。先生は、深い意味を込めて、この言葉を残された。私は、この歳になってもまだこの言葉の真の意味は理解出来ていないかもしれない。しかし、私はずっと「独立自尊」の道を探して歩いてきたと思っている。

それは思いのほか波瀾万丈《はらんばんじょう》ではあったが、愉快な道であった。

諸君！
人生は短くもあり、長くもある。
愉快に生きよ！
愉快に生きよ！
軽薄と言われようと構わない。
愉快に生きよ！
人生は生きるに値するぞ。

エピローグ

梶原数馬《かじわらかずま》は、投資セミナーで福澤桃介《ふくざわももすけ》を知った。

講師は、桃介のお蔭で、今の自分があるとまで言った。

まるで桃介が自ら語り出したかのような、熱の入った講演だった。

数馬は、講師の話を聞いても、どれだけ桃介が凄《すご》いのか十分に理解出来なかった。たしかに、病気になり、一家を養うために株に投資をして、大儲《おおもう》けをしたのであるが、収入のうち全てを投資に回すのではなく、ちゃんと貯金をして、その分を投資に回せということなど、「なるほど」と思った。

数馬自身も、そうしなければ金は貯まらないとは思った。そのことは反省した。収入が多くなれば、それに合わせて生活が派手《はで》になっていたのではないかと反省したのだ。

今までファミリーレストランで満足していた食事が、いつの間にか都心のレストランに行くようになったのは事実だ。

もっと倹約《けんやく》しなくてはいけなかったのだ。それで浮いた資金を早いうちから投資に回しておけば、今頃、苦労しなくてよかったかもしれない。

講師はほかにもいろいろな話をしたが、数馬の心に残ったのは桃介の話だけだった。投資セミナーを終え、数馬はなぜかざわざわと胸の中が落ち着かない気分になった。いったいなんだろうと、駅まで続く歩道の途中で立ち止まってしまった。

「独立自尊……」

人々の通行を邪魔してはいけないと歩道の脇に寄りながら、数馬の口から意図せず発せられたのは、講師が言っていた桃介の信条である。その「独立自尊」は、桃介の義父《ちち》であり、彼の人生を導《みちび》いた福澤諭吉《ゆきち》の言葉である。講師が繰り返し言ったこの言葉が、胸を騒がしていたのだ。

「独立自尊」とは「心身の独立を全《まっと》うし、自らのその身を尊重して、人たるの品位を辱《はずかし》めざるもの」であると講師は言った。

「桃介は、生涯かけて、師である福澤諭吉の独立自尊を体現すべく頑張ってきたんだろうな」

数馬は、人々の流れをぼんやりと眺めながら、「独立自尊」について考えた。

桃介は、貧しい生まれから、なんとか世に出ようと慶應義塾《けいおうぎじゅく》に進学した。ここでチャンスを得ようと、人一倍、目立つ行為をした。その陰での努力は並大抵ではない。

貞奴《さだやっこ》と出会うが、彼女との恋を捨て、諭吉の娘ふさと結婚する。アメリカ留学が目的だった結婚には、利己的な匂いがぷんぷんして数馬は賛成出来ない。

しかし、貧しさから抜け出すには、諭吉の後ろ盾が必要だったのだろう。桃介にしてみれば、これも「独立自尊」のためだったと言えなくもない。

想像だが、諭吉が自分の娘を桃介に嫁がせようと思ったのは、桃介の中に「独立自尊」への熱気のようなものを感じ取ったからなのかもしれない。それは若さゆえの野心だったかもしれないが……。

運命は、桃介に甘くはなかった。絶えず試練を与え続ける。病気、事業の失敗、友人の裏切り、相場師《そうばし》と言われ軽蔑《けいべつ》もされた。

電力事業に自分の生きる道を見つけてもなお、運命は過酷《かこく》だった。事業資金の枯渇《こかつ》、地元の反対など、次々に難題が襲いかかる。しかし桃介は、それらを乗り切っていく。

その乗り切り方も、内心はいざ知らず、外見的には苦労を見せないように見栄《みえ》を張っているのだ。

人は、とかく苦労している、努力している姿を他人に見せたがる。しかし桃介は、そんなことをするのはカッコ悪いとでも考えているかのようだ。

有力者に媚《こび》を売り、その考えを忖度《そんたく》し、彼らの力を借りて資産を増やしたり、社会的な地位を上げたりしようとは思わない。

常に自分という存在を、他者との関係で屹立《きつりつ》させている。孤独と言えば孤独である。世の中から孤立していると言えなくもない。

「どうしてあれほど強いのか？」

数馬は、講師から聞いた桃介の生き方の凄《すさ》まじき強靭《きょうじん》さに感動を覚えていた。それが数馬の心を揺さぶって仕方がないのだ。

数馬は、講師が配ってくれたパンフレットを広げた。そこには少し胸を反《そ》らし気味《ぎみ》にした桃介の写真が掲載されている。ダンディではあるが、どこか少年のような生意気《なまいき》さが感じられ、微笑《ほほえ》ましい。

――かの福澤先生は、「独立自尊」ということを言われた。これは釈迦《しゃか》のいわゆる「天上天下《てんじょうてんげ》唯我独尊《ゆいがどくそん》」ということと同じ意味である。福澤先生は、自分は世界で一番尊い人だということを信じていたのである。

数馬は、パンフレットに記載されている桃介の言葉を声に出さずに読んだ。

「そうなのか！」

数馬は、思わず大きな声を発してしまった。

歩道を歩いている人が、何事かと数馬に振り向いた。中には、奇妙なものでも見るような表情の人もいた。しかし数馬は、それらの視線が全く気にならなかった。

「私という存在は唯一無二《ゆいいつむに》なのだ。私以外のだれでもない。私がいなくなれば、世界が無くなってしまう。「独立自尊」とはそういう意味なのだ」

数馬は、自分自身に強く言い聞かせ、歩き出した。先ほどより、地を踏む足が力強くなった気がした。

――住宅ローンや教育費など金、金、金……の生活に追われ、中流だと思っていた生活が下流に堕《お》ちてしまうという恐怖に心を縛られ、いつの間にか人生を前向きに考えられなくなっていた。なんという消極主義に陥《おちい》っていたのだろうか。これでは仕事も株式投資も上手《うま》くいくはずがない。

自信を持て！　梶原数馬。私は、唯一無二の存在なのである。どんな苦難も、自分が唯一無二の存在であると深く思い至れば、乗り越えられるだろう。私の存在が世界そのものなのだから。私が、苦難を乗り越えなければ、日本も、世界も苦難を乗り越えられないのだ。

数馬は、心の中で、何度も何度も「独立自尊」を繰り返し唱《とな》え、その意味を考え続けた。

「なんだか勇気が湧いてきたぞ」

数馬は、不敵《ふてき》ともいうべき笑みを浮かべた。

住宅は売却しない。私は、家族を守る。私は、この苦難を「独立自尊」の精神で乗り越えてみせる。私も、私の家族も唯一無二の存在なのだから。私が、私の家族が、勇気を持って前進しなければ、だれが前進するというのだ。

数馬は、拳《こぶし》を強く握《にぎ》り、「よしっ」と自分自身を鼓舞《こぶ》すると、駅に向かって駆《か》け出した。


〈完〉

参考文献

『桃介夜話』　福沢桃介著　先進社刊
『妻籠の歴史』　南木曽町博物館刊
『マダム貞奴』　杉本苑子著　読売新聞社刊
『二人の天馬——電力王桃介と女優貞奴』　安保邦彦著　花伝社刊
『福澤桃介式——比類なき大実業家のメッセージ』　福澤桃介著　パンローリング刊
『冥府回廊（上下）』　杉本苑子著　文春文庫刊
『自伝　音二郎・貞奴』　川上音二郎・貞奴著　三一書房刊
『松永安左ェ門—自叙伝　松永安左ェ門』　松永安左エ門著　日本図書センター刊
『木曽谷の桃介橋』　鈴木静夫著　ＮＴＴ出版刊
『馬場辰猪—萩原延壽集１』　萩原延壽著　朝日新聞社刊
『福沢桃介の人間学—自分と他人のマネージメント法』　福沢桃介著　五月書房刊
『「国家総動員」の時代—比較の視座から』　森靖夫著　名古屋大学出版会刊
『左遷の哲学——「嵐の中でも時間《とき》はたつ」』　伊藤肇著　産業能率大学出版部刊
『財閥の時代』　武田晴人著　角川ソフィア文庫刊
『財界の鬼才——福澤桃介の生涯』　宮寺敏雄著　四季社刊
『電力王　福沢桃介』　堀和久著　ぱる出版刊
『財界人物我観』　福沢桃介著　ダイヤモンド社刊
『鬼才福沢桃介の生涯』　浅利佳一郎著　日本放送出版協会刊

『水燃えて火―山師と女優の電力革命』　神津カンナ著　中央公論新社刊
『松永安左ェ門―生きているうち鬼といわれても』　橘川武郎著　ミネルヴァ書房刊
『日本の電力王　福沢桃介』　郷土歴史研究家長澤士郎著　でんきの科学館刊

その他、関西電力の木曽川開発の歴史など多くの資料を参考にさせていただきました。

また関西電力、中部電力の皆様には福澤桃介ゆかりの地の取材に同行していただくなどご協力をいただきました。心より感謝いたします。

本書は、「WEB文蔵」二〇二一年十月〜二二年七月に連載された「電力王・福澤桃介　軽薄な私が如何にして成功者となりしか」に加筆・修正したものです。

作品の中に、現在において差別的表現ととられかねない箇所がありますが、作品全体として差別を助長するようなものではないこと、また作品が明治時代を舞台としていることなどに鑑み、当時用いられていた表現にしています。

〈著者略歴〉
江上　剛（えがみ　ごう）
1954年、兵庫県生まれ。早稲田大学政治経済学部卒業。77年、第一勧業銀行（現・みずほ銀行）入行。人事、広報等を経て、築地支店長時代の2002年に『非情銀行』で作家デビュー。03年に同行を退職し、執筆生活に入る。
主な著書に、『スーパーの神様 二人のカリスマ（上）』『コンビニの神様 二人のカリスマ（下）』『創世の日　巨大財閥解体と総帥の決断』『Disruptor　金融の破壊者』『我、弁明せず』『成り上がり』『怪物商人』『翼、ふたたび』『百年先が見えた男』『奇跡の改革』『住友を破壊した男』『クロカネの道をゆく』『再建の神様』『50代の壁』、「庶務行員 多加賀主水」「特命金融捜査官」シリーズなどがある。

野心と軽蔑
電力王・福澤桃介

2023年 3月15日　第1版第1刷発行

著　者　江上　剛
発行者　永田貴之
発行所　株式会社PHP研究所
東京本部　〒135-8137　江東区豊洲5-6-52
文化事業部　☎03-3520-9620（編集）
普及部　☎03-3520-9630（販売）
京都本部　〒601-8411　京都市南区西九条北ノ内町11
PHP INTERFACE　https://www.php.co.jp/
組　版　有限会社エヴリ・シンク
印刷所　大日本印刷株式会社
製本所　東京美術紙工協業組合

ISBN978-4-569-85436-6

PHPの本

朝星夜星《あさぼしよぼし》

朝井まかて 著

長崎で日本初の洋食屋を始めた草野丈吉と妻ゆきは大阪へ進出し、レストラン＆ホテルを開業する。夫婦で夢を摑む姿を描く感動的な物語。

定価 本体二、二〇〇円（税別）

PHPの本

我、鉄路を拓かん

梶よう子 著

新橋~横浜間に日本初の鉄道を敷くため、現場を任され、奔走した男・平野屋弥市。至難のプロジェクトに挑んだ男達の熱き戦いの物語。

定価 本体一、八〇〇円（税別）

PHPの本

家康の海

植松三十里 著

家康の真骨頂は外交にあり！　西欧諸国の思惑、朝鮮との国交回復……知られざる徳川家康の外交戦略とその手腕を描いた長編歴史小説。

定価　本体一、九〇〇円（税別）